晋军新方阵·第三辑

东庄里点灯 西庄里明

邓学义 著

山西出版传媒集团
北岳文艺出版社

图书在版编目（CIP）数据

东庄里点灯西庄里明 / 邓学义著 . —太原：北岳文艺出版社，2016.5
（2023.6重印）

（晋军新方阵·第三辑）
ISBN 978-7-5378-4752-0

Ⅰ.①东… Ⅱ.①邓… Ⅲ.①中篇小说-小说集-中国-当代②短篇小说-小说集-中国-当代Ⅳ.①I247.7

中国版本图书馆CIP数据核字（2016）第093803号

书　　名：东庄里点灯西庄里明
著　　者：邓学义
责任编辑：赵　勤
书籍设计：张永文

出版发行：山西出版传媒集团·北岳文艺出版社
地　　址：山西省太原市并州南路57号
邮　　编：030012
电　　话：0351-5628696（发行部）
　　　　　0351-5628688（总编室）
传　　真：0351-5628680
网　　址：http://www.bywy.com
E-mail：bywycbs@163.com
承 印 者：山西万佳印业有限公司

开　　本：890mm×1240mm　　1/32
字　　数：231千字
印　　张：9.25
版　　次：2016年5月第1版
印　　次：2023年6月山西第2次印刷
书　　号：ISBN 978-7-5378-4752-0
定　　价：52.00元

本书版权为本社独家所有，未经本社同意不得转载、摘编或复制

邓学义 1982年出生,山西省临汾市尧都区人。山西省作协会员。因为腿有残疾又处农村,没有接受过学校教育,亦无正式工作。2010年在《山西文学》第4期上发表了处女作《谎》。后来又陆续在《山西文学》《长城》《芙蓉》等刊物上发表小说二十余万字。其中《谎》被《小说选刊》2010年第5期选载,后又入选《2010中国年度短篇小说》《〈山西文学〉60年农村题材小说选》《山西中青年作家作品选》《平水文澜》等书,并获2010-2012年度《赵树理文学奖》和2010年度《山西文学奖》。

总　序

潞　潞

《晋军新方阵·第三辑》即将付梓出版。

在山西文坛，"晋军"之称谓始于20世纪80年代，一批文学新锐随着改革开放的时代潮流走上文坛，他们跃马扬戈、左右奔突，使文坛瞩目。其时不仅山西，而是整个中国都处于文学的黄金时代。我也有幸被时代的大潮裹挟，成为当年"晋军"中的一员。时隔三十年，山西省作家协会推出《晋军新方阵》系列丛书，再度为山西澎湃的文学浪潮推波助澜，沿用"晋军"这一称谓，其意无疑是想展示今日山西作家、诗人的阵容和实力。山西文学院具体承办这项工作，正值我在文学院任职，参与了这套丛书一至三辑的运作，这在我的文学生涯中自然是一件幸事。

《晋军新方阵·第三辑》与《晋军新方阵·第二辑》的格局大致相同，收录了四部中短篇小说集、三部诗集、三部散文集，而《晋军新方阵·第一辑》收录的是十部中短篇小说集。山西号称"文学大省"，确实如此。不管文学如何被边缘化，这块黄土地上永远有人做着文学梦，永远有人孜孜不倦地写作着，也许是《诗经》以来的文学传统使然，也许生命个体需要这样的表达和抒发。《晋军新方阵》只是从他们中遴选出的一小部分，"冰山"的绝大部分仍掩藏在生活深处，有待于今后不断发掘和显示。

对于本辑作品，虽然我在编选过程中已经阅读，但由于文学的内涵和外延日益变得复杂，作家本身的内心和面孔也游移多变，一一谈论他们大概是件费力不讨好的事。尽管如此，我还是愿意表达阅读中一些明晰的感受。

首先，这是一些非常热爱文学的作家和诗人。为什么这么说？真正的文学有自身的逻辑和规范，它排除各种功利的实用性，只对那些纯粹的作家和诗人敞开。我认为眼前这些作品是纯粹的文学，他们不是拿文学说事，不是把文学作为工具的。他们不期待用文学来获取任何功利，不在于一定要有"专业作家"的头衔，而在于你对于文学的态度和认知。他们的作品是对其身份的有力确认。

其次，不管小说、诗歌还是散文，从内容到形式都不再囿于山西这片地域，他们的文学观念是开放的，美学追求是高品位的，用某一种风格来界定他们早已经不适用了。即使那些描绘黄土地上人与事的作品，也表现出了人的想象力的丰富性、表达方式的多样性。山西曾经有着优秀的文学传统，但他们的创作已经在继承传统的基础上超越了传统。山西作家的创作不仅是山西的文化财富，更是对中国当代文学的贡献。

还有一点极其宝贵，那就是我在这些作品中看到了可能性。可能性是最吻合存在的表述。存在的丰富性、神秘性、不确定性，或许只有通过各种各样的可能才能显示。一段故事没有结局，一些面孔若有若无，没有答案，无需答案，没有判断，无需判断。生命的存在不正是由各种可能性构成的吗？阅读中，我对山西作家和诗人的敬佩之情油然而生，他们用一只手抓住了生命和文学这两个世界，并预示着文学未来的可能。作者有作者的可能性，读者有读者的可能性，我们只有充分地理解、感受，探寻形形色色、无穷无尽的可能性，文学才会进步，才会繁荣，才能表现我们这个色彩斑斓而又变化无穷的充满了诗一般魅力的时代。

是为序。

2016 年 6 月 1 日

目录

001 / 谎

013 / 绿里

033 / 生意经

054 / 东庄里点灯西庄里明

102 / 兄弟

157 / 回家过年

179 / 去康庄最近的路

201 / 下乡记

247 / 孩子

267 / 收心

谎

雾是什么时候起来的，大概没有人能说得清楚。或许从远古它就一直在某个角落里，在等着这样一个仲秋、一个它的季节，然后就醒了。总之，当席世谦依风俗吃完生日烙饼走出家门去上班时，以往熟悉得近乎淡忘了的阳光蓝天都换成了它的影子，它的影子覆盖了一切，它让几米外的世界似乎消无了、飞逝了。云入凡间就是雾，但雾终究与云不同。席世谦这半辈子还从没有见过浓到如此极端的雾。任何事物大概都必须到了某一种极致，人们才会更深刻更清楚地去认识吧。席世谦就从没有这样注意过雾，在记忆中，以往的那些轻雾让人感觉它只是虚虚茫茫的一片，缥缈而无从分割。直到它如此浓烈地萦绕在眼前，才发现，它是颗粒状的！组成它的每一星每一点虽小如芒尖，却能看得清清楚楚，能让你清清楚楚地感觉它是那样实实在在真真切切地存在着，像是一个星系。一天又一天日出日落的平淡循环中，突然一睁眼看见有这么一个变化，不免让人新奇。席世谦的脚步很轻快，他觉得自己喜欢这雾。这些天来，他心情一直这样不错，调了工作，自己很满意，搬了新家，老婆也很满意，儿子又转进了重点小学。他告诉儿子，这是因为你学习用功成绩好。孩子嘛，就是应该鼓励鼓励。

穿过一小段喧嚣嘈杂的大街，席世谦习惯地拐进了一条小巷子。四周立时更暗了一些，窄了一些，倒也空旷了一些，一片茫茫中只能听见一些辽远的声音，不知道是什么发出的，像是来自另一个世界。来来往往的人少了很多，多数只是一些脚步声，听见的时候就已经慢慢远了消失了。偶尔才会有一两个越来越近，近到两三米时，一个人影会忽然清晰在面前。然后，很快就又隐在了身后两三米之外。席世谦也不看他们，只轻快地走自己的。他差不多就要觉得这是一个只剩下自己的世界了。

出了巷子右走几步，单位东门隐约在了眼前，棱棱角角上那些大明大艳的色彩都消隐而去，灰洞洞的，中间白茫茫似乎什么也没有，空空荡荡。不过，进进出出的人们，你忽然隐进去我忽然现出来，又像是什么都有。席世谦走得不快，发现萦绕着自己的那些星星点点并没有像想象的那样贴着他滑过去，而是清清楚楚地贴着他一星一点地消失了。他觉得应该是自己的热量使它重新蒸发，归于无形。只是，衣服却渐渐潮软下来。

八点整的时候，他走进了办公室，先从抽屉里拿出了几份要看的文件，然后倒了一杯水，坐在了办公桌后边，对面墙上那个大大的自己就笑嘻嘻看了过来。这照片是小周不久前的主意，他本来不很愿意，整天对着的都是自己，不太习惯。不过其他几位都欣然挂上了，他也就没说什么。

小周送来了今天的报纸，提醒了一下中午的两个应酬、下午的一个会，顺便说道，席处，咱可是遇上勤快人啦，李工头又来了，六点半就堵在门口，快跟打鸣一样准了，头破了都还要找个换班的。我看我干脆跟他们说您出差了，省得他天天来烦。

"什么头破了？"席世谦把眼睛从报纸上移向小周，见小周衣装笔挺，头发一丝不乱，很精神，笑眯眯的。小周口才不错，讲得演义一般。说是他早晨上班时在单位门口碰见的，当时因为要给各办公室打扫就来得早，天色还有点暗，正好看见一条大汉张着双臂就朝一女的过去了。雾大点加上眼镜度数也大点，那女的以为又闹流氓，尖着嗓子叫。李工头刚好在旁边，倒是很有些救美精神，不管三七二十一，一步上去就是一脚。结果，那人唉哟之前先是哗啦一声，原来人家是抱着块玻璃回家。那人起来之后自然不客气，从旁边小摊上拎了一瓶酒就把他脑袋给开了。

席世谦大笑，夸小周勤快，问后来怎么样了。小周说还能怎么样啊，吵吵了半天，也分不清谁有理谁没理。最后那人走了，他自己去包头，小摊那瓶酒还是他赔的，幸亏对方是附近的农民，不然他还得赔玻璃钱。可就这样，这李工头临走之前，还不忘叫来手下一个工人继续守着。小周说像这种新入行的菜鸟，这么死心眼，手把手教恐怕都教不懂，迟早还得回去种地。听到这里，席世谦自己也不知怎么的，忽然就决定让小周把李工头的人叫进来，也许是因为心情很不错吧。小周本来说完已经走到门口了，有些诧异，随即说道，倒也是，还是席处考虑得周到，就是说出差，过几天他们还得再来，不如见一面，他们也就彻底死心了。席世谦一笑。

李工头那个工程队刚出来一年多，都是邻县一个农村的人。本地人大概是因为思想经济文化等方面的原因吧，与南方人不同，出门一时难的观念深入人心，轻易是不出来打工的，实在熬忍不住出来了，也多是尽量拉帮结伙方便互相照应。李工头上过高中当过兵，在他们村几乎就是见过最大世面的人了。他在部队时还正好搞过基建，也学过这些。众人一合计，就干脆组了个工程队，让他当工头。其实就跟个带工的工长差不多，自己都上手干活，然后记工挣钱，用其他工头的话来说就是生产队长。这个李工头本人倒是有些技术，甚至还会画图纸、搞测量，这在多数工程队就是人才啊！一些大工头经常来挖他，说只要你跟着我干，保证比你生产队长挣钱多。可他就是犹犹豫豫不去，领着那帮下到十六七、上到六七十的干得还是很起劲，不免成了圈内的笑柄。众工头特别喜欢传李工头的逸事，所以席世谦一个月前调过来之后不久就知道了此人。

当时他倒不太相信还会有哪个工头这么傻，正好随后就听说一个工头里的老鸟又想来挖李工头，反倒被人家套走了不少哪里有新项目的消息。于是席世谦就感觉这个老李其实老谋深算，之所以这么带工程队，肯定是想拉拢人心，日后有大图谋。后来慢慢有所了解，席世谦才知道幸亏当初只是这么想想没跟别人说过，不然他也会成为众工头暗里的笑柄。原来工程队不比其他方面，用不着怎么笼络工人，哪怕就是变着法儿去克扣，民工们也要等年底把工资哄到手里之后才敢走人，然后随便回老家或者去火车站就能再招一批人来。

如果仅是如此，倒还没什么，其他方面李工头表现得更是外行，唯一能说得过去的也就是他带的那帮人活儿做得还不错，细致。可除了给农村的私人建房之外，活儿做得好没用。虽然他到处打听到处钻营，从来没揽下什么正经工程，偶尔包一两件小活，工程款还拿不到。至于农村，这两年建房的也越来越少，他那工程队经常是一年中歇半年。众工头的结论是，自生得快，自灭也快。不过，这些工头哪个不是这么过来的呢？哪个不是慢慢地才懂了行规、懂了规则、懂了怎么当工头的？席世谦也就觉得再碰个几次墙，这位老李也同样会渐渐开窍的。小周也这么认为，所以前几天他第一次找来的时候，小周干脆都没请示席世谦就先让他碰了一次。可惜想不到他那根筋就是不改，丝毫没有要清醒的样子。

李工头想干的这个工程实际上就是垒一段普通围墙，小得很，经常打交道的那几个工头都没人提这事。不过，总归是个活儿，还有一个多月才计划开工，到时候总会有别人想干的，席世谦本来计划等到时候再定给谁。

小周出去不久，一个穿着有些大的西服上装的人双手提着个包张张望望走到了门口。席世谦看报没动，那人也站在门口不动。眼角余光看过去，他浑身扭捏，汗都下来了，可就是不往里走。过了一会儿，忍不住的倒是席世谦，把报纸往桌上一拍，说，你站那儿干什么？那人才大松一口气，三两步抢进来，用山里的普通话说他是李工头工程队上的马二柱，问席世谦是不是席副主任。席世谦问他在门口站什么，他说他知道进来之前敲门才礼貌，可敲门，门却开着。席世谦怎么也想不到是这么个原因，不禁想起自己当初刚进城时的样子，几乎有点怀旧，忍着笑说你还挺可爱的嘛，指了下沙发让马二柱坐。

这位马二柱不太明白什么是可爱，当是夸他，见席世谦笑了，放了心，也就不客气，紧抱着那包一屁股坐了下去，说他们工程队想包那个垒墙的工程。席世谦说想包工程你们工头怎么不来。马二柱慌忙解释，说他们李哥干活时楼上掉了块砖砸了头。席世谦见他还不好意思说实话，就说到底是砖还是酒瓶子。马二柱实在想不透席世谦怎么会知道，呆愣在了那里。席世谦看他眼神如见大仙，有心再逗逗他，又说就是李工头不能来，也不能随随便便让个小工来吧。马二柱立时慌神，说他绝不是随随便便的小工，是二工头，在工程队除了李工头就是他，李工头也只是去包扎，之后马上就过来，绝不敢怠慢。然后一下举了五六个例子，以说明他在工程队怎样重要、怎样说一不二、怎样是个如假包换的二工头。席世谦看了看他满脚的水泥石灰，像是信了一样还夸奖了两句。马二柱更来了精神，愈发云山雾罩吹起了大气。席世谦跟他聊建筑上的事，这个他在行，说得口沫飞溅。席世谦就问他是垒砖简单一些还是和水泥简单一些，他说当然和灰简单了，席世谦就准备问他是垒砖干得好还是和水泥干得好。不料他倒先很是自信，说他现在就在学垒砖，最多再有一两个月就可以当"大工"了。席世谦点头，说想不到你这"二工头"都和泥，你们这工程队果然跟别人的不一样啊。马二柱脸红到脑门，手足无措，说席世谦说得是，是不一样。然后偷眼看席世谦，席世谦就突然把笑收住，沉下脸来。马二柱立刻脸白发蔫，垂头招了供，承认自己只是个小工，因为会普通话才让李工头叫来，但李工头绝不敢怠慢，他包扎完马上就赶过来，到时一定赔礼道歉。马二柱的汗唰唰地下，见席世谦不理他，又站起来躬着背拼命解释，越走越近，唾沫星子飞溅。席世谦忙摆手，让他不用说了，自己不在意这个。马二柱倒是立时放心，又笑嘻嘻坐了回去。席世谦想不到一大早就来这么一位，几十年都没碰见过了，实在让人怀念。何以解闷？唯有二柱啊！

不对，不能说闷，自己现在应该不会有什么闷不闷的，肯定是别的什么。席世谦也没想出该怎么形容，就不想了。

马二柱见席世谦脸上忽然变化不定，也不说话，心中又毛了起来。突然想到说了这么半天居然没说正事，懊悔不已，忙从怀中拿出了几份不知怎么搞到手的资质证书，说他们工程队虽然成立时间还不长但很正规，什么工程都拿得下来，从来不偷工减料，做过的工程东家无一不点头称赞。然后又拿出一张图，说是李工头按古代园林设计的一种新式样的墙，保证美观大方、结实耐用还防盗，造价也不会提高，他们的工钱肯定比别人低。

那图画得很是精致，席世谦当年考军校画作战图都没这么上心，就摇头一笑问马二柱他们工程队日子现在过得怎么样，能包下工程吗。马二柱脸一红，不过还是坚持说他们工程队活儿干得好，当然能包下，而且很多，都干不过来。席世谦哦了一声，不住点头称赞，说那你们混得不错嘛，一个新入行的工程队能这样，不容易不容易！既然这样，还有不少别的工程队包不到工程，都快撑不下去了，你们不如就发扬发扬风格，把这个工程让给他们算了。

马二柱满面的笑容立刻像被霜打在了那里，堵得一句话也说不出来。他现在认定这些坐办公室的都是有那么一些神通的，席副主任一定是早就什么都清楚了，但就故意这么问。至于原因他想不太透，也许是要试试他是不是个实诚人，也许是因为刚才进来时没敲门。马二柱现在悔得跳井的心都有，顾不得再多想，一下就扑了过来，几乎是趴在这大办公桌上，脸涨得满满，说全怪他不礼貌耍小聪明，席副主任要打要骂都可以。席世谦心想原来这叫小聪明，往后侧着身子一摆手让他坐回去，说不用这么紧张，没关系。马二柱不敢再那么轻易相信了，抖着声说怪他，都是怪他，怎么罚他都可以，但这跟工程队、跟李工头没关系，他们都是老实人。工程队现在等米下锅，要是让大家知道因为他把事儿搞黄了，他就没脸再回去了。马二柱犹豫了一下，终于承认他们现在吃菜都是去菜市场捡。然后也就不再犹豫，跟进了民政局一样，掰着指头诉说他们工程队上谁谁谁等着钱给孩子上学，谁谁谁等着钱给老人治病。席世谦没想到马二柱横宽竖直这么大个子突然说这个，紧拦慢拦还是让他说了一大通。农村人以己度人在这种时候常常爱说这些东西，其实也不一定是爱说，只是没别的什么可说而已。

席世谦皱着眉侧头，扇了扇那些菜帮子味，说，那能怨谁？只能怪你们工头没本事。说到没本事，马二柱无言，只是不明白有些工头连合同上的字都认不全却能大把大把地包工程，他说，相当奇怪本事到底是个什么东西。席世谦笑，说这跟那有什么关系，你们工头还是不懂啊。马二柱立刻反对，说他们李哥什么都懂，从和灰垒砖到木工电焊钢筋绑扎混凝土浇筑样样精通，一有空就教他们。

还真不愧是生产队长，席世谦大笑，看他们这个样子，有心指点一二，就说你们呀……说到这儿，席世谦顿了一顿，嗓子忽然有些发干，喝了一口水，忽然不知道该说什么。

马二柱见席世谦脸色很平，看不出个喜怒，又紧张了起来，忙又反反复复解释，说自己只是工程队上一个最没用最不会说话不会办事的小工，让席世谦千万别往心里去，他们李工头马上就赶过来赔不是。席世谦本来是想等李工头过来，他觉得这位老李说不定比马二柱还有意思，不过现在不知怎么突然没了兴致，一点都没了，不觉有些恼火，摆了摆手让马二柱告诉李工头，一会儿来了直接找小周签合同，不用再来见他。

马二柱本来只是替李工头临时站站岗，梦都没梦到自己居然就能把事儿谈下来，站在那里呆了，老半天才回过味儿来。然后发觉手里还拿着的包，赶紧双手放在办公桌上，说是烧鸡，来贵媳妇昨天从老家刚带来，其中还有两只是新套的山鸡，老任师傅用祖传的配方连夜做的，新鲜得很。席世谦摇头哼笑出声，站起来接过那包，又塞回马二柱怀里，说那墙本来计划过一两个月才开工，你们要是实在没别的可干，提前开始也可以。然后就把他往门口送。马二柱说席世谦真是大好人，他们全村都会记在心里的。等到门口时，他才发现烧鸡怎么又回来了，急急忙忙又给席世谦塞。席世谦没那兴致推推让让，拿出副主任的派头，正色道，不要搞这些乱七八糟的！这招果然最是管用，马二柱马上跟让垫了一样一下退了出去。不过席世谦刚一转身，他突然又闪了进来，身体扭曲两步绕开席世谦把包放在办公桌上，又两步出去，之后通通通三步就消失在了楼门口之外的厚雾之中，大有勇探虎穴的感觉。厚雾被他撞凹了一个大坑，旋涡不断，然后反弹回来，浓浓地鼓进楼里一大团。

席世谦看着这团茫茫旋转着的东西，抓起包本想追，一想算了吧，就是追上，他明天也得再来，到时说不定就是两大包了。

听见马二柱慌慌张张跑了出去,小周还当出了什么事情,也慌慌张张跑了进来,问要不要叫保卫科。席世谦忍着笑,说没事,顺便就让小周准备一下合同,一会儿李工头来了签。小周一愣,似乎没太听清,不由得又问了一遍,然后立刻哦哦点头,眼睛不觉往旁边扫了一下,退了出去。

席世谦喝了一口水,热蒙蒙的头清爽了下来,自己都有些奇怪怎么把工程就这么给了李工头——甚至不是李工头,是马二柱!也难怪别人诧异了。看来还是太高兴了。人一深入某种状态,往往容易出差错。席世谦自认为摸爬滚打了这么多年,早已经精钢一块,想不到还是不能喜怒不形于心,看来还是得历练啊。

小周把合同准备好,拿着扫帚拖把又返了回来,清理马二柱脚上带进来的泥土。不巧,马二柱的包席世谦回来时随手扔在了旁边一张凳子上,正好碍事。扫到那儿时,小周有意无意看了一眼,绕了过去。拖地是倒着走,没注意一下碰在了上边,声音还挺大。小周很后悔,觉得不该来。席世谦动着眼睛看着小周来来回回忙活,喝了一口水,打趣说,哪个姑娘要是嫁了你一定有福气啊!不行,得奖励——烧鸡!然后就站起身,拿过马二柱那个包,一翻,把用纸包着的烧鸡都倒在了办公桌上,让小周拿两只。

小周说,想不到这李工头还有这么一出。后来推让不过,只好拣了两只小的,忽然发现其中一只分量似乎有些重,立刻警觉,忙换了只不重的。

席世谦嘿嘿一笑,说,新入行嘛,不然别的工头说他傻帽不是还没证据了吗?之后,喝了一口水,等了等又说,他也是打听你嫂子爱吃。也不知道谁嘴那么贱,把我们家地址漏了,昨天他都跑到家门口蹲去了。不过人倒是挺勤快,帮你嫂子往楼上扛了两趟面,还跟工人把我们家那个下雨经常进水的地下室修了修,你嫂子夸他不错。

小周大悟，说，这么说这老李，也开窍了嘛！席世谦还是嘿嘿一笑，说，人嘛，慢慢总是会学聪明的。

听说是席世谦爱人喜欢吃，小周忙又推让。席世谦把烧鸡硬塞回他手里，说，行了吧，麻不麻烦？哪吃得了这么多？就当是给你女朋友拿的，她不是喜欢肯德基吗，今天换换口味，看看咱们这土烧鸡怎么样！小周这才笑呵呵拿走。

席世谦觉得有些闷热，打开了窗子，窗外那些星星点点像等在那里一样立刻闪了进来，然后又那样贴着他一星一点地消失了。目为五色所惑，在这无数炫目的色彩中，席世谦感觉自己喜欢白色，所以他认为自己应该是喜欢这雾的，所有人的概念中雾都是白色的。只是身在雾中才会知道，白色的雾其实只徘徊在触手不可及的天空，当你的目光低下来，在四周万物的掩映下，它是灰色的，那种黑白混合的灰，有些类似雨季。雨季不是寂静的，雾似乎也不是。你能听见很多声音，交谈声、走动声、音乐声，甚至还似乎有一些虫声鸟声，让人感觉这世界有一种无比的生动。这一切都像是那么近，宛若就在身边，可一切又都那样缥缥缈缈，连影子也没有一丝一毫，近乎是在另一个世界。夜的虫吟蛙鸣是一种寂静，这其实也是一种。在诗人笔下，雾都很美妙，雾拂春花、烟波柳堤、云海雾峰……雾的朦胧代表着一种美，就像水墨丹青中一笔轻描淡写的远山，意境全出，仅这朦胧就已经是一首诗了。不过席世谦忽然悟到，这一切的美其实都是在遥远的地方被欣赏出来的，至少心很遥远，绝不是被裹在这一方空空荡荡茫茫又窄窄的世界，看着那一星一点的东西消失在自己身上。

今天是星期五，席世谦看了看时间，应该起床了，早餐也完毕了，就拨通了在省城学习的王主任的电话，准备简单说一说单位这一个星期的情况。其实不说也没关系，多少年的老同学了，王主任信任他，不然也不会费那么大力气把他调过来了。不过席世谦还是习惯经常打个电话,他也喜欢跟王主任聊天,两人很是谈得来,每次通话很少有在半个小时之内结束的。只是以前多是周五下午打。

王主任的口才在全单位都是有名的,不夸张地说上了台不让赵本山,局里来了重要客人陪酒每次都缺不了他。就拿这次来说,本来是席世谦准备说说单位的情况,可没几句就基本是王主任说,他在听了。国际、国内、经济、体育、党校逸事聊了老半天,席世谦才有机会插话。王主任根本没兴趣,说有你在说这些干什么,搞得跟汇报似的,以后不准再这样了啊!反正又没什么大事,都鸡毛蒜皮,你定了就行!哪一天有重要的,比如段局不高兴,要撤我,你再跟我说。

席世谦笑,只好说得很简要,最后停了停说,那个李庄工程队。

哦,那老李又找上你啦?哎哟,你可是遇上狗皮膏药了!早上七点之前准时在门口堵着,雷打不动。要是敢让他进来见你啊,能把你暴力倾向烦出来,堵在你屁股后边一而再、再而三、三而四、四而五、五而六地跟你叨叨。

可不是,一连堵了五六天,幸亏他不知道我一直走东门。

还有,土特产,红薯啦、山核桃啦、沙棘果啦,倒都是无公害。你说这人哪,文化程度低还真是不行。

你太了解他们啦!这年头能见点土特产倒也真不容易。不过这回这老李有进步,改烧鸡了。刚才我还给了小周两只。

你留下了?王主任正聊得兴起,一下诧异住了。

我要那干什么?可他扔下就跑。你说,他在前边跑,我在后边追,那像什么样子?局里这么多人,要知道是烧鸡,人家还不得笑过去啊?我一想,算了吧。席世谦笑得还是那样轻松。

是围墙那个工程吧?王主任略略停顿,说,你是不是觉得他们太烦?没关系嘛,你就说工程已经给别人了,他不就不来了?王主任倒不觉得席世谦转不过这点弯。

也不是这个，小周说我开会，他倒也不敢进来。席世谦很有兴趣把李工头"救美"和马二柱刚才的表现说了说，可忽然想到这些有什么意思，怎么也再感觉不出有什么趣味。最后只好说，这老李挺有意思的。

倒是听说这人不错，口碑挺好的。王主任随口哦哦了两声，不想再说这个，准备转新话题，不料居然一时想不出来聊什么。

席世谦喝了一口水，立刻说，那有什么用，带的工程队都快散了，工人背后早骂他了。你听说过吗，那家伙还当过兵。我是刚知道，前天我们那老班长出差路过，我请他吃了顿饭，结果聊起来，这老李居然也是他带过的兵，感情还不错。我真想不明白，我们班长那么精活的一个人，怎么就带出这么一木头兵，还挺喜欢他。

王主任立时又投入了回来，说，这有什么想不明白的，喜欢他实诚呗！你是没跟他多接触，处长了就知道了。我了解啊，这人老实是太老实，可交起朋友来非常实在。像这样的，能照顾就照顾照顾。

席世谦长长呼出一口气，说，我们班长倒也没怎么说让照顾他。不过，我这人你也知道，正好碰上这么个事，反正也不是什么大工程，就给他了，也没让他知道怎么回事。

王主任很赞同，说，对嘛，告诉他干什么？难道咱还图他什么不成？慢慢总会知道的。你这人啊，我知道，就是重感情！以后有什么合适的工程，该给他就给他，你自己定！早跟你说过嘛，这些事不用件件都跟我说！

席世谦一笑，说自己当那么多年科员，汇报习惯了。

外边微微起了一些风，那些星星点点就缓缓动了，不时打一两个小旋涡。有一些流过窗户，顺窗台直淌下来，扑在地上，挺像瀑布的。

随后，他们慢慢就聊到了李工头的"救美"和马二柱，席世谦不知怎么的突然发现这些现在又挺有意思的了，王主任更是让逗得哈哈大笑。

绿　里

　　一曲河，一丘岭，岭下是厚厚的绿。绿地水润润、平平展展的，让人感觉像要永远这样铺延下去，直到扑上北边远处一座黛青的矮山才在半山腰渐渐淡了下来。向南，绿很轻快地就铺过了这道静静的小河，远处隐隐约约是高高低低亮灰的县城。一个黄里发着铜红的圆点移动在这绿毯之中，他就是建国大爷。

　　无冬历夏，建国大爷几乎天天都在他的这块田里，有活儿的时候干干活，没活儿的时候看看麦芒捋捋玉米叶。他的田垄是这个村里最直的，土地是最平的。这里几乎就是他的家。

　　易轩从六七岁时就常常在这个小土岭上看着建国大爷在田里这样来来回回伺候着这块绿色。那时好几年都没什么学可上，村里孩子们起初一年多也不敢跟他这样的人玩。建国大爷把他从城里接来之后，多数时候他都是这样整天一个人待在这个土岭上，这里也几乎就是他的一个家。那本来应该是他人生中最灰暗的一段时间，父母不知去向，所有叔叔阿姨也突然就都不认识他了，似乎他就不应该存在。不过，现在回想起来，那一段日子的印象却很是模糊，这大概就要感谢这土岭了。土岭那时不像现在这样光秃秃，最上边一层是粗壮的松、高昂的杨、响动的桦，中间小树灌木藤蔓几乎像要沸腾，下边满满挤着叫不上名字的野草野花，整个土冈是一块立体的绿。这绿之中藏着的是山鸡、是野兔、是飞鸟、是爬虫，是一个看惯了筒子楼柏油马路水泥操场的孩子所没有见过的世界。易轩现在对什么事情都很少有超过几个月的兴趣，唯独对这个土岭，四十多年梦中也没有忘记过。在这里的近十年中，他一点也想不起来这块绿里有什么重复的地方，这儿几乎时时刻刻处处都有着不同的新鲜，有时候仅一队蚂蚁就足以让人消磨一整天的时光。他家里现在还有一套与年龄很不相称的生态蚂蚁玩具，天天拿虫子来喂。

易轩倒不认为这是因为童年记忆的深刻，他觉得这是一种人性的回归。并不是只有他一个人喜欢这些。为什么大家喜欢？因为人类就是从这森林中走出去的，这里是人类最早的家，她已经融入人类最古老的记忆与基因里了。与森林在一起，才是人类最自然的时候。

这些年来，易轩在城建局一直是本着这一点工作的，县城大街小巷社区四合院，只要有一丁点闲地，他都要想办法规划规划种上树栽上花植上草。小县一直不很发达，城中村棚户区在周边县市中最多，可外地人来了，无一不夸小县的街景，省里的绿化工作会议经常在这里开。

其实，这些虚名易轩倒不是太在意，他主要是想让自己看着稍微舒服一点而已，他真想不通前几十年人们为什么那么热衷搞水泥化，面对那些灰秃秃的水泥块，他从心底里有一种厌恶。

不过，这些仅是小儿科，在易轩眼中，这只是乏味至极中点缀的一点绿色安慰罢了，让人能偶尔想起自己还活在这蓝天与黄土之间的世界上。在他心中真正的理想是一片大森林，树要杂乱无章，这儿一棵那儿一棵，永远也成不了排成不了行，但要密；树的品种也杂乱无章，高的矮的直的斜的扭的、大叶的小叶的常青的落叶的、叫得上名的叫不上名的，绝不在乎什么所谓成材不成材；树下还是要杂乱无章，不要什么这奇花那异草，野草灌木最好，各种各样，开得出好花来固然欣喜，开不出开得不好也无所谓，要的只是这一个自然，只是这一个飞禽走兽的家园，即便偶尔窜出个野猪长虫也没关系。然后，最妙的，当然就是林中的一间小屋了，肯定是木头的，上边盖稻草。

易轩管自己这叫"绿色极端主义"。可惜，在这县城肯定实现不了，得去深山。可现在又有几个人看得开这漫漫红尘呢？就算看得开，又有几个人能把自己从这红尘中拔出来呢？红尘滚滚卷世人，奔流古今不复回。即便真的下定决心看破一切，衣、食、医疗你总得考虑吧？再坚决一些，这些你就是不考虑，就是要义无反顾地从这凡尘中升华！可却也难保这些东西这些烦恼到时候不来找你啊。于是，恐怕就需要一架直升机了，至少也得一辆SUV。然而，森林，木屋，旁边却是这么两个家伙，像个什么样子？

幸好易轩五十岁了，早没有了什么极端，知道一切不过是一个缥缈的梦而已，那是仙人的生活，只能在脑子里想想罢了。人活着总是需要有一些梦来撑着的，就像气球里的空气，看不见摸不着，可没有了，气球也就瘪了。

王书记新来上任，县里就计划重新编制一下未来二十年的发展规划。他们是老同学，王书记很是倚重他，来的当天就跟他彻夜长谈，了解县里方方面面的情况，说自己新来乍到，一切全凭他帮忙。易轩自然很上心，先帮着王书记把县里上上下下的关系理顺，又陪他详细考察了县里的各个角落，主要是城南的那一大片城中村棚户区和环城路之外的近郊区。最后，大家都比较倾向于上一任汪书记曾提出的党政机构搬迁计划，目的是通过行政中心的转移，开拓新城，拉开城市框架，提升城市品位，同时改善环境提高行政效率。不过，之前的两个规划和新拿出来的几个规划都很平庸，很难让人满意。王书记就问易轩，这些规划里你的那个理想为什么就一点都没有体现啊？易轩说这只是个梦，不现实，至多是能在同学会上当个笑谈说说而已。王书记一笑，反问，哦，为什么不现实？这句话让易轩茅塞大开，他回过头来仔细一想，的确啊，有什么不现实？有人说这是一个造梦的时代，他以前还有些不以为然，现在才明白这是有道理的，关键看你怎么做。他马上回去召集规划部门开了个会，先拿出了个初步方案，讨论了讨论，可行，就立刻制订个详细方案报给了县里。这个方案相当新颖大胆，在全省几乎都没有先例，王书记很是满意，说低碳环保宜居人文各种先进理念都融合在内嘛！立刻就拍了板，然后开常委会。最后，请了上海南京的几位著名专家会同建设局制订了一份详细的城市规划。

新城最大的特色就是有一个森林公园在城中。当然，面积不很大，但也足够了。树木还是各种各样恣肆无序，密到极致，只是树下恐怕不能野草灌木了，不过奇花异草也不错，不种那些大红大艳的俗花凡草也就是了。景观也尽量不搞太多，精就行，森林还是主体。地点最后就定在了易轩现在站着的这个土岭四周的这块绿上，这里面积广大土地平整，是县里最后一块易于开发的地方。到时候，小河下游筑坝，增加水量，河道尽量改曲，仿九曲黄河，公园跨河而建，很多景观将集中在河边。公园的另一个重点就是这土岭，它的一面将按泰山的形制来改造，林、景都会很密，虽然不能再增高，但一定会让她很难爬。无水不秀，无山不雄，有山有水才叫景。不过，并不仅仅只是这点浅层意义。中华文明兴起于河、拜服于山，这山这水就是为了唤醒人们精神深处的这一远古记忆。这个公园，回归自然是一个中心，另一个就是回归历史、回归文化！园中每个景点都是围绕这一指导思想而建的，夏商周秦汉晋唐宋元明清各种风格俱全，力求一点现代的味道也没有。步足其间，人们即使不怎么看文字说明，也能从心底里升腾起一缕怀古的情愫，思考自己文化的根络。考虑到资金问题，公园内除亭台楼阁假山怪石之外，会散布一些独立的商住房，不过尽量复古，争取与周围景观融为一体。商住房最集中的地方是土冈向阳陡峭的一面。先依山势分出梯级后平整坡面，然后像建窑洞那样往里挖洞。第一级洞的纵深比第二级深，这样第二级上还会有一个小院般大小的阳台。完工后这些小房子看起来就像山坡上正要破土而出的新苗一般。上面植柳树，满覆草皮。早晨醒来，阳光侧入，站在阳台上，扑面是新鲜清风，下边有满眼林海楼台，四周青草斜斜杂花点缀，头顶面前无数柳枝随风轻抚，那会是什么感觉？名字早都想好了：五柳山居。小河截流水位上升之后，易轩还计划从上游分流出一部分来，搞些瀑布，开凿几条蜿蜒的小溪。景观之外，主要是想设一些餐饮处。举杯于天地山水之间，这恐怕是四五乃至所谓七星级酒店也做不到的，更关键的是还可以"曲水流觞"去体味那些逝去的文豪墨客的情怀。虽然易轩倒并不觉得那帮大小老板们能有几个懂得个中滋味，但风雅多数时候都是用来附庸的，肯定会吸引很多人。园中所有景观都以《红楼梦》中大观园为原则布置。大观园也同样不是很大，可让人感觉却像占了半个城，主要就是回廊曲径石阻林遮，处处有景，可永远无法一目穷尽，那是一个梦境。《红楼梦》之所以在人们心中流淌百年，就因为她是一个梦，梦永远都是美好的。易轩就是要造出这样一个梦境一个幻境来。

只是，这个梦境或许只能找出他当初那个梦的一点影子而已。好在易轩这么多年了，见万人经万事早已经很现实。其实世界本来就是现实的，人都变异了，梦能够不变吗？有一点影子已经不易了。

公园外自然形成了一块弧形区域，称为"新月地带"，规划为商住区。有公园这个环境，升值潜力很大。开发是采取两者捆绑的方式，所以建公园县里不用出一分钱。地产之外，公园本身就可以先开发出很多价值，所以招商的时候一众开发商几乎抢破了头。搞得县里都不好协调了，最后分块，定了五家规模大一点的公司。他们的信心比易轩还大，很有把握把周边县市甚至省城的炒房客都吸引过来。

这个时候梦也就到了落回地面的时候了，新城开发建设指挥部虽然正副指挥齐全，可或者说要忙抗旱或者说要忙整顿，都没时间。省里部里各种需要跑、需要搞的审批、工程启动前的各项准备工作，种种琐事都压在了易轩一个人身上。这些倒也还不要紧，不过是多跑点腿多费些心力，最关键，是征地。

上一届在这里征过一块小块地，用各种手段最后虽然是征到手了，可影响很坏。口耳相传之后，周围这几个村子都算是长了见识有了经验，结果现在已经不存在钉子户问题了，整个就都是钉子村。来了别的先不说，先要审批手续，少一份都免谈，不管是乡里还是工程指挥部召集开会，连去都不去。于是只好挨家挨户亲自上门做工作。一开始，他们多数都是很热情很客气的，会很认真地听工作人员讲这个工程的重要意义和对他们村子发展的好处，并不时点头，然后会很坚定地表示自己一定全力支持县里的工作——几乎跟在镜头前表态一般，也不清楚是习惯，还是把这当成了玩闹。可最后，啪就会把条件拍出来，全村一个口径，出奇一致。说只要答应，马上就签字同意，之后就是立刻用推土机去推麦苗他们也不管。当然，肯定是一条也不能答应。结果开头两三次他们还会跟你坐一坐，超过两三次，客气一点的会说——情况就是这么个情况，你们回去再考虑考虑研究研究，各位领导都挺忙的，就不用天天往我们这些平头百姓家跑了。不客气的干脆就是——我很忙，没空支应这些闲事，拉倒最好！少征一天，我还多种一天地呢！到这时候，一般就得搬出法律法规来证明他们提的条件相当不合理。但往往你刚一开口，人家也同样搬法律法规，而且翻出书本来一条一条指给你看。现在颇有一些好事之徒，专门把一些拆迁征地方面的法规文件汇编成册，据说销量还不错。加之网络发达，什么程序了手续了，有时候他们懂得比工作人员都多。连汪乡长下去都时常被堵得哑口无言。

村民的工作做不通，并不是就没有办法了。可以让村委会签，叫作村民集体同意，也说得过去。支部书记村委主任肯定是马上就签，这个倒好办。问题是签了之后，漫说是把工程队开进来，就是领工头来看看现场，也会呼啦围上来几百人挡着。要是在近郊人多的地方，加上站脚围观的，甚至可能上千人。倒是可以用妨碍交通什么的来处理，但不可能处理所有人啊，所以这个办法有时候管用，有时候也不那么灵光。人在面对自己未来生活的时候，所激发出的能量与决心是千万不可小觑的。到后来曾经有一度把去北京的车票都买了。乡里相当紧张，忙求着指挥部把工程车辆暂时先撤回来。各村之中，闹得最凶的就数这个西河村了，而带头的，就是建国大爷。据西河村支部书记探来的情报，当初带头的并不是他，后来情况紧急，众人一合计，觉得应该让一些老人出头比较好，他说自己无儿无女无牵无挂，就站了出来。现在，建国大爷家里每天都有一大堆人在开会，商量对策。有些事情啊，越有人组织越没关系，反倒是怕找不到带头的。可问题是，建国大爷这个头头与别人不同，他什么也不为什么也不怕，就是不想让把地征走。

常规手段用尽，具体负责征地的小店乡赵书记和刘所长没了办法，只好问题上交。主管的朱副县长拍了桌子，指示了几句，结果最后事情还是又落在易轩身上，刘所长配合。

大概是久居都市，规划新城的时候，易轩把什么都考虑到了，唯一忽略的就是土地问题。他没想到短短一两年时间，这么一个内陆小县城难度也会突然变这么大。更关键的是，他没意识到这次是要把这么多村子的地一寸不剩全部征掉，特别是包括西河村。他在这个村子生活了近十年，那时候他虽然是村里最高长官生产队长建国大爷的侄子，但没户口一样分不到口粮，建国大爷偏偏又只有一口人一份口粮，遇到紧张分得少的时候，根本不够吃，只有遍村去借。在大家都窝头野菜维持的年代，借粮不是简单的一个今天借以后还的概念，所以易轩常说自己是吃百家饭长大的。而据赵书记列出的一份活跃分子名单，里边好多都是跟他从小玩到大的，一起吃饭一起上学乃至一起偷红薯。面对这些熟悉的乡亲，他现在的位置很尴尬。倒是跟王书记说说，可以把西河村交给别人，可他又不放心。

工作这么多年，征地拆迁是经常的事，易轩比别人更了解，知道这些村子之所以这么闹，大多数人并不是多么迷恋土地，只是不想成为一个没地种的农民。

在近郊，人均耕地一般都在一亩以下，有的甚至只有两分。靠这点地，就是把它刨透了，维持生活也是笑谈。可有地放在那里，要是不种，不要说别人会笑于或愤于你不务正业，就是自己心里也会有那么一些不自然。农民嘛，本分嘛。可从播种到收获不是一个简单的过程，费时费力。结果，地倒似乎成了人们打工做小生意等等主业之外的一种拖累。所以，在他们内心深处其实是隐隐约约希望地被征走的。当然，前提是补偿。实际上，这次的补偿已经比前几年提高了很多了，从某方面来说，也是很合理的。给农户的青苗补偿已经从一年改成了十八年，每年一亩一千元。你种庄稼是很难种出这一千元的纯利润的。土地补偿费和安置补助费也提高到了八万元，这个给村集体，由村委会决定怎样分配使用。关键这次还给办农村低保和养老保险，一个月分别是六十六块和五十块，不能不说为大家想得很周到。总之，说合理也罢不合理也罢，是合法的。你可以随便去翻法规文件，这甚至比规定的还要多那么一些。反正土地是国家的嘛。不过,他们不这么认为,他们从来都是把土地当成个人财产的，说这是他们祖祖辈辈的地，什么样的条件都敢提。说我们也不多要，有地价的零头就可以，六十万元。口气似乎还是他们很让步很吃亏。其实，他们也是知道自己这条件在条文上是站不住脚的，所以根本不在这上边说事，尽是东拉西扯讲些歪理。先是说凭什么只赔十八年，十八年之后怎么办？说通了这条马上又是通货膨胀又是CPI，说到不了十八年一千元就只值一百元了……不一而足，没有一次不抬杠的。从下去做工作的人汇报上来的情况来看，他们完全就是在胡搅蛮缠耍无赖，甚至还有撒泼打滚的。易轩也不禁皱起眉，有意见可以理解，可怎么能这样呢？这还是自己那些相处过十来年淳朴的可敬的乡亲们吗？乡里赵书记一提起这个就叹息，说自己从通讯员开始，在乡里一直干了三十多年，几乎是一点点看着他们蜕变的，说不上来地痛心！想当年县里要建纺织厂，也是要占西河村的地，那是80年代初，已经分田到户不是大锅饭的时代了。可结果，通知一下来，十天就把地腾了出来。有两户新种的果树，咔咔就砍了，什么条件也没讲。赵书记是看着易轩说的，这件事易轩知道。当时虽然乡里刚把建国大爷从村长的位置上换下来，可工作还是建国大爷帮忙做的。

从启动到现在几乎快一年了，很多人都很着急，易轩也着急。不过他与别人不同，他急的只是因为这是他的一个梦，他并没有进去太深。所以这番话本来应该很管用，可这时反倒让易轩决定把西河村放在最后。然而，这世界上最难避开的大概就是你最想避开的那个东西了。易轩刚把其他各村工作部署下去的第二天一大早，秘书送文件来时就说有西河村的来找。易轩皱眉，心中有些不自在。好在进来一看，是西河村的村主任刘天才。初中时，他与易轩是同桌。他可以说是易轩的忠实追随者，易轩跟同学吵个架拌个嘴，他老远就会跑过来为易轩说话，吵吵得比谁都凶。可惜，作业就没他嗓门那么好了，从来是抄易轩的。不光抄别的，作文都抄，连里边名字也一字不差，把老师气得，那时候又不好拿他怎么样。后来易轩没办法，教又教不会，就每次都写两篇。不过，别看当时是那样，现在他可出息了，家里三层小楼，村里独一份，稳稳当当干了十几年村主任，这不像村支书，没些能耐可办不到。

易轩见是他，很高兴，忙招呼他坐，自己去沏茶。刘天才满脸的笑，赶紧拦住，说易局，咱自己人还麻烦什么。易轩情绪立时低落了许多。然后刘天才聊了两句家常，就慢慢绕着弯子问易轩不安排西河村的工作，是不是因为他工作不力。易轩微叹了口气，让他放心，说这只是因为自己还没想好，先放一放。刘天才看着易轩一笑，说他问这个倒并不是怕有人反映他不好好干，因为他确实没好好干，一直是在和稀泥，有建国大爷嘛。然后他脸色又忽然凝重，说目前情况有了一些变化，建国大爷听说现在是易轩负责，已经退了出来，不再管这个事情。到了这个阶段，也没别人再愿意出这个头，所以村里群龙无首有点乱，他不知道该怎么办。易轩料到会这样，却说不来心中是个什么感觉。刘天才见易轩不说话，挪近了一些说，轩子哥啊，我知道这个事你难办，你太重感情了！确实我更难办，乡里乡亲天天低头不见抬头见，拖一拖也好，正好清净几天。这几天你也不用经常回村里，建国大爷就交给我，反正我也经常过去，家里有什么活儿我就帮着干了。我知道你也不好回去，你说回去，见了大家，难免提到这个事，肯定会有人想让你多给点，可这不可能啊，结果还显得你不近人情。到时候，人家不签，又好像是不给你面子，签，人家心里不自在，你心里恐怕也不会那么自在。

易轩心里很热，想不到刘天才到现在还是这么为自己着想，他确实打算这段时间不回村里，可又担心建国大爷。刘天才沉默一下又说，不过有个事，易轶大哥的儿子后天结婚，他除了自家分的地，还包了三十多亩，在村里最多。建国大爷怕他为难，也怕你为难，就没让通知你。可我觉得，你虽然进城这么多年是大干部，我们就一农民老少，但咱们弟兄们感情这么多年没变过，不能为这么个屁事就生远了，我想我怎么着也得跟你说一下，今天我主要就是为这事来的！你看你是去不去？我看你不用去了，我替你把礼上了，这样他也能领到你的情，你也不用为难。以后咱们大家再坐下来喝一盅，把事儿说开就得了。

易轶和易轩是远房兄弟，同一个曾祖父，前几年父母过世之后，易轩就只剩下建国大爷和他这两个亲人了。当初易轶是村里孩子王，易轩来了从来没被谁欺过生。那时农村没电，怕易轩怕黑，晚上一直是他陪易轩在一个大床上睡觉。这几年建国大爷年龄大了，家里担水磨面一类的活儿都是他帮忙照应。易轩思前想后，觉得自己这次无论如何也得去，到时候不提这件事不就得了，提也岔开。再说喜事热热闹闹的，大家都乱忙，也不一定顾得上提。

西河以前在周边各村中名气是很响的，不到80年代末，新房就全起来了，村里油路、下水道、小水塔俱全。不过，现在这些房子大多都已经很灰暗，近些年新兴的混凝土平房不多，油路也有些模糊，不细看似乎只是一片大大小小坑凹的土路。易轩隔三岔五倒是总回来，从没留心，今天仔细一看，才发现村里原来已经变成了这个样子。进村口不久，路上就堵了一个大坑水，听说是自来水管破了。易轶正带一大帮人穿着雨靴挖下水道，见易轩来了，诧异之外也很高兴，招呼人去找块木板垫着让易轩先进家里。易轩没让去，要帮忙一起挖，易轶忙拦，众人也拦，说你哪是干这种活的人。其实这一段下水道正好是易轩十九岁高考结束等通知那几个月回村里看建国大爷时，大家一起修的，易轩记得清清楚楚。好在不久就疏通了，水很快流走。易轩让易轶赶紧回去先把脏衣服换掉洗把脸。正走着，迎面碰见新郎官和建国大爷匆匆走了过来，新郎走得快，跟易轶说女方家刚打来电话，说租的那六辆车不行,最少得八辆,不然就不用来接新娘了。农村结婚用车从来是个难题,易轪汗立刻下来了,脸上皱纹挤在一起,就像已经到了六七十岁,易轩记忆中的易轪从来没有这个样子的时候。建国大爷让易轩把他自己的车先顶上,救救急。易轩心下庆幸,早上临时想到了这一层,特地还另外叫了几辆朋友的好车,一会儿就到。最后,车队一共是十二辆,易轩说还可以再叫几辆来给女方家看看,建国大爷没让。

易轪放了心,不知该说什么,就聊起了娶个媳妇的不易。先是三万块钱彩礼,然后嫁妆他们还不管,全是男方负责。平时呢,衣服费、订婚费、照婚纱费等等零碎钱就更多了。到领结婚证时,还要三金:金戒指,金耳环,金项链,甚至还有什么"老母肉"——说是女儿是娘的心头肉,你要娶走自然得有所补偿。当然,你要是真去割些肉拿来那是不行的。这都还不算完,家具、家电、房子、装修……有毛病没毛病都要挑一挑,婚前这一个月几乎没闲过。易轩想不到怎么现在农村结个婚会这样。易轪说这很正常,都这样,遇到女方家刻薄点的,更厉害,结婚当天出花样的都有,弄得几乎跟势不两立差不多,大概就是为了要应验"不是冤家不聚头"这句话。

农村宴席,早晨一般都是六个菜吃面。易轪把易轩和建国大爷安排在里屋单独的一张桌子上,特地叫厨房又加炒了几个可口的菜。易轩也没心思,胡乱吃了几口,和建国大爷聊了几句家常。一些老亲戚逐渐到了,建国大爷吃完了就去照应,其他人也都忙忙哄哄的,煮面端面炒菜上菜迎来送往收礼记账准备中午的正宴。不久乐队也来了,哇哇地唱,架子鼓咚咚的,让一切更加热闹更加忙乱。易轩想帮着干点什么,不过处处都有人,没什么插得进手的,只好四处转悠。新房还不错,新吊的石膏天花板,有壁纸有地板砖,门窗都换了铝合金,新床新褥新被,整整齐齐,家具家电一会儿拉过来就更好了。看来公婆等人的工作很到位。其他几间房也都重新粉刷，雪白雪白的，打扫得很干净。不过毕竟二十多年了，房梁椽子都灰黄了很多，地上铺的青砖光滑得像磨刀石，门窗新油漆过，还是盖不住大大小小的裂纹。这座房子当年可是村里第一座大瓦房，上梁那天全村人都来了，鞭炮放了半个小时，梁上的毛笔字还是易轩写的。易轶家里很多东西都是易轩非常熟悉的，村里这台最早的小四轮拖拉机，是1984年易轩托同学在农机公司的父亲买来的，洗衣机是1988年易轩帮忙买的，电扇是1991年帮忙买的，彩电是1994年易轩帮忙挑的，连墙根儿那一大堆空粮缸都是易轩找车拉回来的。

吃过早饭，放了两挂鞭炮，迎亲队伍浩荡出发，其他人或打扑克或看乐队唱歌，四散分开，一下清静了不少。易轩很多年没跟人甩过扑克了，今天忽然来了兴致，打算去找一摊儿，不过每一走近，大家都慌忙站起来，和他寒暄。易轩打算硬坐下来，却让刘天才硬拉进了里屋按在正北的位置上，和村里一些在外有工作的人聊天。后来倒是有人提议边玩边聊，刘天才找来麻将，易轩说自己不会，终于打起了扑克。易轩以前也经常和他们玩，牌技都不怎么样，不过今天也不知怎么的，易轩一场也没赢，刘天才使劲放水都不行。时近中午，易轩看见易轶脸上的皱纹突然又拧在了一起，匆匆地跑进跑出。一打听，原来女方家长又出了难题，说易轶家的地很快就会被征走了，父子两个人只会种地，肯定不好找新工作，女儿嫁过来难免受苦，所以要另加六千块彩礼。易轩想不透这是个什么狗屁逻辑。刘天才给他宽心，说别往心里去，都是这样，女方家都是挑这个节骨眼随便找个理由另外要钱的。易轩知道易轶肯定再也拿不出这六千了，他自己身上又从来不多带钱，忙问旁边秘书小吴，小吴说小意思，他才放了心。不过想不到，易轶脸上的皱纹虽然越拧越紧，东跑西问，可一点也没有要走过来的意思。易轩叹了口气，把一大杯茶吞下去，跟了过去。大家谁家里一时也拿不出六千来，正商量一起凑一凑。易轩把六千递了过去，易轶手缩了一下还是接了过来，动了动嘴唇没有说话。

之后，接回新娘，鞭炮礼花、认亲拜礼、入洞房，算是一切顺利。婚宴开始，刘天才四下忙活，找了一张大桌子，把儿时那些玩伴都拉了过来陪易轩。大家都是熟得不能再熟了，不过今天都客气得不能再客气，脸上都挂着笑，筷子也不多动。易轩想不到这么多年这一下就没话了，不知道该去怪谁。其实，在易轩心里是又隐隐怕大家话很多的，真的话很多，恐怕就会说到那件事上来。在座的这几位，不仅是他的朋友，他小时候又有哪一家的粮没吃过呢？真要是开口要他在这上边帮帮忙，他真不知道该怎么办，可大家就是一个字也不提。易轩觉得自己这五十来年，也就是交他们不后悔。众人的酒喝得都很闷，只有刘天才活跃，四处劝酒劝菜，不一会儿一大瓶子酒就下了肚，酒劲一上来，话立刻更多了。劝到易轶这儿，易轶说自己酒量小，已经喝了不少了。他马上不高兴，说轶子哥，这酒你无论如何得喝！还是三杯，这不是敬酒，这是罚酒！今天这劝酒本来是你的事，你看你把我累的，不罚行吗？快喝，喝了跟我一块劝！说着就灌下去三杯，然后又重新满上酒，说，这第一杯，你得敬轩子哥，你看他今天帮了你多大忙！

易轶拿起酒杯又放下，又端了起来，抹了一下脸，说，轩，哥再敬你一杯，今儿这事哥没通知你，真是对不住你！你又帮我这么大忙，过两天我就把字签了！易轶太实诚，易轩当初给那六千时就怕这个，坚决不喝那酒，说，哥，我拿那钱可真没有这意思！你这么想可太拿我当外人了。易轶说自己知道易轩不是这个意思，签也跟这没关系，是自己想通了，迟早得签，不能给易轩找麻烦。易轩说这怎么能算给自己找麻烦，可怎样去解释也没用，一些话又不好说。好在西河村已经放在了最后，他就说别提这事了，到时候再说。刘天才帮易轩说话，也说,轭子哥,你就别说了,我知道你是为了轩子哥,可轩子哥是什么人你还不知道?这不是让他难过吗?然后,刘天才见其他人基本还是那样默默不语,来了气,说,还有你们,轩子哥平常对你们差啊?今天这怎么了?捆着呢?给谁看呢?

众人紧解释,说就是因为易轩没少帮他们,今天坐在这儿才有些不好意思。易轩没想到他们想的是这些,其实自己又帮了什么呢,不过是上个户口、办个执照、开个证明之类,方便一点快一点而已,于自己只是打个电话托托朋友的事。易轩让大家都不要提了,今天只好好喝酒,以后再说。说到以后,不免让众人又有了一些希望,终于有人忍不住问是不是到最后会有一些变化。易轩本不想再说,但一想,不说可不行,无望的希望是害人,就告诉大家现在至多是能给没树苗的地算上有树苗、有树苗的算多一点,这是县里勉强同意了的,其他几乎不可能。

刘天才说,轩子哥这是大实话,别说他一个局长,就是县长、市长、省长也变不了,我不早跟你们说过,这里头牵扯大着呢,牵一发动全身,不可能变。当初说你们还不信,还有人背后说我。可我愿意啊,我没地吗?这是"夹板气"!就像轩子哥,他愿意啊?可他在这个位儿上,这是他的工作,没办法。有轩子哥是咱村的福气!就俩字,仁!义!他一直都是为咱村的,这不又把树苗给咱争下了!可咱也不能老指望轩子哥啊,那还不把他难死了?大家可以想想,要是换成别人来,早不是这样了,你们还能四平八稳坐这儿喝酒?众人相视,不觉都点头。

易轩使劲摆手不让他说,刘天才这才坐下来。这时他也低落了,倒了一大杯酒咕咚咽下去,开始絮叨自己那几亩今年刚挂果的苹果,说,你当我不心疼?可我早想通了,再怎么搞,也不过是多拖几天。就不说以后河道开了工还让不让浇地,就是让浇,今年不开发、明年开发，这届不开发、下届也得开发，迟早总得签！谁还能有本事让这事儿停了？再说，停了又对谁有好处？

易轩这天回去，一直躺到了第二天中午。

之后没几天，也不知道是冲着易轩还是大家终于相信再拖下去也一样，就都陆续同意了签字。易轩只好把人派了下去，尽量不去想这是为什么。此后，易局长单刀杯酒释疑惑在县里传为美谈。易轩回想自己当局长这些年，真不知道都干了些什么。易轩找了王书记，协调尽快落实补偿款社会保障。不过这次还不算完，他又找了开发商和各大工头，看能不能解决一部分村里人的就业。工地上那些活儿大多不需要什么技术含量，用哪里的工人都一样，他们自然痛快答应，不敢怠慢。易轩这才放了一些心。大家好好干几年，攒上一些本钱。正能赶上新城发展起来，到时做些小生意或者找个新工作。现在就已经开始闹用工荒了，那时工作肯定更好找。任何事情或许都需要一些人做出一些奉献，不过一切应该都会慢慢好起来的。易轩这样想。

别的村子见最硬的西河村都签了，立刻乱了阵脚。加之一些有直系亲属在县城工作——比如当教师当医生的人家率先签字，其他人终于耗不住了，签得越来越多，到最后剩下的几乎是慌慌张张找上门来签的。不过，建国大爷还没有签。工作人员找过，倒是也没多说就同意签，可手就是不怎么动，工作人员也不敢催，后来干脆都不敢去了。易轩说其实你们只要再多说一句就签了，心想看来还是得自己跑一趟。

建国大爷对土地的感情易轩是清楚的，他现在的名字就是当初1949年分了地之后改的。说起来易轩现在能够坐在这里去做他这个梦也全靠建国大爷这块地，当初他出生没几个月母亲就生了大病没了奶，那时正是闹灾害的第一年，要不是建国大爷背来的一小口袋小米，他早不在这尘世了。不过现在要建国大爷离开这块地，易轩却并没有多少像对别人那样的心理障碍。把一粒粒种子变成一粒粒收获不是诗里文里写得那样轻松惬意的。易轩知道耕作的苦，他种过地，初中暑假晒卷皮肤的阳光里他锄过草，寒冬腊月冻裂地皮的北风里他也拉过粪。记忆最深的是打农药，几十斤的东西背在背上，勒出青紫是次要的，关键是滴漏飞溅出的农药渗进青紫的皮肤里针扎一样刺痛，喷出的药雾更是在阳光下蒸腾，整个人完全是围在一片毒气之中，现在想起来都似乎还能闻到那一股股刺鼻的味道。这些不是一个七八十岁的老人应该干的事情。易轩说过，劝过，甚至一家人硬把建国大爷接进城里，都不行，住不了一个星期就要回家，不让回就偷偷走。这下总没什么可说的了吧？易轩早已计划好，等公园建成，在远离餐饮游乐区的幽静区里买一套房子，那时自己也快退休了，和建国大爷一起住进去。其实建国大爷也未必就是喜欢种地，虽然一天不看见地里的苗儿他心里就发慌，但易轩问过他，他说种地就是种地，是活儿，没什么喜不喜欢的。他直到前几年还不时告诫村里的孩子们要好好学习，以后考上大学就可以进大城市了。所以易轩觉得建国大爷这或许只是几十年来养成的一种没办法改变的生活习惯。这没关系，房子前后空地大着呢，建国大爷要是闲得慌就养点花，不喜欢养花就种菜，甚至种小麦玉米也行，反正自己在身边，好照顾。

建国大爷家同往常一样锁着门，易轩掏出钥匙进来，看见水缸面缸都满着，油盐酱醋肉菜不缺，放了心。房子是十年前建国大爷又一次偷偷回来之后易轩给盖的，打扫得很干净，农具摆得整整齐齐，电视之类的家电跟当初新的时候差不多，建国大爷一向不喜欢这些东西。他最喜欢照片，每次易轩来，他都要问家里有没有照新照片。从他和易轩父亲最早的合影到现在，大大小小的相框整整挂满了一面墙。看着这些照片，易轩心下一动，走进卧房看了看，有一个床头柜，拉开抽屉，有一个小小的相框，里边只有一张更小的照片——一张孩子的满月照。这是建国大爷的孩子，叫易铁，和易轩同年出生，还没一岁就得病夭折了。现在征地基本结束，指挥部正跟大家协商迁坟的事。易轩突然想到建国大爷之所以留恋这块土地，或许还有别的原因，要真是那样可就有些麻烦了。建国大爷地里有一棵树，从易轩小时候就在那里，不知道是什么种类，一直就两米来高不再长大，不过叶子很密。一般种庄稼地里是不会要树的，遮光。易轩曾问过几次，建国大爷都没说。

易轩越想越不对，去问隔壁史奶奶。村里的事情没有史奶奶不知道的，她说，对，那树底下就埋的是建国家娃，那年饿死的不少娃都埋在那儿，后来分地建国就要了那块地。易轩站了起来，相当诧异，建国大爷一直说是得病啊。史奶奶说，那时候还有什么病，都是饿的。我听说建国家里本来还有一袋小米，是他领着人开荒大丰收乡里私自奖的，结果就不见了，后来媳妇闹了一场，也跑了，再也没回来。

易轩回过神来的时候，发现自己正往小土岭那里走。他小时候来西河村就一直有个问题搞不明白，甚至这问题到底是什么都模模糊糊，现在终于清晰了起来，他那时捧着野菜碗一直搞不清楚的原来就是——农民为什么会挨饿，他们本来是最接近粮食的人啊？

暮春时节，万物腾生，路边满是那些熟悉又已经陌生的各色野菜。易轩想起早上爱人，特别是儿子媳妇都嘱咐回来时多挖点。建国大爷在田里，易轩是从小土岭的另一边上去的。这面陡峭一些，有不少挖的坑洞，那年他刚来的时候还能看见里边白花花的土，现在早已被飞尘杂土灰蒙蒙地盖满了。易轩长大了才知道，那就是观音土。一个多好的名字啊！其实，有这样一种能下咽的土，或许真是某一种慈悲。

看着小土岭下这块似乎能伸展到无边无际的绿色，易轩脑中也有些无边无际，乱七八糟想了很多，又不太清楚想的是什么。等他把思维一点点收回来的时候，才发现建国大爷已经上到了半山，想走看来是来不及了。建国大爷嘿嘿笑着说早看见山顶有一个人，就知道是易轩。他几乎什么时候都是这样笑呵呵的。易轩慌忙找了块大石头让建国大爷坐下。建国大爷问工作人员怎么突然不来了,他等签字等了好几天了,依旧那样嘿嘿笑着。易轩在旁边来来回回慢慢走动,左右不安,终于还是不得不问,你签了,那我铁子兄弟呢?建国大爷一愣,不知易轩怎么知道在那里,说,我以前挖过,早什么都没有了,化了。易轩偷偷看了看,建国大爷笑得很平静,或许五十年能让什么都这样平静下来吧。建国大爷问那棵树能不能留下来。易轩立刻紧着点头,说,能,当然能!这本来就是为了种树!建国大爷也悄悄看了看易轩,忽然有些小心翼翼,又问那自己能不能在工地上帮忙种种树,不要工钱,不多干也可以。这次是易轩一愣了,然后赶紧答应,心想大不了让工头派几个工人跟着。

建国大爷马上轻松下来,很高兴,孩子一样的笑,指着下边说这一片从祖辈就是一大片林子,风都吹不进去,他和易轩父亲从生下来就住在旁边的一间小草屋里,吃穿全靠这林子。易轩小时候在土岭上见的只是林子余下的一点尾巴,里边没剩什么东西。人年龄一大,往事总是容易飘在眼前。建国大爷就慢慢跟易轩讲这林子,讲那春夏秋冬红黄绿墨变化着的树,讲那风霜雨雪青盛萎伏枯荣着的草,讲那五颜六色娇嫩但却也不屈的野花,讲那各形各状酸甜又也许苦涩的野果,讲那自由的燕雀鹰隼,讲那小心的鼠兔獾鹿,讲那笨兮兮的野猪,讲那贼滑滑的肥狼。易轩这才知道自己梦中的那片森林是多么浅薄。建国大爷说这一切都是他亲手毁了的,他带着全村人,砍呀、烧呀、挖呀,一车一车地往外拉木头,整整三年才把林子都啃掉,后来又是整整三年地里才不往外冒小树苗,杀死一块林子是不容易的。现在能把它种回来一点,也挺好的。建国大爷问易轩这个公园里以后会不会放些动物。易轩想过这个,不好解决,鸟们自己会飞来,倒不用担心。其他的不好办,养在笼子里明显不对味,放又想不出什么合适的,也许可以放点锦鸡之类的，但还是可能跑掉然后失踪在某些人的盘子里。建国大爷看来为自己的聪明在得意，又忙掩盖，说，可以放些松鼠啊，它们住在树上，不会乱跑，又不用人喂，也不跟人争什么。说自己小时候草屋旁边树上就有一只，尾巴很大。

易轩不知道建国大爷与那林子与那松鼠有怎样的一个故事。人能用语言描述的，永远只是自己心里的一小部分，其他的说不出来，说出来别人也很难理解你描绘的那幅图景背后有着怎样的一种幽深。

政策是占补平衡，就是说城建占一亩耕地就要新开垦出一亩地来补充，不过一直是欠账。这一两年上边终于越来越紧，县里才把它列入议程。正好这次新城建设，会挖出大量的熟土，县里就计划把这些土都填到西山的一块采空区上，打算造出全省最大的一块占补平衡田，二百来亩。易轩想跟王书记说说，把这事也揽下来，等退休之后就去那里包上几十亩。到时候，建国大爷想去就去看看，不想去就住在公园里，自己一个人去。也到自己把这些接下来的时候了。

生意经

　　天空不清楚是阴是晴，似乎飘着雨丝，可一抬头，光却强得刺眼，只是找不到太阳在哪里。稍微一低头，四周就立刻又暗了下来，暗得一切都没有了色彩，只剩下了一些曲曲折折的轮廓。脚下的轮廓感觉像是一条路，镜面一样平，宽得看不到路沿，也就不知道它要通向哪里。不过也正是这样，它又似乎是能平平坦坦通向任何一个地方。可不论哪一个方向，只要一抬脚，这路马上就软了起来，像沼泽，让人迈不动步子。再一低头，脚下也果然变成了杂草丛生的沼泽。那些草钢钎一样的直挺，把人绊得东倒西歪。想扶一下旁边的树，那树却像草一样软。四野茫茫，看不见一个活物，没有一丝声响，不免汗毛倒竖，只有远处慢慢显出了一间房子。一阵冷风吹来，不由得你不紧跑过去。跑近了，才看见那又不像房子，像一个城堡，门很大。然后那门呼就过来压在了你面前，近乎是逼着你去拍它的门环。然而刚一抬手，门里边的人倒先咣咣地敲了起来，似乎在等着你给他们开门。

　　又一阵咣咣之后，关兴林一惊，终于睁开了眼睛，开灯看了看，两点二十，就骂了句缺德准备继续睡。不想咣咣又起，这下听清楚了，是在隔壁胡同，声音大得很，铁皮轰隆近乎拆门。兴林一想，不对，哪有这么敲门的呀？村里这几天刚闹了几次小偷，邻村更是有一户被人半夜撞开门抢了个光。他在支书兼村长这个位置上，不能不操点心，就披上衣服下楼，在院子里抄了一根棍子出了大门。旁边村委办公室灯还亮着，里边哗啦哗啦像有什么东西在搅拌，兴林敲了敲门，声音立刻停止，支部和村委的四个人开门走了出来。会计关智有见是兴林，说大家正帮着他整理账目。兴林也不好深究，带大家顺门声从一个小胡同摸了过去。

在隔壁胡同里，果然一条大汉正狂了一般拿个大扳手砸关发旺家大门的锁。发旺这些年在外做生意，经常半夜才回家，有时干脆不回来，家里常常只有老人和妇女。兴林看了看，这边没有其他人，在另一头靠近主路的胡同口那里停着一辆面包车，他觉得同伙可能在那里，心想正好，先把这个解决了再说，就从那人背后路灯暗处悄悄举着木棍摸了上去。他穿的是软底鞋，走路一点声音也没有。但想不到那人感官此刻如此灵敏，还没走近，噌就跳着举扳手转过了身，不过之后就一屁股坐在了地上。那人转身，兴林没什么，早有准备，倒是这坐下把他吓了一跳，一捏手电，才发现那就是发旺。众人很泄气，扔了各自手里的家伙。兴林说，你怎么回事，有你这么敲门的吗？我还当"明火贼"抢你家，再迟一下这棒子就上去了！怎么，又去娱乐城，老婆又不让进门了？此言向来能引起众人的打趣，智有便立刻奇怪关发旺今天怎么不按惯例跳墙，支委关兴业马上就肯定是墙那头安了狼夹子，断了后路。

发旺满头满脸都是土，也不知道摔了几跤，西装刮了两条大口子，鞋都少了一只，脸上汗沟子一道一道的，手抹了三次脸才把气稍微喘匀一点。不过别看这样，对村里众人说话还是那么习惯性地不客气，说，你们怎么搞的，吓死我了，我还当鬼撵上来了。兴林白了他一眼，从面包车旁把那只鞋给他捡了回来，说，发旺，说你多少回了，你这毛病也该改改了，再这样，你就是用大锤敲门人家也不理你。你媳妇这人不错，挺贤惠的，你也老大不小了，还能天天去那地方？有什么意思？乱七八糟的。要非觉得好，也行，下次去把媳妇一块带上，不就没事了？

市里正搞文明创建，关家庄是县里经济方面唯一拿得出手的典型，偏偏在这上边有问题，打架、赌博、邻里矛盾、家庭不和，什么事都有。镇里派了好几个工作组了，宣传、开会、教育、单独走访，手段用尽也没什么效果。兴林倒是不在乎这些虚名，不过大家都是乡里乡亲，都沾着亲带着故，以前穷是穷点，可和和睦睦，有时候比现在的一家人都亲近。结果这几年自己把村里经济搞起来了，人与人之间反倒越来越远。所以他也着急，不想看见大家这样，甚至怀疑是不是自己有什么过错，可惜也同样没什么办法。这其中发旺媳妇就是一个难点，闹离婚闹了十几次，认识县长，连县长办公室都去过。问题是又不想真离婚，只让县里给她想办法。县里自然让兴林解决，兴林也就只好时常这么劝劝，每次发旺都是当笑话来听，有时还要讽刺两句。不过，这次不同，发旺顾不得与兴林计较，只让大家赶快帮他叫门，说他刚才碰见了鬼，腿软得不行，不然早就跳过去了。众人当他喝多了。他说是真的，就在村口那里，黄白黄白的，车灯一照马上就没了，灯一过去就又出来，还瞪他，一瞪，俩车灯马上就都灭了。迷信这个词虽说贬义了这么几十年，但对这个词全信的不多，全疑的不少，大部分人是半信半疑，而且现在是越来越半信半疑。毕竟人类都已经在月球撒过欢儿了，所以你要单独跟一两个人这么说，他不一定不信你，甚至还可能反过来告诉你点类似的事例以互相鼓励。但要是当着很多人说，特别还把汗流成这个样子，那就基本挡不住众人齐笑了。人多与人少时人们的心理与反应是不一样的。

兴林正好说，瞪你干什么？跟你有仇还是替你媳妇出气？灯泡时间长了坏，那是正常的。飞船都上天了，你还信这个？行了，我们帮你叫开门，你跟人家赔个不是。完了睡一觉，好好歇歇。以后再也别去了，对身体也不好，你看熬得眼都花了。

自己在这儿着急忙慌地说，人家在那儿嘻嘻哈哈地不信，以发旺的脾气自然上火，说，不信你们可以去看，时间不长，也许还没走。可惜，没想到众人是拉他一起去看。他相当后悔，打死他他也不想再去那儿了，又没办法，只好跟在最后边。一想，不对，又往中间挪。众人又是大笑，兴林就给他讲鬼故事。一行人说说笑笑到了村口，然后就没了声音。隔着县里新修的马路，对面果然能看见一个黄闪闪的影子，一人来高，一人来宽，有头有身，头上还隐约有五官。

那里是一座关庙，兼关氏祠堂，有几百年历史了。今年县里搞旅游开发，就动员兴林出资修缮了一番，修旧如旧古色古香之外，又在庙前塑了一大尊关公的仗刀立像。像前有碑，一人多高，红底金字，上书"关圣帝君"四个阳文大字。几天前刚刚竣工，那影子就在这碑上。兴林开始以为那是碑字上的金粉反射的光，细一看才发现，字虽然正在那影子中间，但影子的范围却比字大很多，他用手电一照，果然立时消失，一关手电就又马上重现。不过手电灯泡倒是没事。兴林受教育多年，是从来不信这些东西的。他也能想明白，要真有鬼神这么一说，坏人早都让掐死劈死了，这世界也不会这么乱。便对众人说这绝对不是消失，一定是手电光比较强，把那光给盖住了。随后，又多照了几次，以证明那并没有什么能破坏灯泡的法力，然后招呼众人跟他去细看看。

村口牌楼这里有路灯，关庙那里没有，站在这儿看过去，那里黑得就像是只剩了那个影子。刚才打手电时，众人也看得清楚，碑前并没有多什么多余的东西,那影子就像是钻在碑里似的。所以对兴林的招呼,众人有的系鞋带有的扣扣子。他们倒也不是信了,但不怕一万就怕万一嘛,又不是彩票,跟自己没关没系的,他们不准备试那个运气,现在"傻"可是一个很流行的词。兴林也就一甩手,一个人走到了碑前。上上下下看了看,然后用手指擦了擦那影子,没擦下什么东西来,也没摸到有明漆反光膜之类的东西。之后用打火机烤了一下,同样没什么反应,那影子就像是碑自己发出来的光一般。可碑是一整块大理石雕的,明显没有荧光这种功能不说,就算是要发光,也应该是整块都发,不能只有人形这么一小块。兴林又去四周看了看。四周除了石碑后边的立像与庙之外,就只剩了一些依依的花与柳和漫漫的草地与青砖了,显然都跟光扯不上关系。

兴林回来,众人一看表情就知道没弄出个所以然,脖子后边不免嗖嗖凉了起来。听说兴林还准备找点水,泼一下试试,发旺忙拦,说千万不要再搞,"人家"已经很不高兴了,一直在朝这儿瞪眼呢。关于这,倒是兴林这次唯一弄清楚的地方。原来,那"关圣帝君"的"关"字正好在那影子的头部那里,远远一看,一笔一画很类似五官。又是简体"关",乍一看上去,上边那部分就跟横眉立目差不多。当然,也得看你怎么看,要是从下往上慢慢看,主要看下半部分,就又有点慈眉善目笑嘻嘻的意思了。只不过,现今人们看人看物,一般都是眼睛抬得很高从上往下看的。兴林解释了这些,又问众人如果真是鬼,刚才自己又摸又烤的,怎么还能平安回来,这才让众人不那么慌乱了。

可惜,人心里要是肯定了什么,那对否定他这个肯定的东西就肯定会立刻想出理由去否定,人智可畏。发旺就是立刻肯定那只是鬼"脸"碰巧在"关"字那里,然后又立刻肯定兴林身上有朱砂包之类的辟邪物品,还想上来翻口袋。他让兴林不要不尊重事实,说,不管怎么样石头不可能发光,既然人家已经站在了你面前,法力又那么大,几千度也没事的钨丝灯泡都能一下烧掉，你就应该诚心诚意地相信。之所以不对付你，说不定是想跟你交朋友。然后对石碑说其实都是别人不了解想歪了，冥界的人实际跟阳界的人没什么两样，都是很仗义的，爱交朋友也够朋友——真是颇得蒲松龄思想之精华。发旺之所以能够把县里各大机关办公用品生意都包下来，就在于他交朋友的技术，哪怕你憋着劲预备给他两个大嘴巴，他也有办法让你最后跟他去喝两盅小酒。看来，他是准备把他这方面的本事也用在这儿了。众人让他说得头皮又麻了起来，最后他只一句，别说话，有动静！就让大家把汗出了个透。仔细一听，身后的村子里的确有些响动，远远近近几个方向都有，呼呼啦啦像一二十号人在走。兴林不觉看了看表，其实不看也知道，现在正是村里绝大多数人睡得正沉的时候。

　　这时，月光从云里闪了出来。不过，这只让石碑那里的一切从黑蒙蒙一片变得有了一些轮廓，结果反让那里像是匍匐着一只兽，那影子更几乎就是兽睁着的眼睛和嘴。树枝树叶斑驳的影子这时也忽然在路灯暗处现了出来，地上墙上人身上哪里都有。一阵风吹来，就张牙舞爪地动，加上脚下落叶纸片滚动的声音，就像是远处村子里那些声音突然就奔到了身边。同一刻，那些声音一拐，从各胡同来到了大路上。是一些亮黄亮黄的小光团，离地一米多高，还有点微微跳跃扭动，排成行就过来了。众人冒着汗毛立刻就侧身站在了路灯最亮处，左手朝着这些光团，右手朝着石碑那里，不知道该往哪儿逃。等那光团很近了，才想起来，这是手电光。原来发旺媳妇见发旺不像往常那样跳墙，砸门声又猛地停止，心里起了疑，悄悄出来一看，见面包车车门大开，地上扔了个扳手，当他让绑了票，就急急慌慌打电话招亲集友来寻。

　　兴林这时发现自己背上也湿了，风一吹刺凉刺凉的，很恼火，决心跟那影子干到底。新来的这二十几号人也都出了冷汗，兴林知道得赶快想办法了，不然一会儿全村都得乱起来。他仔细又想了一想，觉得这应该还是某种反射的光。不过这么跟大家解释没用，一时半会儿找不出反射的原因，还得让人问住。不如先不管这个，先不让它反射不就结了？这时月亮又回了云里，四周光源除了远处县林业局新建的十八层办公大楼之外，就只有村口牌楼这里了。大楼门口那盏灯瓦数倒是很大，不过很远，又在侧面，看来不可能。兴林看了看牌楼上这两盏路灯，发现其中一盏正好灯头有些损坏，歪向了石碑那里，就一笑立刻叫电工关大胆去旁边变压器那里拉闸。

兴林做事一向这样利索，所以关家庄没几年就从穷村变成了典型。可惜这次，灯灭了之后，那影子不仅没消失，在一片漆黑中反倒更亮了一些。兴林立刻后悔，不过晚了。本来因为有兴林在还半信半疑的人们立刻不再半信半疑，脸白发绿，看着那影子的怒目，认定其必是来此地寻仇，而且仇家还肯定是他们其中的某人，于是一齐在黑暗中急呼合闸。偏偏关大胆手也抖了，三次都没合上。闪灭的灯光让众人精神险些崩溃，绕着圈老半天才找准家的方向，准备四散。可刚一迈步又惊然醒悟，你是跑它是飞，明显赛之不过，还不如大家在一起阳气大些。那影子久久不见行动，大概也是怕人多。只是，这不是长久之计，这么多人不能总耗在这里。兴业懂得很渊博，说阳气之外，朱砂鸡血狗血也同样有此奇效。发旺这时也很有主意，小声与众人商议，说不如悄悄派几个胆壮之人，结伙回家，广搜朱砂、现宰鸡狗，先撒在碑周困住此鬼，大家也好回家养精蓄锐，以便明天能全体出动，遍访法师高人。旁边立刻有人提供情报，说关嗣有因为自己的疯儿子，正好请了有名的灵镜寺里的一位神婆，明天就到。据说这位神婆有半仙之体，踩钉板嚼玻璃面不改色，上晓前生下知后世、请神服鬼无一不精，从业二十余年兢兢业业大名广播，甚至陕西河南慕名而来者都不绝。众人大喜，忙托几位年长德重的明天去跟嗣有商量，劝其舍小家为大家，顾全大局，大仙来了先给这里作法。发旺更是面向石碑大声宣布，冥界这位朋友有什么要求，明天尽管跟大仙言明，不必客气，全牛全羊祭献也没有关系，费用他一人全包。

众人正议得火热，发旺的母亲，村里年龄辈分最高的五奶奶终于从后边颤颤巍巍赶了上来，听了几句，用拐杖猛杵地面，笃笃有声，说，年轻轻的别胡说！小心烂舌头！亏的还姓关呢，那是什么地方？那是关公爷的碑！哪个鬼长了什么胆敢去那里？兴林闻言，怪自己没早想出这么个好办法，不过马上就觉出了其中的不妙。众人这时立刻不再出汗，忙问那到底是什么。五奶奶眼睛上望，扫视众人，说，憨得都没见过世面，还能是什么？那是关公爷金身显灵！多少年没见过喜鹊了，今天早晨一下就来了仨，在村子上头绕了好几圈，我就知道准有好事！咱村都是关氏子孙，这下可好了！

众人如梦中被点醒一般哦了一声，立时齐齐望向石碑，眼中敬仰与欣喜喷涌而出，反应快的还分秒不差地同时拜了下去。只有发旺不解，问，我也是关公爷的子孙呀，怎么还老瞪我呢？

当妈妈的疼儿子，五奶奶说：谁让你刚才胡说呢？不过关公爷那么大年纪了，还能跟你一般见识？赶快回去拿香，给关公爷上一炷就没事了，心诚点！

他媳妇冷笑一声，照他胳膊使大劲拧了一把，说，什么也不是，做下亏心事了，要不看我怎么就是笑着的呢？

五奶奶着实把兴林夸奖了一番，说他和县里重修关庙实在是办了一件大好事，关公可能就是因为他干得好才来的。兴林和别人不一样，他之所以愿意听镇长的劝，放下省城那么大的公司回村里接这个摊子，并不是为了钱。人活着，没心力那是没办法，有了心力，就总是有点追求的。他就是想把这个村子搞得像模像样，让父老乡亲说一句好。可惜，想不到这"好"今天体现在了这儿。

兴林还想着反射，又找了块木板挡在了石碑与林业局大楼之间，结果依然没效果。这下他彻底没了办法，只好还是那样教育群众不要相信。这次倒不像刚才，没有人反问这怎么回事那怎么回事，都点着头带着笑哦哦地听着，然后就带着这笑回家翻箱倒柜找香去了。众人魔术一般便散得稀稀拉拉，之后不久又同样魔术一般聚得满满当当。乡里乡亲，大家平时互相倒还都有礼有貌分个长幼，今天只分先进落后，一齐拥了过去，根据体质强弱插好香烛。之后或鞠躬或磕头，花样各异。口中都念念有词，也不考虑"关公爷"听不听得清。微风中，碑前草地上插的这些高高矮矮的香发出流星似的闪光。远远望去，就像是那影子把脚下的土地点燃了一般。轰轰烈烈地"闹鬼"就这样轻轻易易变成了"闹神"，平时恐怕大家连数钱时都没有这么大的劲头。

兴林看着这三米见方、星系一样扁平舒展的星星点点，悟出了"闹神"比"闹鬼"的严重。对鬼，不管多敬多畏，其实在人们心底里它是尽快尽早除之才能后快的东西，稍微作点"法"，人们就宁愿相信它已经消失。神正好反过来，是费些不值钱的香烛就可能"带来"好处的东西，没有人们也愿意它有。所以鬼闹一时、神闹一世。

他回家拿来数码相机，打算把那影子拍下来，明天让镇里派的大学生村干部吴助理发给省城的大学，请人家帮帮忙，尽快把原因找出来。大家这两年稍微有了些钱，心态不适应，村里已经乌烟瘴气了，再要闹起神来，还不知道会出什么乱子与笑话。第一次闪光过后，相机屏幕上白茫茫的。兴林调了调，这次碑倒是清楚了，那影子还是不见，可能还是闪光灯太强把影子盖住了。相机是个普通相机，兴林又是业余中的业余，又试了几次还是不行。最后干脆把闪光灯关了，结果屏幕上只有黑乎乎一团。这时，五奶奶说话了，林子，我早想说你了，有益无损的，你怎么就总跟关公爷过不去？你不姓关？年轻轻的可不敢作孽！还照相，照下相要干什么，还想说关公爷是假的？关公爷是神，能随随便便让你照下？看你还敢不信？

众人都在旁边看着，正在奇怪，闻言大悟，无不赞叹神力无边。兴林想不到竟是自己让人家坚定了信念。

第二天一大早，兴林原本想先召两委的人开个会，等了半天谁也没来。他跟老婆吵了一架，只好自己一个人去了县城，找一个开影楼的朋友借了架专业相机，请教了点夜间摄影的技术。朋友问他是拍什么，他没说。不然消息传开，恐怕就得有人租旅游大巴来他们村了。

不过，到傍晚时，村口那里的人早已不比"旅游大巴"的少了，附近十里八村的都聚了过来，可见人嘴的速度。村里男女老少更是有很多把晚饭也端了这里吃。人们面向"金身"或站或坐或蹲，表情无限欣喜无限期待无限陶然也无限思虑，犹如泰山绝顶等待日出，又比等待日出多出了无限虔诚与无限神圣。

脑子灵活的，自然不会放过此良机。话又说回来，现下谁脑子又不灵活呢？所以也可以说此良机自然没有被放过。香烛供品烟酒糖茶瓜果梨桃小吃冷饮扇子蚊香灯笼手电租赁板凳各色小摊一现之后便立刻百现，可以说只有你想不到的，没有你买不到的。"羊肉串、羊肉串、正宗羊肉羊肉串……西瓜保甜、甜瓜保面……烧香供神，好运发财……雪糕冷饮，防暑降温……"各种叫卖赶集一般繁华。不过，不是那种圆张嘴大扯嗓气运丹田地喊，声音都不大，连从来不知道怎么低声说话的关大胆也是如此。甚至有人不小心占了他的地盘，特别爱好打架的他居然也不瞪眼睛骂人了。所有商品中，主角儿自然是香了。智有是独一份，从一把一把的小香到那种两米来高所谓的"高香"花样占全，价钱是正常的三倍。买者却基本不眨眼皮，客货车拉了两趟都不够卖，因为据智有说买关公后代子孙的香比较灵验。挣钱可以，不过也不能这么过分，兴林就忍不住劝了一句。智有忙得说了几句进价高运价高尊重市场就顾不上再说。倒是五奶奶也来买香，见大家烧香只能插在草地上，反过来倒劝兴林弄点实在的，让村委会掏钱买个香炉。兴林自然不能让这里再冒出个香炉。可惜，旁边几个想在村里几天后开张的市场上做番大生意的人闻言很受启发，当场宣布村委会不出钱没关系，他们合资捐了，然后打着车就进城采购。其他几个人大悔晚想一步，赶紧一起商议捐献磕头垫子等物，其中两个人因为以前吵过嘴，还曾发誓再也不跟对方说话。众人一听香炉很快就到，买香更是踊跃。不过，智有的香价这时反倒降了下来，他还不管生意火爆，急急慌慌放下，去碑前烧了一炷。因为别看五奶奶如此虔诚，一听香价，却也立刻拉脸不买，说，关公爷眼皮底下还有这样的？

这样下去不是办法。兴林悄悄拍了照，就又返回县城，求那位朋友加急给洗了出来。这次效果极好，那影子黄光醒目，石碑什么的清清楚楚。兴林就让洗了几十张，一路油门回来。见几个最坚定的正准备磕头，就先发给了他们，看他们还怎么信那"神力"。

咦，怎么拍下来了呢？

这太好了，我们家老关明天出差，愁这几天没机会来这儿拜，正好把这照片带上！

关公爷可能就是怕咱有时候不方便来拜，才叫兴林照下来，让咱拿回家供着的。

此言之后，几十只手伸将过来，兴林手里的照片就不见了。外村的一些人深恨自己没有抢照片的资格，只好呼啦围上来问兴林有无存货。三十、五十，很快就开到了一百一张。兴林没想到奔忙半天，仅三句话就败得这么一干二净。不过一想，也不奇怪。慢说这照片说明不了为什么发光，就算是比较确凿的证据，只要不是极为确凿，也未必有多大作用。人就是这个样子，只要信了什么或不信了什么，不管出了什么相反的事物，他们都会有一些办法去解释，然后去坚定自己的信念。

043

兴林正计划着下一步，五奶奶怒冲冲过来，把拐杖又是那样杵得笃笃的，说，我平常看你这娃办什么事都不错，还当昨儿的事实已经把你教育下了，结果你还是想跟关公爷过不去。你自己不怕，也得为一家子人想想啊。旁边还跟着其他几位长辈，也都这样劝。兴林见老婆站在后边，明白了，瞪了一眼。三叔正好赶过来，一眼把兴林这眼又瞪了回来，说，人家秀枝还不是为了你？要是别的神也就算了，关公爷是咱祖先，你这是不孝！我知道你也是怕大家光顾了烧香磕头，不干正经事。不过这不是以前迷信的时候了，大家都懂，敬神归敬神，该怎么干还得怎么干，还干得更好，因为心里踏实。现在这人哪，什么都好，就是心里不容易踏踏实实，没个主心骨，这下可好了！

旁边众人听说兴林居然还不信显灵，也都纷纷过来劝他不要那么死心眼，说得都很真诚与热心。兴林没想到自己人缘还不错，还有这么多人操心自己的三长两短，真不知道是该感动还是怎么样。后来连半身不遂的宗文叔也挣扎着过来，说，林子，你就不看叔可怜啊？我这病刚有点希望，你就说这说那，万一关公爷一不高兴走了，你让叔咋办？宗文叔说得老泪几乎纵横，之后硬是把自己也豁了出去，说自己这么大岁数，好不好也倒无所谓了，可关公是全村的希望，让兴林千万不敢做对不起大家伙的事，自己就是例子。弄得兴林慌手慌脚，赶紧劝慰。三叔也帮忙劝，让宗文叔信是信，该吃药也别停。

最后说话的是老婆，她告诉兴林，说她刚才给留在省城的儿子继之打电话，听说就在今天下午，继之开车稀里糊涂就剐了公司大门，车都差点翻了。继之在部队开了那么多年车，从来也没出过什么事。众人都倒吸了一口气，大着眼睛齐齐看向兴林。兴林没好气，跟老婆说让他以后少喝点。众人则建议让继之赶快回来上炷香。倒是三叔不同意，说关公爷那么大神仙，还能为这点事就跟小孩子过不去，肯定只是意外。众人一想，也对，都点头。兴林看出来三叔信是信，不过跟别人信的不同。心想要是大家都像三叔这样，倒是神仙们的福气，起码他们的"神品"不受怀疑。别人别看烧香磕头比谁都虔诚，可在他们潜意识里神仙是什么样子的呢——是只需你烧香上供，哪怕贪污杀人，神仙也给你降福办事；但只要稍有不敬，马上就横灾竖祸砸在你头上。这些人也不想想，神仙要真是这样，和流氓差多少？不成了收保护费吗？你这还信他个什么劲儿？不过，也许这些人反倒正是希望神仙是这个样子。毕竟他们的动机说不上不良，起码也是不纯，神仙如果不是这个样子，他们的香岂不肯定是白烧？兴林心想现在要是有人宣传神仙都是正人君子，大家还都信了的话，肯定有不少人睡不着觉。

这时，嗣有请来的那位神婆的"大神"已经从嗣有家一路跳到了石碑前，声称自己是关老爷亲妹子，刚刚动用"通天法眼"看见了嗣有儿子之所以拿刀狂追父母是因为恶鬼附身，现她已调遣天兵天将捉拿此鬼。可惜众人过于虔诚，忙问何鬼如此大胆，敢于关公爷眼皮下撒野？神婆语塞，大唱"天机不可泄漏"。不过众人已有解释，称此鬼必亦为关氏子孙。于是就有人想到了嗣有他爹。多年前，嗣有曾在雨夜将他八十八岁的老爹撵出家门。

石碑那里越来越热闹，兴林不知道还会不会有什么更新鲜的，一想自己在这里也没什么用，不如回家。免得到时急火攻心犯了病，在众人眼里成了报应不爽的确凿实例。

也真是幸亏回了家，之后不久，第一百货商场的车队就浩荡开来。几十个黑墨镜白手套的保安先跳下卡车，城管一般将人群与小摊踢打轰散，腾开了一片场地。然后，商场经理从宝马下来，快步到另一侧给一位对襟袄绸布裤圆口鞋的古貌"大师"拉开车门。这位"大师"眼高于顶，掐指一算便知关公此刻正在用膳，不宜喧哗，之后合掌就地打坐。经理等人诚惶诚恐，不知如何是好，又不敢开口相问，只好在一旁垂手屏息伺立。半晌,"大师"才睁开眼睛站起身来,朝石碑一揖,道:谢帝君赐酒!随后扫视远处围观众人,说围观须在七七四十九米处一百〇八人方合天罡地煞之规。保安再次活跃,量地数人拉人不亦乐乎。心诚则灵,经理亲自摆放各色供品,货车石碑之间来往不断,挥汗可淋。然后,保安回来,架起高梯,为碑后关公立像披上大红毛料披风。鞭炮礼花立时齐鸣。"大师"口中大诵古文,高举"高香"从东开始,八方拜遍,后插香入炉。经理立刻扑将上前,扑通跪倒,咣当便是响头一个,自认时机掌握甚好。不料,"大师"白眼立翻,低斥一声后缓退三步,双膝跪倒双臂高举,随后身体僵然板状前扑倒下,额头落地咚然有声,之后双臂分开左右平伸手心触地,人呈"十"字半晌后才支起身子,旋即又如法再次额头落地咚然有声。言称此为磕头古礼"五体投地",可显心诚至极。经理大悔,急急仿效,可惜有模无样,连连痛骂自己蠢笨。礼毕,众保安轻手轻脚祖宗一般从车上抬下一尊关公镀金铜像,一人来高。"大师"对铜像再次下拜大诵古文,边诵边用一块猩红厚帕轻擦铜像上下,称要拭去凡尘,点点"红尘"状粉末倒也果然边拭边落。然后"大师"取来自备圣水,用鲜桃枝蘸取洒向铜像。水到之处,闪光立显。"大师"手上加速,铜像通身很快金光一片。围观众人大惊失色,无不对"大师"五体投地。经理则趁金光未散,对铜像"五体投地",依旧咚然有声。之后,众保安更加祖宗般地将铜像抬上汽车,打道回府。

"大师"没有一起走,他忙得很,手机不断,在等人。

第二天,兴林去镇里让吴助理把那些照片在网上发给了他当初的系主任。这个现象很有些研究价值,大家倒是很重视,其他几个系的教授听说也都来了,提出了六七种可能,不过都需要拿着仪器到现场才能肯定,只有化学系一个教授说可以寄样品来化验。可众目睽睽之下拿着凿子去碑上凿样品,明显是开玩笑。就是半夜偷偷去,人家也知道是谁。兴林等不及学校把项目批下来再派人来实地考察，只能指望制碑的那个作坊能把下脚料留下一点。

作坊门前一大帮人正在立一块广告牌，高大七彩甚是气派，上边写着"显灵圣碑"。吕老板在旁边指挥，忙得不可开交，不过见兴林来，还是立刻放下，迎上来就握手，热情极了，说，关老板，真是沾了你光了！别人知道你们的碑是我这儿刻的，这两天订货的电话把我手机电池都打热了。关公可真不愧是财神爷！

这种感谢受用不起，兴林没接茬，怕他起疑，就没说想找下脚料，只说没事儿来转转参观参观。吕老板说欢迎欢迎，就把兴林往里让，叫一个工人赶紧去沏茶。想不到吕老板之后顺便又吩咐了一句，说一会儿牛王庙那块操点心，关键是牛角，弄好点，别看着不像牛。兴林听着忽然心中大亮，没料到居然这么简单，回头又看了看那广告牌，心想原来吕老板不光表面下这么大功夫啊。倒也不奇怪，现在为了吸引顾客，连棒棒糖不都有带电池能闪光的嘛。就说，牛王庙的弄牛角，有进步，比你给我的那块强，那块关公手里要再配把大刀就更像了。

吕老板似乎不解，说，什么配大刀，怎么配？兴林一笑，他也做生意，知道谁也不会把自己生财之道那么轻易地漏出来，就干脆说，拿荧光粉画一个嘛，还不都是画的？然后就看着吕老板的表情，后悔自己折腾了这么两天，怎么就没早想到来这根儿上查查。可惜，他更没想到的是吕老板的表情竟先是一停，然后一愣，最后一喜，说，荧光粉？这办法好嘛！明儿我就买点试试！

兴林的表情和吕老板差不多，也先是一停，然后一愣，不过最后是一苦，让吕老板千万不要试，说自己只是开玩笑，这是弄虚作假，让查出来就坏了。吕老板脸上皱纹里都是不屑，说现在这还算什么弄虚作假。不过对兴林倒是敬佩有加，说关公就是关公，连后代子孙都和别人不一样。叫兴林千万不要再跟别人说了，等挣了钱他付"专利费"。然后怕所有碑都能"显灵"别人怀疑，又让兴林再帮忙想个说法。之后他自己倒已经先想了出来，决定就对外宣传说他这里请"大师"看过，是"龙虎福地"，有仙缘，出的碑都能"显灵"。吕老板高兴得就像钱已经数在了手里。然而不到半分钟，他脸色忽然又一变，哆嗦了一下，自语道，不对，不行不行！这可不是别的，万一让人家在天上知道了，可不好办。

兴林看着吕老板的兴奋与沮丧，眨了几下眼睛，干咽了一口，终于松了一口气。走到后院，看见了牛王庙那块碑，才明白自己是怎么误会的。原来所谓"像不像牛"只是因为这不是人们传统概念中那种平板刻字的碑，而是有些"现代化"，上边浮雕了一个牛头，也不知是谁这么紧跟时代。工人们这时刚雕完了牛角，正在拿喷枪喷涂。兴林细看了看，喷得只是一种普通的不能再普通的金粉，他以前干临时工时用过。喷枪一喷都是一大片，其他颜色应该就不方便再喷。一看另外几块，果是如此，有红底有其他底的，颜色都是离金字远时用喷枪喷，近了就拿小刷一点一点地刷。兴林问吕老板，吕老板说，这是干我们这行的一个小窍门。喷枪喷得颜色匀，鲜亮好看。人看碑主要是看碑上的字，字就拿喷枪喷，其他的胡刷上就行。

看来所有碑都是这么做的。兴林先不管下脚料，又往里走了走，发现除了几块原色的，那些半成品中间果然全是金乎乎一片，喷得很重。而石碑刻字都是中间竖着一行大字，两边靠下一点一边是什么什么人立碑，一边是年月日，金粉一喷便连成一片，结果就形成了一个有"头"有"肩"的人形。兴林找了个小棍从刷红底的桶里沾了一点，才知道不是红油漆，是一种感觉有些粉质的东西，刷在石头上倒是比油漆自然。兴林又走到几块成品跟前，结果在两块红底刷得薄一些的上边细看还真能见到星星点点的金色从红底中隐露出来，特别是在某个特定角度还很清晰。

兴林回到村里，忍到夜半无人，找了块大胶合板来到了石碑前，把林业局和路灯的光同时挡住，那"金身"果然立刻消失。要是单独只挡一个方向的光，没有任何效果。兴林笑，心想这家伙居然还是双保险。

有些事情有时就是这么简单。当然，也可以说就是这么复杂。简简单单复复杂杂，大概不糅在一起就不能称之为世界吧。

事情清楚了，一切都放松了下来，兴林心中又恢复了往日的那种平静。不过，往日平静吗？他忽然有些不太清楚。很多如丝如缕的东西往往只有在这忽然而来的"平静"中才能够慢慢泛上来。他忽然发现自己提上来的那口气并没有像预料的那样松下去，然后忽然就不知道自己之后该怎么办了。这是从来没有过的。其实，之后似乎很好办，还是这么简单，明天晚上把大家聚过来，接着把这板子一竖，一切就都结束了。可结束了之后呢？这世界又有什么东西能真正结束呢？

子夜的夜是沉静的。只是这沉静之中，处处却又都是那嘟嘟呱呱，虫吟蛙鸣此刻是一天中的最盛，然而人们却依然感觉这是一天中最沉静的。人们会告诉你，正是这最盛的虫吟蛙鸣才证明这最沉静。人真是一种难以言喻的动物。月光在云里闪来闪去地游着，不发出一点声音。也许正是因为不发出一点声音，它才敢于在那里闪来闪去吧。摇在微风里的树叶草叶也不发出一点声音。其他的一切都已经悄悄地睡了，人们不知道轻晃的它们是也在这摇椅般的风中悄悄地睡着，还是在这摇椅般的风中悄悄地醒着。只能在这闪来闪去的月光中看见一粒粒同样闪来闪去的露珠离开它们轻晃的身体，在空中划下一道道暗暗却依旧晶莹的直线，同样不发出一点声音地融进大地，只在泥土上留下一朵朵圆圆的湿迹。有一粒落在了一只夜行的大甲虫的背上，甲虫就驮着这粒晶莹悄悄爬向了远方。

第二天下午，兴林召集全村开会。路上，他碰见嗣有两口子正往外搬一张石桌。一问,嗣有说五奶奶她们几个老人爱玩个纸牌,没场地,这石桌在家里也是闲着,就搬出来准备放在村中心的柳树下边。远处几位老人正等在那里,连平素在家给儿孙们做饭收拾家务极少出门的九奶奶也在。嗣有年纪也不小了,上个月又刚把腿摔了。兴林看着他抬着石桌一摇一扭的背影,听见旁边有邻居悄声议论说他昨晚在院里低声哭了一夜,摇了摇头。

大家现在最关心的是村里新建的集贸市场的事,会上就先议这个。众人对此信心相当的足,说有关公爷在这里镇着,市场还能有不兴旺的道理?这是现官现管,本身就是财神爷嘛!

兴林脑子里乱七八糟的,不过说的话很清楚,很有底气,说,对,咱山西人以前做生意都供的是关公爷,因为咱山西人以前都讲究一个信用,和关公爷的性格正好一样。忠、信、仁、义、孝嘛,关公爷占全了。兴林突然这么说,众人倒也没怎么奇怪,继续议论自己的。智有说石碑和市场之间隔着一座楼,怕关公照顾不到,不如学"第一百货"那样也请一尊关帝像过去。这话遭了不少人的白眼,说他也太没文化了,神仙还有照顾不到的地方?不过倒是没人反对请关帝像,说让关公爷多受一炷香总是好的嘛。兴林说,买关帝像的钱大家不用操心,我出了。不过,以后谁要想在市场里缺个斤短个两、假个冒伪个劣可就不好办了。咱的关公爷可不像别的人,翻翻书,看那是什么脾气?你没见"金身"那脸?平时笑着,可谁敢亏点心,马上就瞪你!

众人立刻有些沉默,然后纷纷互相表示自己做了这么久生意,从来没做过这些事情。兴林一笑,说,没有就好。咱村建这个市场不容易,我可不想亲手把它开了,过几年再亲手把它关了。这"第一百货"就是例子,那装修那气派,县里谁比得上?可你随便打辆出租车,说我想买点高价假货。除了把你送到精神病院的,你看有几个司机不把你拉到它那儿。我就不知道那经理是什么脑子,整天不想个正路,又是给关公爷披红又是"开光",拿咱关公爷当什么了?能护着你这样的?真去了,肯定还得让你提前关门!以前的人都实在,一少部分人搞歪门邪道,说实话,是能发了财。可现在,谁都有经验了,蒙一次两次可以,长了,不行啦。我这么说,倒也不是不相信大家,大部分人其实都是好的,主要就怕一颗老鼠屎坏一锅汤。"第一百货"开头不就这样?也只有一小部分人奸,可没人管,名声坏了,来的人越来越少。害得正经做生意的日子也不好过了,就也慢慢学着坑蒙拐骗,逮一个是一个,刀刀见血,结果是越来越糟。

兴林见大家都在微微点头,吞了一口茶,又说,现在是信用的时代了。大家做生意也都懂,什么缺什么值钱,黄瓜缺了也能卖出金条价儿。我今天把话放在这儿,只要咱名声出去了,三年、最多五年,咱这市场就不是现在这个样子了,咱扩大规模,家具建材电器五金都搞起来。大家到时候就等着数钱吧!

此言之后,气氛立刻不再那么沉闷,众人又活跃了起来,讨论到时干脆把"第一百货"收购过来。

兴业没打算在市场上做生意,他想得更大,说现在市场其实对村里已经不是最重要的了,当务之急是马上托关系找记者把关公爷"显灵"报道一下,甚至干脆打个广告,然后赶紧把旅馆酒店这些配套设施建起来,这个机会不能放过。

兴林早知道肯定会有人这么说,只问了一句,兴业,你这什么意思,这不是变着法儿拿关公爷卖钱吗?

兴业着急,想反驳两句,可一想,也差不多是这个道理,很后悔自己怎么想了这么个主意,脸都有些白了,慌忙解释自己也是为了村里的旅游开发。兴林说,我知道你也是好意,我也想把关庙的旅游搞好,可咱这些做后辈的不能这么办事。而且咱还要告诉那些人,你要有什么亏心事最好别来。关公爷可不像别人,烧炷香就睁只眼闭只眼。

当初连曹操都收买不了，别人还想？这人哪，不能太在乎钱。像咱村里，钱是稍微有点了，可乌烟瘴气也有了，主要就是越有钱反倒越拿钱当回事。人还是应该拿自己当回事！所以，我觉得这个"十星级文明户"这次咱得重新评一下了。以前搞这个的时候，我觉得没用，就是个样子，大家也都不在乎，就弄得粗，是个人都十星八星。这次不行了，该几星就几星！

兴林今天主要就是想说这个，以为挺难的，准备了不少词儿，可一看不少人都眼沉无语，明显已经不用再多废话，就一笑打住，说，当然，不是马上就评，过两三个月再说，到时候一定评得比现在准，我这是提前通知一下。今天咱主要是把市场开张的事定下来。我刚才见了一下咱小学文校长，我的意思是趁过两天放假，让学生们表演几个节目，放点炮就算了。

众人很是反对，发旺说，这怎么行？开张是大事，关公爷又显灵了，怎么着也应该好好热闹热闹。村里账上不是还有钱吗？

兴林头一侧说，有钱就得都铺张浪费了？咱还不是太有钱，用钱的地方多了。文校长早就跟我说过，咱小学应该开个电脑课了，人家城里早就都有，咱这儿师资本来就不行，要是再没这个，教育质量不比城里更差了？钱得花在这上边！关公爷绝对比咱更懂道理，要是知道，肯定比给他唱十天大戏还要高兴。不过，这点钱现在根本不够。当时我跟文校长商量的时候，我三叔在旁边，一听就说他要捐五百。我说你都快八十了，又没什么收入，还能让你捐？你让我们这些个年轻的脸往哪儿放？就比如说你发旺，一进娱乐城就几千几万地扔……

发旺立刻涨着脸站起来，说，兴林，你别乱说，我早不去了的！

兴林忍着笑说，我就打个比方，你着什么急？要不你捐上两千？

发旺咽了两口唾沫，众人便齐笑，发旺就一巴掌拍在桌上，说，捐就捐，两千做个好事也不贵！不过，你捐吗？

兴林眼一瞪,说,我说的话我当然要捐啦!都是为了咱自己孩子嘛。放心,捐完了不够的,我全包!兴林这么说就是要试一试,然后他看了看众人,问,好啦,还有谁捐?

想不到,大家竟很踊跃。

东庄里点灯西庄里明

1

孙三他们村子离县城两里多地,以前叫"东腾",百十来户人家,比起晋南平原动辄万人的大村庄,算是个小村子。九年前,和西边一个叫西荣的小村子并成一个行政村,称作"东西庄";慢慢地,东腾不叫东腾了,被叫成"东庄",西荣也顺着叫成"西庄"。实际还是平原上一个四至分明的独立村庄。

村舍四周,田畴阡陌相连,一望皆绿,秋末里阳光显得稀,田野被薄雾罩着。庄稼已经收获完毕,有的正在犁地播种冬麦,有的刚刚开始灌溉,地里不少人在忙活。不能总忙着,一时歇下,就凑在一起说话。

话题很多,村子离县城近,村里的人一天在县城劳务市场找活干,消息来源驳杂,话题能不多吗?今天的话题,说的是附近的小店庄,因为听说县里准备把县城的一些工厂搬过去搞工业园,选村长争得厉害，已经有三个人让打破了头。大家都在叙说这件事。有人说：

"屎，啥也不怨，三年一回地选，太勤！"

孙三拄了锹等水，顺嘴说："勤还不好？强身健骨，正好锻炼身体。"

管浇地的刘旺财接过话茬："你锻炼还用这？有你家当家的在，做饭洗碗端洗脚水，你还怕没机会锻炼？天天锻炼！"

在农村，不论树下地头胡同口，只要人一多，向来热闹，吹吹牛、抬抬杠、笑话笑话谁怕老婆是基本节目。有些话在城市中差不多可以引起一场械斗，在这里却是有助谈资的绝好话题，谁也不会太放在心上。仅方言中对这种两个人以上聚众聊天的称谓就有"谝""白""扇"等等多种，不用考据也可知道这绝对比兵马俑悠久，完全可以说是一个有着几千上万年悠久历史的大众传播方式。关键是还不好管，连祸从口出的年代都没怎么太受影响。

石根儿也在等水，要不是大家谝，还真不知道村里又到换届时候，他说："这又三年了？这回谁上呢？"

不过倒也不怨石根儿不关心时政，近来这几次换届，都是投票前一两个星期，村里才慢慢开始议论，不像九年前那次，从年头热闹到年尾，也几乎快打破了头。

孙三看了一眼刘旺财，对石根儿说："你上嘛，我给你拉票！"

石根儿不屑："能上我也不上，这穷村子有啥意思！"

"啥意思？"孙三又看向石胜儿，"要不你来！"

石胜儿摇头又摆手："我不当头儿，我不当头儿！昨儿个刁茗也说让我当，我说当头儿的都是有本事的，我……"

"怎么？你本事比别人小？上回没人给你跑，还有人投你一票。这回我给你跑，少着也给你拉一二百票！你可得管烟哦！"孙三眼睛瞪着，甚是严肃，众人哄笑。

刘旺财心下一动，就问石胜儿："这票肯定是你夙自己投的吧？"

"不是吧！上回茂才跟我说让我选他，我一家四口全写的是他！前几天又碰见他，我问这回选谁呢？他说还是他，我说这回可不用教了，我知道咋写你名字了！"石胜儿满脸自得的笑。

"旺财，你说茂才这干了九年了，也不烦呀？咱这穷村又不像人家有钱的村子，有啥尿意思？又没几块钱工资。今儿宣传政策，明儿计划生育，烂事儿那么多。稍微干得让人家不满意，上头又训，下头也不说好，图啥呢嘛，你说？"孙三此人，风水全从嘴上跑掉了，向来只图舌头痛快、浑身自在。

其实，大家也都明白，真正在乎谁上谁不上的，只有刘旺财一个人，管水管电，大小也是个权力。

刘旺财不知就里，没听出来孙三的意思，说："可不是，费力又挨骂！换成你，你也不干。茂才跟我说过，他早不想干了，可没人愿意接这个摊子，总不能把这一村老老少少就这么扔下吧？乡里劝了他多少回了，让他千万得坚持下来！"

"说到挨骂，那你金旺就能干咧！每天敢回家迟一点，老婆马上就是'死到哪儿去了？'站在西庄都能听见。还怕再多听几句骂？"孙三的痛快其实也仅限于此，差不多的时候马上就话锋一转。

顺便说一下，谝时遇到这种情况，脸红脖子粗或矢口否认都与己不利，上策一般是像金旺这样："行了吧，天天跪搓板，还好意思编别人！"

"胡说八道，我家就没搓板，早洗衣机了！"

"我就不信，敢搜吗？"

"搜！"

"搜出来怎么办？"

"搜不出来怎么办？"

"搜出来，你把搓板吃了！搜不出来，我把搓板吃了！"

孙三骂着金旺太奸，结束了这一段话题。

随后聊到浇地，刘旺财诉苦，说今年这电费涨得太厉害，上半年又烧了一台水泵，这次浇地每亩涨五块，其实已经很难保本了。众人脸上虽说都挂着发自表皮的浅笑，不过也都点头表示赞同，刘旺财心上这才舒坦。说他也是早不想干了，太累，可没别人干，他又不能把村里这两三百亩地就这么撂下。然后问众人有谁想干，他马上让王茂才把这事儿包给他。孙三说刘旺财说的相当有道理，才没人想干呢。

渠道是十六七年的老渠了，也没谁有心思管，就像个破口袋一样，孙三地头这时就豁了一个大口子。浇过的地，本来稍微一干正好下犁，一旦漏水，就得再拖上好几天。孙三立马一锹土把口子堵实，一边堵，一边说自己这两天他妈的都已经练出了技术，明年是无论如何也不种这秋了，搭上十几天工夫，耽误三五百块钱呢，要是明年在城里有好活儿，连麦子也不种了。

众人对他的话很有同感，不觉就又浇水、化肥、收割……算起了账，没有敢算人工，结论是自己这地种得真是有些莫名其妙。

孙三说："可话说回来，咱贱嘛，手里不拄个锹，脚片子不踩这地，好像不务正业，心里还不踏实。"

"可不敢这么说，不种地了，可就没这'直补'了！"宽宽壮壮的村长王茂才笑呵呵一晃一晃走了过来，说今年的小麦直补款下来了，让大家一会儿下午到他家去领，之后每人递了颗烟。

"吆，这好烟嘛！"孙三听说直补款已经发放好几天了，王茂才都是几个几个这样通知，就看了看他，"喇叭里说一下就行了，还用你亲自跑？"

王茂才说是来地里随便看看，就顺便跟大家说一声，之后叉腰扫了一眼四周，问大家这地浇得及不及时。众人稀稀拉拉快快慢慢，倒是都说及时，王茂才笑着用拇指指甲盖刮嘴唇，说别的村子才没人操心这些呢，小店庄那个管浇地的也想争村长，后来见没希望，干脆把村里的水泵水管全卖了。

孙三说："别的村哪能跟咱们村比。"然后，啪啪地往渠上拍了几锨土。

王茂才这些年不是进城就是在家里待着，跟大家谝的机会少。众人就拢一块问长问短，跟他打听有没有什么新消息，乡里有没有在东庄搞村村通油路之类的计划。王茂才说乡里的主要工作是工业园、万亩桃林、万亩韭菜，自然得先抓这几个小康示范村，剩下那几个村也都挺富裕。不过没关系，既然是村村通，他迟早能给大家争取到项目通上油路，让大家不必着急。

这时，李天清戴着重孝找了过来，说他已经叫上了他哥李天明，孙东林也到了，就等王茂才过去"说话"了。李天清的母亲跟着李天清生活，瘫痪十二年了，李天明是一直不管不问。李天清要是也不孝顺倒还好说，在农村，不仅病不起也孝顺不起。李天清这些年来一直在家照顾老人，什么活儿都不能安安心心去干，家境就跟大家差下了一大截子。昨天老人终于去世。农村三件大事，喜事、丧事、建新房，其中丧事花费算是最少的，然而却也得上万。李天清一下愁住了，也不准备白白地让李天明那么轻松，就想让他分担一些费用。不过，要是兄弟两个人单独去商量，八成谈不拢，说不定还得大动口角乃至动手。李天清就请了几个在村中有头有脸的人物居中说和调停并见证，方言称此为"说话"。

王茂才刚谝起乡里县里的形势，正在兴头上，就让李天清先回去，自己一会儿就到。

2

下午孙三去村长王茂才家领直补款,老远就听见两条肥狼狗在汪汪,肯定人不少。果然上午在地里谝的人都到了,听动静二楼还有一桌麻将。王茂才正在谝他给李家"说话"的事:"……反正这天明翻过来覆过去就这一句话,出一半钱能行,要分天清那房,那是老人留下来的祖产。"

"天清能愿意?"

"当然不愿意!天清说他妈瘫了这么些年,吃喝拉撒全是他一个人伺候,这怎么算?房子归了他还不算,还得天明另外再出几千块钱他妈的生活费。天明马上就崩了,叫天清把他妈的存款交出来。天清说他妈根本就一分钱也没有。吵吵了半天,什么难听骂什么。亏得我在那儿镇着,要不早人脑子打出狗脑子了。真没见过这种人,这还是你妈吗?还是亲兄弟吗?你看看我们家,不一样是兄弟两个?那是怎么对待老人的?每人轮着管一年,该这个管,那个二话不说,三千块生活费啪就拍到桌儿上了!那是什么兄弟关系啊?我最见不得就是一家人搞这种事情,气就不打一处来。可偏还就老是这种破事来找我说话,麻屎烦!"王茂才向来见不得这么啰里巴唆,"这不,晚上还得再去。这回我可跟他们说了,都把老婆带上,别到时候又——'我回去商量商量'。反正就这一回了,能说成就定下来,说不成我也不管了,管不了。丧事爱怎么办怎么办!"

金旺插嘴说:"就是!清官难断家务事,这种事换谁说都是麻烦。天明那是什么人?钱跟他心尖儿差不多。我听你嗓子都有点哑了。别说,你最后将他们这一军倒是个办法。"

王茂才笑,说:"还是金旺这眼力好!我就是要卡他这一家伙,我还就不信他天明真敢让这丧事办不成。难听的话,有时候该说就得说,要不他不当一回事,总跟你在那儿东一锤西一棒地耗。这是耗我啊?我怕什么,顶多费点唾沫星子。这事儿是耗得起的吗?"王茂才说是不爱管这些事,也确实嫌麻烦,但心里其实又是挺得意的。他在这方面也很有一套,每次差不多都能说成,还让双方都挑不出什么毛病。结果,村里人有什么事也就都爱找他,他倒也没有不去的。

金旺又说:"天清也是,其实就不应该找人说这个话,费半天劲,钱要不要得到,先得生一肚子气。就算天明出了钱,恐怕也不会白出,跟你闹这闹那,麻烦你也麻烦不起。还不如自己一个人把事儿办了,反正最后一收礼,算下来也花不了多少。"

王茂才说:"金旺这话有道理,我也这么跟天清说过。我说这兄弟之间啊,没有闹翻还好说,闹翻了,反倒比对别人更容易做得绝。他就是出了钱,也肯定不会让你那么太平。可天清哭恓惶念穷的,说他没钱,说他娃上学书钱都是借的。我就不相信,连一二百块钱都没有?"

孙三斜眼看了看金旺,立刻证明:"这是真的,那两百块钱还是我借给他的呢。金旺你这话听着有点道理,实际跟放屁差不多,没有鸡哪儿来的蛋?他先得有钱把丧事办了呀!"

金旺跟孙三从小玩到大,闹惯了也不在意,说:"你当'鸡'嘛,再借给他一点!"

"我开银行的还是抢银行的?哪儿那么多钱?你又不孝顺我。"

"你要真开银行,我保准孝顺你。"

"你们这俩人可真有意思!"王茂才笑着翻了翻账本,把孙三的一百多块直补款数出来,交在他手上。

孙三数也没数,把那几张纸一揉塞进裤兜。见村会计范二魁不在,心想大家都传王茂才跟范二魁翻了脸,看样子是真的,便很随便地问:"二魁有事啊?怎么你发钱呢?"

不想王茂才立时上了火，连范二魁的祖宗都请了出来："日他先人，那就不是个东西！这些年一直瞒着我在村里账上做鬼，连他家电费都在村里报销，完了还在外边宣传我胡花村里的钱！我早不让他管账了。啊，那个，村里25号换届，到时候可别忘了来——反正老规矩，投完票咱聚到一块吃一桌，我已经在饭店里定下了。村委委员就别写二魁了，谁都比这老家贼强！"

孙三忍着笑，眼睛一扫，见都是跟范二魁不怎么近的人，就说："那当然！看你的面子我也不写，他给我什么好处了？上次开个介绍信，让他盖个章，硬是要二十！你说你干这个就是为大家服务嘛，不然你拿工资干什么？盖个章能把你累着？又不是什么大机关，还想收手续费。一个村里低头不见抬头见的，还能这样？"孙三今天来，除了拿直补款之外，主要还是为儿子考大学来开个户口证明，就把这跟王茂才说了。

王茂才有些为难："这个事倒不是那厌货乱要，这是规矩，哪儿都一样，小店庄一个章子五十呢。这么着吧，今天为你破个例，你给十五算了！"然后就给孙三开出了证明，盖上了村委会的新大印。孙三本觉得话总算没白说，但接证明时才发现还得不住地感谢，又感觉为五块钱相当不值。

王茂才很高兴，与众人热调上午没说完的那些事，有的拿了钱想走，他都递烟过去留住。

不久，孙定一忽然走了进来。王茂才脸上的笑僵了一下，马上又恢复如常。

孙定一是村民直选之后的第一任村长。他是60年代初村里唯一的高中生，到现在家里都还到处摆着一摞一摞的书，把两个儿子全培养成了硕士。不过，脾气耿得有名。当选之后，给村里修下水道，不要乡里介绍的工程队不说，上边来人连碗稀饭都不招待。加之为工程又拆了不少在墙外乱搭的小柴棚、砍了不少树,在村里也得罪了一些人。结果九年前,乡里联合村里在村南临新建路的地里搞门面房开发,他就没能连任。后来,他组织人想罢免王茂才,也没成功;心灰意冷,基本就算是退出江湖,不再过问村里的事了。这样,近两年来,孙定一与王茂才二人倒也已经没什么了,至少面子上还过得去。

王茂才翻了翻账本,把钱很客气地递了过去。孙定一没接那钱,问:"这是什么钱?"

"小麦直补款!"

"小麦直补9月份才发?"

"乡里才拨下来,不这时候发,你说什么时候发?"

"我怎么听说7月12号就拨下来了?另外你给上边报的地亩数是多少?"

"这就轮不到你管了,你要还是村长才能轮到你问,知道吗?"

"行!那去年和今年的玉米直补呢?我种着玉米呢,这总问得着吧?"

二人已经脸对脸站在了一起。孙定一白了王茂才一眼就开始对众人抖落他如何如何欺上瞒下、如何如何私吞公款。王茂才边吐了口唾沫说孙定一胡说八道,边眼神很沉地扫了一眼众人。孙三本打算装着劝架,在这儿好好看一看,一见起了"风",就说出来得急、家里忘了锁门。于是剩下的人家里也就都有了各种各样的事情,比如该喂猪了、要看电视了,纷纷退了出去。只有石胜儿留了下来看稀罕。

众人走到大门外,每个的表情都很有意思,驴踩了狗尾巴乱扯了几句,四散回家。这时刘旺财从一个胡同拐出,急急过来。孙三叫住他:"啥事这急?"

"没事,去老黄家谝了一会儿。"刘旺财脚步不松,顺手递了颗烟过来。

孙三接了烟,笑嘻嘻地说:"真没事假没事?没事咱哥俩就好好谝谝嘛,急什么?吆,这烟不错嘛!怎么,'不过了'!"

本地有一个笑话,说是山里一个小气的妇女嫌丈夫乱花钱,吵了嘴来到县城,三狠其心,决定也大花一笔气气丈夫,就跑到一家饭馆说:"不过了!来一碗炒削面!"孙三相当喜欢引用这一句。

"尿,这算什么?我一句话老婆就马上买了一条!有本事你试试!"刘旺财不理孙三,两三步就进了王茂才家大门。

3

半路碰见王建才:"三哥,忙啥?"

"没事,瞎转。"

"没事正好喝茶,咱兄弟俩好久都没坐坐了!"王建才是村长王茂才的堂弟,这些年一直在外边忙生意,极少回村,半年前在县城租了间门市,由老婆打理,才清闲下来,经常邀请村里人到家里喝茶聊天,孙三只这两个月就已经来过五六次了。

王建才去厨房提水,孙三等在照壁后边葡萄架下的小石桌旁。桌上茶壶茶杯狼藉,桌下烟蒂瓜子壳遍地,看样子是一拨人刚走。王建才端来香烟瓜子,泼掉残茶,沏了一壶新的。孙三一闻茶味:"吆,这茶不错!"

王建才高兴,说这是他一个开茶庄的朋友送的,好几百块一两。后来,就聊那个送茶叶的朋友:"他跟我那可不是一般的关系,经常来,就是开奔驰的那个,你上次也见过。我盖这房的时候他不知道,后来就埋怨我,说我有钱哪儿盖房不行呢?他一个招呼,在西关就给我批一块宅基地。在这东庄住着,说出去都丢人!"

"可不是,也不怨人家别人说,你看看这路、这房、路上这垃圾、这人身上穿的,自己都觉得丢人!这一个乡,哪个村子不比咱这儿强呢?"

"就是,也不是他一个人说,现在外边谁不笑话咱村?我这人和别人不一样,别人听有人笑话自己村子,想又不是笑话自己,无所谓。我不行,我听了心里不是味儿。其实,别说在别的地方盖房,就是在城里买商品房我也买得起!可儿不嫌母丑、狗不嫌家贫,这总是咱生的长的地方嘛!咱心里总是盼着她能好起来!"

"这就是故土难离,谁不盼着自己家乡好呢,说出去也光彩。可盼……"孙三打住。

王建才说:"这也是私心,村里好起来,咱自己也容易发展嘛!反正不管怎么样,这次换了届,咱村可得变变了。最次最次,也先得把村里堆的那些垃圾清一清,你看都堆了多少年了?"

"哦,茂才说要清?"孙三首先想到的是肯定是有人要与王茂才争这个村长了,心下不免兴奋,这两届没人争,王茂才轻松得跟拿个桃儿似的,热闹都看不成。不过孙三一点风声也没听到,想不出到底会是谁。看孙定一刚才那股劲儿,倒似乎是他。

"不是茂才,是我这么想。他干了九年了,要清早清了。"王建才脸显忧愁,"说实话,咱村怎么着也不应该是现在这个样子,离城这么近,又不像山里人家只能种地。就说人家西关,二十年前跟咱这儿有什么两样呢?各种条件都差不多,有的方面还不如咱这儿呢。可凭什么现在人家就那样,咱就这样?我看主要还是跟村里的领导有关系,你看看人家西关的村长,那是什么本事什么魄力?看看人家那厂办的!"

"也不能这么说,也看自己,总不能都靠村里吧?说实话,咱村那些人活该受穷,挣一个花一个,花完了才想着去找活儿。又懒,重活儿不想干,轻的又嫌挣得少。天天想着发大财,可有了机会吧,又没那胆子去干。咱村要都是像你这样敢想敢干,现在肯定比哪儿都强!"孙三玩起了太极。人家可是确凿的堂兄弟,现在王茂才的小儿子上学都是王建才开着面包车天天接送。

王建才一笑摇摇手:"我算什么,也就是在外边多跑了几天。你说的那些毛病,咱村倒确实不少人都有,我茂才哥就先是第一个!怎么说也是一村子的带头人嘛,可整天闲来逛去,什么正事也不想着干,没钱吃喝了,就卖块宅基地。咱村那些人那样,我看主要也是受他的影响,有样儿学样儿嘛。不然人家别的村子为什么就不那样呢,不都是一样的人吗?"

孙三心下立时打鼓。类似的意思他跟别人谝时曾流露过不少,虽然不管跟谁,那些话从来没直说过,都是若隐若现,就是一字不差说给王茂才,恐怕也挑不出多少毛病。但还是不免怀疑是有人把话传了过去,王建才奉命前来试探。这种时候从来都是一个大是大非的时刻,非友即敌。孙三可不想被稀里糊涂错划了成分,打算好好想一些词儿来打消王家的怀疑,顺便套出是哪个王八蛋打的小报告。好在孙三细一用心,终于发现王建才话头不对。

王建才说:"咱倒也不是反对他,就是觉得他这个性格不太合适当村长!"

孙三说:"就是,他这个人啊,还是有点能力的,可在咱村发挥不开,他也不想发挥。你这也是为他好,他要是不当这村长出去闯一闯,说不定还能干一些大事呢。依我看,他还不如把这村长让给你。其实,就是不让,以你的人缘,要选也肯定没问题!我早看出来了,只有像你这样的人上去,才能把咱村弄好!"

王建才摇头一笑:"不是我想当这个村长,是定一叔。那天他跟我闲谝,说他这回想争一争。说实话,定一叔这人,性子直,正派,不会乱七八糟胡搞。他要当了村长,不一定能像人家西关那样办厂子弄企业什么的搞得多么好,主要是年龄大了,但肯定不会搞坏!以前他当村长时就是例子,村里虽然穷,可说要修下水道,就硬是修成了!这几十年来这么多届村长,也就只有他办了这么一件实事,村里这些年受了多少益?你说对不对?我跟茂才是兄弟,你也知道感情不错,弄得我也挺作难。可我仔细一想,感情归感情,关系到村里的大局,咱也不能昧着良心乱说。"

王建才叹了口气,接着说:"其实,让我这当弟弟的凭心说,我茂才哥也并不是说就干得多不好。有些事他是没操心,可一些要紧的,你像这每年帮忙联系种子化肥、这浇地,从来没耽误过。前两年收割机不好找,他都是跑几十里到高速口儿上去截。村里谁有个事,能帮上他也都是尽心尽力。他的想法就是这样,把村里的事该管的管了,然后安安稳稳,过好自己的小日子。可这不是以前了,社会几百年也不变。现在别说什么也不干,就是稍微放松点,也马上落下一大截子。咱村可再也不敢这样下去了,不然就毁了!他也毁了,再这么舒舒服服,一辈子也没什么出息。人不能过得太稳!还是你这话对,他那么多朋友,真要出去闯闯,肯定做一番大事!"

孙三还是迟疑,但见王建才很有些推心置腹的意思,也就试探着说:"这个……咱这是自己人,我才说这话呢。要是其他人争,别人就是不投他票,也不一定怎么反对他。可定一那人,对就是对、错就是错,连闲谝打哈哈都能跟人吵起来。这种脾气在村里是交下不少人,那还不是一般的朋友,是铁杆儿。问题是,反对的人一样多,也不是一般的反对,是铁杆儿反对。所以,他要选还真不好说。"

王建才连连点头,语气神态与孙三明显又亲近了很多,说:"你说的这是实话!我这几天给定一叔拉票跑了有三四十户,发现他得罪的人还真不少。本来我茂才哥干了这九年,反对的人挺多,要是别人争,十拿九稳!换成定一叔还真是得费点劲!"

二人正聊着,孙定一推门走了进来,往石凳上一坐抓起茶杯就喝。孙三彻底放下心来,王建才跟王茂才还真不是一回事。孙定一老了老了,劲头不减,肚里又放不得二两棉花,对王建才学说他让王茂才下不来台的情形,不过余气未消。

孙三一直是支持孙定一的,就劝他:"咱不跟他一般见识,气出毛病来反倒让人家高兴。现在不同往常,一旦吵起来打起来,大家还以为你争这个村长纯粹是为了报私仇,影响不好!"

王建才说,对,反正那些事跟大家谝时说也一样,不必非当面吵吵,大家还得在一个村子里过,低头不见抬头见的。孙定一倒也听得进去,点点头,说自己就这脾气,控制不住,不过也没关系,随便他们说什么,大家的眼睛是雪亮的,看得明白。

孙定一跟孙三说,自己年纪大了,本来不想再管村里的事,可王茂才越来越不像话,连王建才这当弟弟的都看不下去了,过来跟他长谈了四五次,后来孙东林也亲自跑来劝他,他这才决定出山。也不为别的,就是不想让王茂才再这么祸害东庄。

孙三听他说孙东林也动员他出山,诧异不已。

孙东林和孙定一年岁差不多,也是村里有名的能人,是孙定一之前的村长,干了好几届,后来提到乡里当了干部,前些年精简提前退休。此人一向不喜抛头露面,出谋划策是把好手。所谓一山不容二虎、一村不容二能,二人老早心里就觉着不对付。九年前王茂才就是靠着他出的主意才当上村长,所以与孙定一仇怨甚深。想不到这次竟能放下架子亲自去找孙定一,看来是这王茂才现在头脑发热,拿谁也不当回事了。

孙东林在村里乡里很有些威望与人缘,看来孙定一这次胜算很大,至少在东庄没问题,就看西庄了。

东西庄换届很有些特色。两庄虽然并大村已经九年,双方却都不认同属于一个村。但不管认不认同，换届反正得在一起搞。可不论哪个庄的人当村长，另一个庄的肯定不那么服从管理。乡里不好解决，想出了一个和睦的好办法，从一个庄选出一个正村委主任、另一个庄选出一个副村委主任，然后各兼各庄的村民小组长，各管各庄，互不干涉。至于"正、副"的名字，则每一届一轮换，免得一个庄老是副的，说乡里不公。

因为几乎没人能两个庄的人头都熟，拉票活动也就同样有了特色。不论谁想参选，都得和另一个庄的一个竞选人结成联盟，商定每个人在各自的庄为自己拉票的同时，也互相为对方拉票。西庄比东庄富裕，这次有两个人争，一个叫赵兴家，一个叫汪卫平。赵兴家是上届当选的副村委主任，上任没一个月，西庄预备修路的钱就失踪了一半。大家闹到乡里县里，刚干满一年便让罢免，由汪卫平接任。这次居然还想争，明显希望不大。孙三说千万不能跟他联合。王建才说这个包在他身上，他跟汪卫平关系不错，已经约好一会儿在饭店里见面谈一谈，问题应该不大。

孙定一信心很足，已经开始计划当选后如何施政了，首先是村务公开，绝不卖宅基地，然后清理村里的陈年垃圾，疏通下水道，整修水渠，推广种些经济作物。末了，强调他对待上级的老规矩，乡里来人接而不待，有什么事你说，我们洗耳恭听，说完了请回，保证他的任上不会有一分钱吃喝账。

孙三、王建才二人大笑。

孙三总惦记着刘旺财，就顺便问以后浇地怎么弄。

孙定一说刘旺财连个三相电都得请人帮忙接，他凭什么干下去？以后干脆就来个招标，不论谁，只要价钱低、能保证浇水及时，就让谁干，再也不能随便涨价。孙定一当初当村长时，支持的不少，后来慢慢就只剩下一些和他脾气相投的人了，也不是没道理。

王建才就拦了一下，说："价钱低倒也不一定非去招什么标，要用就得用大家都信得过的人，比如像孙三这样忠厚老实人缘好的——三哥愿不愿意管浇地？"

孙三仅仅只是看不惯刘旺财，可从没想取而代之，忙摆手。

4

晚上孙三刚吃完晚饭，王茂才和刘旺财就来敲门。孙三暗笑，心想终于安稳不住了，把二人让进来，叫老婆去沏茶。刘旺财忙拦住，递给孙三一颗烟，说不用这么麻烦，坐坐就走。孙三一笑就问："天清家的'话'这么快就说完了？怎么样，天明答应管了吗？"

王茂才一脸的烦："那烂事儿还不知道要吵吵到什么时候呢，我一会儿再去。我听说那会儿建才把你叫去了？"

孙三心说，哪个王八蛋眼这么贼？轻描淡写地说："也没什么，他非叫我去喝茶，我就去了。说什么选完了要清垃圾啦，要村务公开啦，乱七八糟一大堆，我还当他是要给你拉票呢！"

王茂才又立时上火："那就不是个东西！我看他以后咋在王家门里活人，吃里爬外！现在到处造我的谣，有的人脑子糊涂，见他跟我沾点亲，就信他说的是真的了！"

刘旺财也说："建才这人品可真是有问题，就不说是这么近的亲戚，茂才又帮你那么多忙，就算只是个邻居，你要说他不好，也不能这么瞎编乱造啊！这要是你自己想争这个位儿，也算！你还是帮着外人害你自家人，茂才哪一点对不住你呢？三儿，你不知道，昨儿个建才还在茂才那儿有说有笑呢，说这回没人争，茂才你肯定上去，不用操心。结果暗里一直在跟定一捣鬼，想打茂才一个措手不及。要不是我在外边交的人多，听见点消息，这回还危险了！"

孙三像刚醒悟一般点头不止："原来是这样啊！这建才怎么能这么办事呢？旺财，还是你心明眼亮！当时把我弄蒙了，谁都觉得你们这兄弟俩关系不错，最后才是给定一说话，后来要不是定一也来了，我都不太相信。不过这也好，他既然这样帮着外人说自家人不好，别人一想也就能知道这肯定是跟你有大矛盾，他说什么别人也就不会信了。"

"你这是句明白话！"王茂才很高兴，"他这是早就把我恨下的！他这两年做生意赔得一塌糊涂，前一段就请我吃了一桌，想让我再批给他几块宅基地。我问他，你刚建了房子，还要宅基地干什么。人家那脸皮厚，就明跟我说是要卖了挣钱。我说这不行，这违法，你让一村子人怎么说我呢？就是为这么个事，他恨的我！别人不知道内情，见人家嘴巧，就说他是为了村里，一帮憨憨。我还不知道他是什么人？"然后又说王建才做人如何如何，不孝父母，做生意如何如何坑骗朋友。

被外人和亲朋同时反对，国人最恨的往往是亲朋而不是外人，道理还似乎很有道理——他跟我没任何关系，再怎么跟我作对也是应该的，而你跟我有亲有故，就不能说我不好，不然就是叛徒，甚至都能上升到汉奸这一高度。王茂才就是把王建才骂了个痛快，才顾上说到孙定一："就孙定一那老东西在村里那人缘，他凭什么上？我刚才跑了八家，有六家骂他不是人，六亲不认！他在的那届就是例子，选他的人谁得了他好处了？上头也不会让他这种人狂，一天到晚瞎折腾，干不了三天就停他的职！赵副乡长那跟我什么关系？他后晌还好意思跑到我那儿胡说八道造我的谣，他自己是什么东西？别听他说什么自己这么清那么好，自己说自己的话都不能相信！我上来之后查过他的账，好几万都不明不白！只不过一个村子低头不见抬头见的，我不想往上捅罢了。"

"别人信不信我管不着，反正我是不信他，你没看见他一说我就走了？不爱听他那一套。什么清不清，现在说这些谁还听？哪个是东西呢？"孙三算定现在不管什么话传出去，不论孙定一还是王茂才都不会相信是自己说的，心中大乐，不料过于放松，一不小心又说过了一些。好在王茂才也许没听出来，也许不在意，脸上得意依旧。

只是刘旺财接过来说："别听你这话直，可是有道理。时候不同了，他定一以前也许真像他说的那样，不过那是有原因的。一是那时候人脑子都比较死，他不敢，二是就咱村以前那穷样儿，想弄也弄不下什么事，显不出来。换成现在，我就不信他还能这么老实！不过话说回来了，咱村现在也不怎么样，说茂才弄这么多那么多，又没厂子又没矿的，到哪儿弄去？全是胡说八道！茂才干了这么多年，大家也都能看见，村里的事儿哪一件不顺顺条条呢？一点也不乱！让定一上去，还不知道又出什么新花样呢。上次下水道就是例子，没钱非要弄，又想集资，又拆这砍那，把村里搅得可是不轻。还是大家都熟的人好，有经验，不会折腾，不会出圈儿！"

孙三斜了刘旺财一眼，听不明白他这话是夸还是怎么着。

王茂才倒是对刘旺财相当满意，说："呦，旺财，平常真没看出来，你这肚子里还有点东西嘛！那会儿我去金旺家，金旺就跟我说，你定一说茂才这么不好那么不好，可他总干了九年了，弄也弄够了，已经到为大家服务的时候了，怎么着也比换一条'饿狼'上去要强！三儿，你别看是这话，可我承认有道理。我这人就这脾气，背后胡说八道不行，可当着面，只要你的话有道理，我就听！"

孙三想不到王茂才这么看得开，把自己都豁了出去。不过，或许也正是这样，才让人觉得似乎也有那么一些道理。

王茂才特地说："其实，清垃圾清下水道是我早就打算好的，结果让建才这王八蛋听见了，帮着定一宣传，倒好像是他们先想出来的。"

"这也没关系，清垃圾这算什么事，你就说你要为大家办的事更大，看他们怎么办？"

可惜，王茂才没什么反应，刘旺财说，"实际上说弄这弄那，咱村也没什么可弄的，想弄也没那么多钱。要厂没厂要矿没矿的，没个稳定收入。把平常的事儿管好也就行了。"

王茂才相当赞同："可不是，该管的事我哪一件不是管得好好的呢？就今天这浇地，谁不说及时？有人见我让旺财管，还不服，还当旺财占多大便宜。村里就那几亩地，能挣多少钱？没有本儿了？光这两年，坏了两台水泵，换了一趟水管一趟电缆。村里又没钱，他先贴了四五千！"

拉票的保留节目基本都是这样，一、明招，攻击对方的主张；二、阴招，攻击对方的人格；三、宣扬自己的主张。但在农村，大家都是熟人，就还得再加上熟人这一条。刘旺财的办法是启发："三儿，要说茂才的毛病，也有！就是嘴不好，说话有时候不中听，可心直口快嘛！定一就不一样了，心眼太坏！不管多么支持他、跟他多么近，他也不会想着你。你还记得那回弄计划生育吗？你罚了款还让结了扎。其实，你只不过是个二胎，他是村长，要是帮你说说话，再拖一拖，结了扎就不罚款、罚了款就不结扎了。"

孙三立时想起了此事，这几年超生的那几户，王茂才就是这么帮的忙。心中不免光火，想要不是王茂才这样，你又姓孙，我肯定不选你。

王、刘二人一人一个套路，又谝了一会儿，又递给孙三一颗烟，很满意地走了。

5

第二天，孙三听说李家的事终于有了结果。

据说，李天明开始时寸步不让，歪理还不少，孙东林加上李家几个长辈竟辩他不过。逼得李天清没办法,都准备求人托关系把房子抵押出去贷款了。王建才在场,当即表示愿意借给李天清两千块钱,又讲了一大通道理。王建才这些话都没明着涉及李天明,很中和,但有那两千块垫着,让人听着就感觉很有分量。大家知道王建才跟李天清并没有多近的关系,很是心服,李天明的气势就被削下去不少。后来,王茂才来了,没几句话就发了火,又拍桌子又吵吵,茶壶都差点摔了。李天明不知道王茂才这是跟谁,心中不免发虚,终于答应为丧事出三千块钱。

农村有红白喜事,只要沾些亲带点故,一般都得去帮忙,往往少则几十人多则上百。特别是白事,不出完殡,几乎天天有人来。不过这些年,说是"帮忙",却没有什么事可做。拿白事来说,只要你肯出钱,打墓、做宴席、连端盘子都不用你操心,专门有人包办这些。而且这钱一般还不能不出,别人都这样,你不这样,就只能出面子。现在,唯一能让大家帮上忙的,只剩下抬棺了,但也已经开始有了被承包的迹象。众人来"帮忙",多数时间都是打着扑克谝闲话,所以路上碰见了问:"帮忙去啊?"都是这样回答:"对,帮吃的忙。走,一块儿去!"

好在这次大家知道李天清家不宽裕,倒也不想多来叨扰,都打算到出殡那天才来。不过,关系近一些的,面儿上过不去,还是来了十几个。依老规矩,年龄大一些的人去世之后,通常要停放个六七天。现在人们早不管这些了,多数是五天。但李天明不同意,说母亲这么大岁数了,一辈子不容易,一定得走得风风光光,坚决得按老规矩办,必须到七天上才能下葬。李天清只好答应。孙三就劝李天清不必雇人打墓了,反正时间又不急,来这么多人闲着也是闲着。

墓坑里人多了施展不开,结果还是有一多半人轮流闲着甩扑克。人一多,谝闲话时就难免涉及时政。不同平时,大家口风都是中间路线，不偏不倚，尽量不让人觉得向着任何一个。但孙三从大家的语气用词，一个眼神一声冷笑还是能感觉出来孙定一形势不错，连一些以前跟孙定一有矛盾的人也明显是更加不屑于王茂才。有的人呢，倒也并不是觉得王茂才多么不好，可让你在这个位置上，就不仅仅只是希望你干得平平常常。孙三还发现，在那些还在摇摆的人之中，很多人虽不相信孙定一上去能比王茂才好到哪里去，但他们都觉得王茂才干的时间太长，应该让让了。

下午，石胜儿从村里给大家送茶水时，说黄有发刚才给了他一盒烟，让到时候填"黄有发"，还教了他怎么写。

黄有发负责村里农村合作医疗的卫生所，人很和气，帮忙看个病报个销不管对谁都很痛快。管着事，人又和气，自然人缘不错。只是这种事情，人缘并不是主要因素。他这人性格文弱，斗起来哪里是孙、王二人的对手。孙三估计他若出来参加选举，得的票都未必能超过王茂才。但这不要紧，要紧的是跟他关系好的人，都是王茂才的人，肯定会拉王茂才的票源。所以，这对孙定一无疑又是一个好消息。

这种"帮忙"从来都是出工晚收工早，下午五点多钟，众人就收拾家伙回了村。李天清忙招呼大家吃饭，特地多炒了几个菜，李天清在这上边一向大方。

吃完饭时间还早，孙三没急着回家，在村里转悠。转到孙定一家那条胡同，孙定一和王建才正要进门，就招呼他。他左右看看，四下里确定无人，才跟了进去。孙定一向孙三打听外边怎么议论他，孙三就把"帮忙"时听来的那些话简略地说了说。孙定一很高兴，说他早就知道王茂才失了民心。

王建才细致，问清了每个人分别说了什么话、怎么说的，对孙定一说，现在形势确实不错，不过西庄汪卫平那儿遇到了点麻烦。汪卫平说乡里几个领导听见消息，表示村委会是一个很重要的基层组织，必须由一个老成持重的人来领导，才能稳定一方。孙定一虽然能力很强，但还很不成熟，还需要再加强学习。所以汪卫平怕跟他联合，以后不太方便。

孙定一脸上罩不住了，火气立现，说汪卫平这是胡说八道，自己跟乡里怎么样那是自己的事，这不过是个暂时的联合，选完了各管各村，财务都是分开的，谁也害不了谁的事，怎么可能会牵连上他？汪卫平当初带头罢免赵兴家时，连赵副乡长都不怕，还会怕这个？汪卫平肯定判断孙定一和王茂才都想跟他合，就想拿拿架子。孙定一说这种人也不是什么好料，要不是赵兴家名声太臭，自己绝不会跟他去联合。然后让王建才不用操心，汪卫平在东庄也有眼线，肯定知道王茂才不行，现在不过是嘴上这么说说，不愁他汪卫平自己不找上门来。

刚回到家里，想不到，王茂才和黄有发后脚就来了。二人有说有笑，孙三老半天才反应过来。

王茂才很轻松地对孙三说，他干了这么多年村长，早烦了，所以决定叫黄有发来接他的班，让孙三不要因为他不参加了就不来投票。

孙三说没问题，自己跟黄有发是穿开裆裤长大的好朋友，肯定支持！反正几句话就让二人很满意地去了下一家。

6

王茂才这招还算高明。虽然孙定一的人不断宣传：以黄有发的性格，上了台不过就是个傀儡，王茂才就是骗骗那些傻子，但很多人还是觉得这毕竟不是王茂才了。加之王茂才方面又加大了活动力度，局势很快就慢慢有了逆转的倾向。

隔天，再碰见孙定一，能发现他脸色明显沉了很多。孙定一不拿孙三当外人，说王建才又找了汪卫平一次，还是不行。这次孙定一已经不再说让汪卫平自己找上门的话了。

孙三说不行就找赵兴家，汪卫平干了这两年，阴损与奸巧齐飞、破鞋共酒肉一色，名声其实也不比赵兴家好到哪里去。赵兴家知道自己形势不利，活动得肯定比汪卫平紧，跟他联合也许反倒会有些好处。

孙定一说这个不用再说了，赵兴家连低保户的一百多块钱都扣，自己从来就没想过跟他去联合，跟这样的人合作，等于臭自己。他说自己实际上也不是为了当村长才争，当不上也没什么。孙三知道他也不过就是这么说说，越刚的人越脆，上次换届失败了之后，他几乎三个月没出家门。

其实，孙定一说的倒是实话。当天晚上，孙定一就带着王建才来通知孙三，说他也决定以变应变，让王建才参选，无论如何不能让王茂才再得逞。

孙定一说他自己也知道，以人际关系而论，王建才参选肯定比自己把握大。

可王建才是一脸不情愿，说："定一叔，我刚才这一路又想了半天，我觉得我还是不能这样！不错，我是不赞成茂才当村长。可这是为了村里，说出去大家能理解。现在让我争村长，肯定马上就会有人背后骂我——哦，原来是这么回事，你这动机就不纯，从一开始就没安好心！这让我怎么做人？你别逼我！"

孙定一怒气上撞："你怎么老这么婆婆妈妈！你说没人给你跑，我给你跑！你说怕没人支持，刚才咱去的那三家哪个不支持你？你还要怎么样？净说这些没用的。咱心放得正，不怕他别人乱说！都这时候了，咱还能就这么蔫了？反正你也把茂才得罪了，还怕什么？你不上，你说谁上？就刚才东林提的那几个，又刁茗啦、又家旺啦、又东锁啦，你说哪个是块料？都不如三儿！"

这话也不知道是夸还是怎么着，弄得孙三不自在了好半天，好在他也不爱计较这些，也跟着劝："别人现在说什么没关系，只要你上去了为大家办事，他们就知道谁好谁坏了！"

"对，就是这道理！"

"说是这么说，可那到什么时候了？现在就人言可畏！"王建才就是不想上。孙定一又吵吵又嚷，弄得孙三反倒忙着劝架。最后也还是没有说得太通，王建才还是犹犹豫豫，也不跑下一户了，直接回了家，第二天也没出来跑。

不过，孙定一和他的人却没有放松。这段时间王建才给大家的印象不错，局势立刻稳定。汪卫平、赵兴家不到中午就都先后找上门来。王茂才他们本来觉得王建才这些年不在村里，没几个贴心朋友给他跑，想不到孙定一他们比给自己跑还上心，只好加紧活动。黄有发、刘旺财等人在各家各户穿梭不断，村里一到晚上，犬吠不绝。后来，连王茂才在城里做生意三四年都没回过村的弟弟王盛也回来加入了队伍。可惜，这非但没有见什么效，反倒更让人们觉得他们大势将去。

下午，王建才来天清家帮忙碹墓时，众人全凑过来，有事没事都要谝上那么两句。王建才倒是没提换届的事，众人也就都不提，东扯葫芦西扯瓢地说。只金旺突然冒出一句："建才，我知道你什么意思。可你不用做我的工作，我肯定不选你，我跟有发可是从小玩到大的！"

王建才很是平静："旺儿哥，这个话得说清楚，一、我没有做过你的工作让你选我；二、也没有强迫别人选我！你想选谁是你的自由。可是有一点，你跟他关系再好，让他上去了，真正的村长是他吗？你选他有什么用？"

二人又顶了两句，不再说话。众人也都不再多谝，渐渐散开。

孙三瞅个机会把金旺拉到一旁劝："你怎么回事？隔壁邻居，为这个烂事得罪人干什么？"

"你不知道，我现在给有发跑票呢！茂才还给我发了条好烟。"

"跑也用不着这样啊,出这个头干什么?"

金旺嘿嘿地笑着,听见旁边石根儿正跟邻居赵家和说刘旺财刚从他家走,就凑了过去。

傍晚众人快收工时,黄有发匆匆赶来,说为了感谢大家对他的支持,一会儿他晚上请客,让大家都来。可惜,孙定一在旁边。孙定一可比金旺不客气多了:"有发,茂才着急了?着急也没用,他失了人心了!吃饭能怎么样?吃金子大家的眼睛也是雪亮的,也昧不了良心!有发,你肯定上不去,你跟错人了!其实,你不就是批宅基地少掏了点钱嘛。为这么点事让人当枪使,不值!"

黄有发立刻变颜变色:"定一,你跑你的,我跑我的,咱谁也别干涉谁好不好?完了咱还是好邻居,你这样,以后还处不处?"然后气鼓鼓地走了。

7

客是在村南新建路旁一个外村人贾老大开的小饭店请的,小三十桌席,东庄西庄每户一人差不多都来了。孙东林、范二魁也在,还被安排在主桌。王茂才前几天还曾当众暗讽孙东林吃里爬外,可这两天往人家家里跑得比什么时候都勤。人家呢,是稳坐钓鱼台,这些天门都不出,对大家说自己根本不关心村里的事情。

王茂才和赵兴家一前一后挨桌敬酒,另外每人发一盒五块钱的香烟,他们说什么众人自然都是纷纷点头称是。每个人脸上都喜气洋洋。

随后,赵兴家就落座开始细数汪卫平在位这两年来的斑斑劣迹,王茂才则大谈王建才在家如何如何不孝父母、在外如何如何作风不良、对亲戚如何如何六亲不认、对朋友如何如何两面三刀,特别是做生意如何如何负债累累,以证明王建才彻头彻尾就是一头"饿狼"。刘旺财、金旺在一旁帮腔助势。其中，金旺最为卖力，在他口下油盐酱醋五味齐全、事实例子凭空顿生，王建才基本上已经不杀不足以平民愤了。王茂才相当满意，自己都不怎么说了。众人本来挺感兴趣，可听了几耳朵之后，慢慢都把注意力放在了菜上，品评最多的是厨子。

石根儿吃得差不多了，才缓了口气，四下望望，见东庄的人就坐了十几桌，说："哟，这回有发可得花不少钱！"

孙三说："还能光有发花钱啊？"

李天明顶着重孝也来了，他夹了一大口肉，嘎吱一嚼，说："有发才一分钱也不花呢！刚才我来得早，偷偷听见金旺问贾老大，贾老大说，这回还是全记在茂才的账上。我早听东林说贾老大准备扩大饭店规模，想再占咱村一块地，茂才今年这一年吃饭就都记账没花钱，吃差不多了一顶两清！"

第二天，自然是王建才请客了。这天也是李天清母亲出殡前一天，依风俗这一天晚上村里人和亲友们要来祭奠，有鼓乐伴奏有宴席，很热闹，人自然很多。王建才就提前告诉李天清，让他少买几桌的酒菜，等事儿一忙完，自己就派车过来接这些"帮忙"的。几个倾向王茂才的人很不屑，说王建才就爱搞这些花架子，到村南才几步路，还用得着什么车。

晚上众人招呼那些亲友们吃喝完毕，王建才一个电话，朋友的车就来了七八辆，坐上才知道原来这次是在县城请。等菜一端上来，众人都叫好，说不光做得好，盘子也大，昨天那几个菜根本都吃不饱。今天人来得也全，该请的都请到了，连石胜儿也来了。

石胜儿在村里是老实人，太老实，结果昨天王茂才请客就把他给落下了。孙三说昨儿晚上回家的时候，石胜儿老婆见人就问是不是茂才请客。众人便都议论王茂才欠考虑，多一两个人也多吃不了几口。

敬了一圈酒、发了一圈烟后，王建才说他本来是没争村长这个心思的，可别人逼人太甚，人身攻击、污蔑名誉，不择手段，这次他是要争到底了，就为这口气。不管能不能当选，他先要让大家伙得些实惠，他这么多年一直在外边闯，跟大家伙联系少，现在也该为大家做点贡献了，让大家吃好喝好，投不投他没关系。

他旁边的人都纷纷议论王茂才人品不行，他却不再多说什么。反倒是自从当上会计性格就开始内向的范二魁敬了一圈烟之后，开了口，说王茂才仅今年上半年卖地就卖了十几万，一分钱也没上账，家里电暖气电磁炉什么都有，电费从来不交，往自家地里栽果树反倒成了植树造林，连雇人挖坑的钱都报了销。可到头来却到处宣传是他范二魁贪污。

范二魁喝一杯酒讲一件，头是头尾是尾，细节清楚，时间精确到上下午，金额精确到圆角分，不愧是十多年的老会计。他抖的这些事，大家倒是都隐约知道那么一些，只是没这么详细。不论什么事情，只要一详细，效果就大不相同了。众人现在已经不是议论纷纷，而是骂声连连。连一些之前全力支持王茂才的人，听见骂得精彩了也笑两声，但他们不多说，他们觉得这跟自己没关系。这其中，那些中间摇摆的无所谓派们显得比谁火气都大。不过，孙三试着探问，他们大多却也依旧没定到时投谁。而且是骂归骂，也从不指名道姓，有些事情他们也不知道真是王茂才做的，还是范二魁干的。

场面活跃，王建才就起身又敬了一圈酒。昨天王茂才他们敬酒，都是只敬别人，自己不怎么喝。王建才却是每次都先干为敬。两圈下来，众人都说他酒量好。酒桌上例来如此，一说就会立刻有人不服，找来斗酒。王建才让那人定规矩。于是先划拳，五圈之后，那人不干了，说不如一大杯对一大杯。王建才说一瓶对一瓶更加省事。结果不到半瓶，那人就回到自己的座位上吃菜去了。众人哄笑，再也没人找来。王建才很高兴，用饭店的卡拉OK唱了一曲。不想竟不亚于歌星，大家都拍手叫好。王建才就邀大家也来唱。趁着酒兴，众人倒也不惧，会唱两嗓子的纷纷上台，一直闹到夜里十二点多才散。

8

出殡在村里是大事，一大早几乎全村都聚在了李天清家院子里。

明天就要投票，王茂才王建才他们自然不能放过这个机会，也都聚在这里，分头与人闲谝。孙三吃早饭时就特地约刘旺财一会儿打扑克，刘旺财随口应下，吃完卤面放下碗就走，孙三拽着胳膊都没拉住。孙三一笑，说："这可是大忙人。"

"怎么，眼红了？眼红你也跟着去！"旁边立刻有人打趣。

"咱可没那本事！"

孙三觉得王茂才今晚说不定得再请一顿，把面子补回来，就劝众人中午时少吃点。众人哈哈一笑，没当真。孙三倒也没太当真。不过，正巧黄有发走了过来，孙三忽然觉得或许可以努把子力。还是黄有发先开的口："昨儿建才请客你也去了？"

孙三一笑，往旁边人少的地方走了走："白吃谁不去呢？给谁省呢？"

黄有发笑着点头："咱俩人这也不是一年两年了，你跟我说说，昨儿有人说我吗？"

"你人缘不错，谁说你呢！主要说茂才。"

黄有发放了些心："我看这个位儿啊，谁坐上去也难免让人骂。现在人都这样，他就不看你的好。麻烦！我要真上去，都不一定受得了。"

孙三拉了拉黄有发袖子，压低声音说，"有发，我觉得你这回请客有点失误，你不应该在他之前请。你让他先请，完了咱找个更好的饭店，一下就盖过他了，这不是小气的时候！你看现在，村里传的，又是说菜不好，又是说盘子小，让人家把便宜占净了。"

黄有发说："你不知道，茂才原先就是计划今天晚上请，可听说建才也准备今天晚上请，怕到时候不好办，就提前了。茂才说，这回他花钱多，也是好事，羊毛出在羊身上，更证明他上去心更狠！村里人更不选他！"

"也是这么个道理！可咱村那帮子人你还不知道啊？跟一辈子没吃过一样！不过现在还有的是时间，加紧行动！到这种程度了，就得咬着牙上，不然这么多天就全白费了！"

黄有发点了点头，似有所思。孙三感觉已经坐实，放了心。

刘旺财来叫黄有发，说王茂才让他过去，黄有发匆匆走了。孙三就又缠刘旺财打扑克，旁边众人也嘻嘻哈哈围了过来。刘旺财当然不能去甩扑克，不过谝却是好时机。正要宣扬，孙定一偏巧从旁边经过，刘旺财脸色立刻开始不自然，忽然就问孙三："三儿，你说就建才定一这帮小泥鳅翻得起大浪吗？"

孙三一愣，心头火起，你这不是把我当枪使吗？就说："看你问的，你先说你旺财大老板能让他们翻起大浪来吗？"这话刘旺财听了当然舒服，不过孙三脸上的表情明显是戏讽，还刚好能让孙定一看见。

刘旺财又问其他人："家和，你知道建才昨儿那一顿花了多少吗？六千多！你说他要不是准备把咱村卖光，他下那么大本儿干什么？"看样子他是预备让每个人都表一表态。众人没想到他会出这么一招，后悔凑过来，想打岔，怕人笑自己胆小怕事，连句话也不敢说，关键还可能得罪刘旺财；可不打岔，又没孙三这般油滑的本事。

好在李家里屋突然传出争吵声，给众人解了围。没吵几声，李天明就跑了出来，让乐队不要唱了，说事儿不说清楚，今天这殡就不出了。然后又迅速返回里屋，以便让争吵能够继续。原来李天明说今天的客人大部分都是冲他的面子来的，所以要拿走礼金的多一半。

李家的几个长辈见骂声越来越高，先人祖宗全部让请了出来，只得进去相劝。不料，非但没劝住，李天明、李天清啪啪摔了几个杯子，还互相扭着吵到了院子里，眼看就要抄棍棒。李家长辈没了办法，只好找"说话"的人，看当初关于礼金的事是怎么定的。不巧，王茂才刚出去，恐怕得挨家挨户去找。孙东林倒是一般不出家门，但住得很远，明显不解近火。

孙定一看不下去，上前把二人拉开，说："天明，别吵了！这是什么时候？丧事真的不办了？你们真不怕丢人？吵半天有什么用？最后还不得坐下来谈？都觉得自己有理，这好嘛！把理拿出来，讲！这儿这么多人，有理就吃不了亏！大家心平气和一点，总能商量出一个办法解决！"

李家兄弟还没说话，旁边茂才的弟弟王盛才倒先踹滚了一把椅子，指着孙定一鼻子说："多你妈事！当初是你说的话？用得着你他妈在这儿搅！"那盛才在城里混事，就是个二杆子。

定一哪里肯示弱："你老子我就多这个事儿了，你要怎么样？选不上还要急死你呢！"

王盛才回骂着就抄起了一根大木棒，孙定一别看一头花白头发快六十了，身手不亚于年轻人，回身就从大师傅手里夺了两把菜刀，看意思就算王盛才不动他也准备上去。金旺正在远处与人闲谝，立刻赶过来和刘旺财一起把王盛才拉住，说这不是时候。王建才也一把抱住孙定一。但二人还是前扑不止对骂不绝。

不过，这似乎也是个好办法，反正李家兄弟二人是愣下来不吵了，发了一会呆，就又回归葬礼各种烦琐的程序里去了。

孙三一直等到晚上八点，也没有王茂才方面的人来通知吃饭，相当郁闷。好在不久，赵兴家咣咣敲门，送来了一小袋大米、一桶食用油，孙三的气才顺过来。换届送纪念品在东西庄还是第一次，众人不觉有些五味杂陈，不过主要还是欢诧莫名。厚道的东庄人原本是不关心西庄政局的，现在却立刻定了填票方向。可惜不久，汪卫平的老婆就带着一大帮人补上了一份同样的大米食油，结果又让大家回到了之前的那种含糊又无所谓的状态。这之后，众人自然都是等着敲门声再起，然而却从此一夜无话，大家红着眼睛不免愤慨东庄穷酸的村状。

9

25号，终于到了正日子。孙三早饭还没扒拉进嘴里，黄有发就来了，递上一盒五块钱的烟和一张纸，说："三儿，才吃呢？这回票和上次不一样，你就照这个填就行！"

孙三看那张纸，是一张复印的模拟选票，其中正村委主任和村委委员的位置上什么也没有，副村委主任的位置上写着：王茂才。孙三问："印错了吧？"

"没有，你就按这填就行！"

"那你呢？"孙三见黄有发手里的纸是三种颜色，似乎不同人发不同的。

"这里头有个小变化，以后我慢慢跟你说。"黄有发急急走了。

出门碰见王建才和李天清时，王建才也递了一盒烟，说："三哥，刚吃？我听说那头儿还发个纸呢？"

"可不是，就好像别人都不会写一样。你不发？"

"当然不发！简单得很，一会儿到了那儿我跟你说一下就行！"

"你现在就说吧。有发跟我也不错，虽说公是公私是私，可不好看，一会儿我就不到你跟前去了。反正该怎么填，一填不就得了！"

王建才很高兴，告诉孙三这样填：村委主任汪卫平，副主任王建才，村委委员范二魁。

张灯结彩、标语横幅，选举热热闹闹。预定是八点钟开始，众人八点过了很久都还聚在村中的各个胡同口东南西北地闲谝，很是漫不经心的样子。不过，没到八点四十，就一户不落全部赶到，连几户在城里买了房子两三年没回村的人都来了。

各路人马四处给那些还没发过烟的人发烟，同时还要谝上两句，弄得是手忙嘴乱。发完烟，除了几个候选人回到临时搭的台子附近，剩下的都留在人群里继续分头与人闲谝。孙三就往角落里站了一站。

九点多钟乡领导来了，被人扶上台，一手叉腰一手挥舞，哇啦哇啦开始讲话。台下众人自谝自的，嗡嗡不减，也不知道他讲了些什么。

这次换届倒比以前讲究了许多，先核实身份才能领选民证领选票，写票也专门有一间小屋子，无关人员不得旁观"指导"。不过，出来之后，对不可靠的人，刘旺财就总想凑过来想看看写的是什么。这一点孙三倒是不用担心，很是轻松，毫不犹豫就填上了"王建才"。在正村委主任那里，他想了想，觉得赵兴家可能票少，就填了"赵兴家"。至于村委委员，虽说范二魁干了这十几年，名声与王茂才一样臭，但至少还给大家发了盒烟，不像另一个候选人田守业那样一毛不拔。不过，孙三还是填上了"田守业"。至于田守业是真的老实本分，还是白捡便宜，就不管了。

票投得很快，不到十一点就结束了。然后开始唱票，那几个名字就来来回回游走在唱票人的口中。来填票的那些妇女多数对哪个名字下边有几个"正"字不那么感兴趣，就渐渐谝着大天三三两两往回走。场上的人开始稀稀拉拉，这时唱票的刘旺财念了一句："石胜儿，一票！"才终于让大家暂时留了下来。一连出了三张石胜儿，连走掉的人也返回来了。乡里的人不知道石胜儿是什么人物，竟有这么大影响力，纷纷向王茂才打听。

十二点多时，结果出来了。正村委主任：汪卫平，六百八十三票；赵兴家，一百八十九票。副村委主任：王建才，三百六十票；王茂才，四百三十九票；黄有发，七十二票；石胜儿，三票。村委委员：范二魁，三百二十九票；田守业，四百四十三票。

乡里来的人大概也有些迷糊，忘了正副是一届一轮换，宣布汪卫平、王茂才当选连任，田守业当选村委委员。之后，汪卫平和王茂才招呼了几个人，陪他吃饭去了。王建才几个则站在那里，木木的，除了孙定一说了句："看你还不听我的，昨儿就应该把那贴出来！"谁都没有说话。后来过了几分钟，王建才把孙东林、孙定一、范二魁等人让进面包车里，进了城。只有赵兴家方面热闹一些，赵兴家老婆的脸老早就挂了下来，絮絮叨叨个不停。赵兴家起先不搭茬，之后忽然就是"滚回去！"老婆赤着脸走了，跟他的那些人也不好再等着，四散回家。

观察宣布结果之后众人的表情，孙三觉得东庄投王建才的人多，那王茂才的票就应该主要在西庄。倒是听说王茂才、王盛才兄弟在西庄有不少"麻友"，可也不至于这么多吧？看那票数，孙三觉得这里边似乎有问题，想不明白。

黄有发还在操场里跑前跑后，不知道忙什么。孙三等他去了另一头，就往外走，准备回家。黄有发这时又转了过来，在背后叫住了他："三儿，急着走什么？吃饭去！"

"吃啥饭？"

"你选他，他上去了，还不该请你一顿？"

这次并不是每个人都请，孙三能被划进圈里全靠他的本事，所以虽然倒没多少得意，但心里是喜笑的。

黄有发是得意的，说："怎么样？我就说走着瞧，让他定一狂，这下瞪眼睛了吧？茂才那是吃素的？"

"这茂才还真是有点本事！看前几天那阵势，我都觉得这回危险了！"

"别说你，我心里也没底。盛才昨儿晚上喝多，气得把手机都摔了。"黄有发用拇指指甲刮了一下嘴唇，看了看四周，"我也才知道，昨儿晚上茂才悄悄找卫平坐了大半夜。俩人一正一副干了两年了，别看以前不怎么对付，可到最后还得是一条心！"

孙三明白了过来。这倒并不怎么新鲜，最早还是九年前孙东林给王茂才支过的一招，让结盟的一方在最后时刻突然跟另一方联合，把原盟友甩掉，釜底抽薪，而且被甩掉的还蒙在鼓里继续给你跑票。孙三就说："这回东林这老参谋可把自己脚砸了。"

黄有发大笑："在咱村里，谁也斗不过茂才，要不我能跟他？"

"那这回这组长呢，茂才还兼？我看不如干脆任命你当算了。"孙三斜眼看着黄有发。

黄有发一笑："才选完了，还没定呢。"

10

地里的活儿忙完，孙三又去了劳务市场。每天早出晚归，一直到腊月十六，家里开始忙年了，才歇下来。

孙三今年这年过得还算宽裕一些。县里刚换了届，上了许多建设项目，劳务市场上的活儿比往年多了两成。5月份的时候他和几个人还包下了一个小楼的水暖安装，虽说层层包下来赚不了几个钱，不过活儿多，几个月干下来还是挣了三四千。总的算下来，这一年纯落八千多。所以，虽然他总觉得这过年就是便宜那些小商小贩，年货还是比往年多花了好几百。

这天进城买苹果，又看上了一套沙发，七百多。家里好几年没添置新家具了,回家跟老婆一商量,就决定买下来。也亏得商量这一趟,回来一看,旁边又来了一个卖沙发的。孙三是干什么的,挑逗得两个卖沙发的差点翻了脸,最后硬是五百多就买了下来。然后,在劳务市场雇了一辆没活儿的哥们的三轮车拉回了村。老婆怕路上尘土多,想盖上,孙三没让,到村里时还特地走慢了许多。到家门口,王茂才和黄有发老远看见,跑过来帮忙把沙发抬进屋里,撕掉塑料膜,坐了下来。孙三端来烟茶,然后坐了几坐晃了几晃,试了试沙发,感觉不错,高兴。

  王、黄二人没有谝沙发的兴趣,递给孙三一颗烟,拿出了一个登记本,说现在开始办下一年度的合作医疗了,本来是每个人掏十五块钱,不过因为王茂才连任,为了给大家办实事,决定村里出钱给每个人补贴五块钱,问孙三这次参不参加。合作医疗一般只有住院才能报销,比例也不高,村里倒是真有些人不那么想参加。孙三说自己是年年都参加的,不像那些眼光短的舍不得那几块钱,何况村长医生又亲自跑来,那更要参加了。大家哈哈一笑,黄有发就给孙三填上,见烟抽完了,又递过来一颗。

  王茂才拍了拍沙发,说:"年货都买齐了?"

  "有什么齐不齐,乱七八糟买点,凑合过去算了,没意思。"

  王茂才话锋一转:"你说这过年大家都挺忙,建才那家伙还非要再给大家添点事,他前几天没找你签个名?"

  "签什么名?"

  "联名告我嘛!东林背后搞的鬼,当我不知道呢!举报信转下来第二天我就看了的,信上那口气就是他。你别说,这建才别的本事没有,胡编乱造还真是一流。盛才知道了,气得想打这畜生。我说不用理他,让他随便告,想扳倒我,盖上二十四床被子做梦去吧!"王茂才说得很轻松。

"哦，他还告你呢？我一直在劳务市场上，没听说。他才不会找我呢，知道找我也不会给他签！"举报信的事孙三其实知道。好在找人签名时孙三已经去了劳务市场，老婆也聪明，找就说孙三活儿太忙，晚上也不一定什么时候回来。孙定一找了两次，就没再来。

"这我知道，三儿是咱自己人，不看我的面子，还有有发的面子嘛！建才这回是急了，选的时候又是请客又是收买狗腿子，花了那么多钱，心肝都疼了！疼死也没用！过两天再选，他照样上不去！"

"还要再选？上次不算？"孙三还当换届就那么完了，心中诧喜，脸上也不禁微露兴奋，还好立刻压住。

黄有发说："不是，这回是选村民小组长，腊月二十三。"

"组长以前不都是茂才兼嘛，还选什么？"

王茂才脸上带气："还不是建才折腾的，领上一帮人三天两头找乡里。这人这脸皮也真够可以的，当不上大的，就小的也行，换成我早一头撞死了，丢不起那人！乡里嫌麻烦，就让选，反正他也上不去，走走过场。他自己也知道上不去，你没看他那承诺书，都是写他上去之后才这样那样，上不去就不用花那钱了，保险。这么一来，他更上不去！大家也不是傻子，村里经济情况谁不清楚呢？都知道他说的那些根本办不到。这人太奸，反正他上去了不办，你也没办法让他下台。有发问我咱是不是也弄个承诺书，我说不能弄，这明显是拿大家当憨憨耍嘛，你上去了，没办法办到，不是找一村子骂嘛！反正有发这回是上定了，你和他这关系，有了好事儿，肯定忘不了你！"

孙三脸上自然很是高兴。黄有发告诉孙三这回过年就不用买肉了，他上去之后，全村每人发肉一斤、苹果十斤。没想到王茂才竟也有这么大手笔的时候。

11

王、黄二人走后,孙三跟了出去。村里果然再次热闹,双方人马你来我往跑得很忙,黄有发更是全家总动员,连刚上初中的小儿子都让同学回家帮忙做其父母的工作了。据谝得知,孙定一这次连年货都没顾上卖,一定要争回这个面子,那个承诺书就是他的主意,孙东林写的。

不久,王建才就专程送上了那个承诺书。

承诺书

我叫王建才,是咱们村一名普通村民。

今年在乡党委、乡政府、村支部、村委的正确领导下,我村成功地举行了村委换届选举。现又将进行村民小组长选举。我希望能够为咱们村的发展建设做出更大的贡献,决定履行国家法律赋予我的神圣权利,参加竞选!现承诺如下:

一、我当选之后,首先将组织人力清扫村中垃圾,清理下水道。并在正月二十之前为村中主要道路安装路灯,一至两年内整修村中道路。彻底改变我村脏、乱、差之局面!

二、为使大家高高兴兴过节,每年中秋、春节,全村每人发放猪肉一斤、苹果十斤(中秋为月饼两斤)。并在三年任期之内,请剧团唱两至三台大戏,丰富大家精神文化生活!

三、在明年开春,整修田间道路、水渠,埋设灌溉用电缆,加强农业基础设施建设。在三年内争取引进一至两项外来投资,振兴我村经济,增加村民收入,把我村建设成为一个和谐、富裕、文明的小康村!

四、在任期内,坚决不卖耕地!

五、坚持民主治村,村中大事一律由村民大会决定。坚持村务公开,每半年公布一次。坚持组账村管,服从村委的正确领导!

以上各项,请广大群众严格监督!如我上任后做不到,我立即辞职!希望大家擦亮眼睛,认真投下自己手中神圣的一票!

王建才

孙三一拍承诺书:"这么好的东西,你怎么不早拿出来?早拿出来上次就上去了!"

王建才也是一脸懊悔:"这本来是我一开始就为咱村定好了的计划,可又怕万一出个意外有什么事不能按期办到,让村里人说闲话。我想着反正上去之后该怎么办还怎么办,也是一样。咳,算了,以前的就不说了,这回我是下了决心了,拼了命也要办到!不为别的,就为争这口气!"

"这次你准上去!"孙三很是肯定,然后不知怎么的,忽然就想起了刚才买沙发。到现在他还遗憾没再多来几个卖沙发的呢。

这一次选举,只比上次更热闹,或者说激烈,尽管少了请客送纪念品之类,不免令众人大为失望,不过投票依旧踊跃,无一弃权。至于结果,真是没啥悬念:王建才,三百八十九票;黄有发,一百〇三票;石胜儿,四票。连王茂才心里恐怕也很清楚是这样的结果。

其实,大家倒并不是怎么相信那些承诺,毕竟王茂才是上级,王建才就算真心想办点实事,人家银钱一卡、小鞋一穿,你也翻腾不起来。但大家都相信,现在这么一来,以后不论谁想干点框外事,就都不会那么容易了——这是孙三在谝的时候暗示给大家的。反正这次孙三是活跃了很多,算是发挥了挑逗的优良传统,所以可以说他对王建才当选贡献也是很大的。

可惜,到第二天,孙三就为此被人有意无意地奚落了。因为,这天王建才依言发肉发苹果,是王茂才亲自在喇叭里帮他通知的。想一想倒也不奇怪,人家到底还是一家人啊,现在不都讲究个和气嘛,他们不是傻子,知道再斗下去对谁也没好处。

12

随着扫屋子、蒸花馍、杀鸡宰鸭、贴对联……一步步进行,人们的情绪慢慢被带动了起来。然后在最高潮的时候,呼啦就进入了放炮、吃喝、串门、打麻将、走亲戚……的这些程序。只是闹闹哄哄五天,一切也就过去了。每次也都是这个时候,人们会忽然觉得这年相当没意思,感觉之前那么多天的忙碌不值。城里人过了七天假期,就会有班上。在农村,如果不出去打工,整个正月一般都是很清闲的。

孙三闲得心慌,琢磨着准备加工点元宵赶集去卖,老婆自然立刻鼓动他去买材料。刚走到村口,碰见王建才开着车回村,车里还坐着金旺,二人看来聊得正快活。孙三本准备打个招呼,但没开口,反正隔着窗玻璃也说得过去。面包车倒是先停了下来,王建才下车说:"三哥,去哪儿?"

"没事儿,进城闲逛逛。"

"没事正好,帮村里干点活儿。"金旺也下了车。

王建才打开后车门:"我记得你以前会电工,能安了这个吗?"

孙三一看,是架高音喇叭,立刻来了兴致,说:"没问题,安到你家楼顶上?"

王建才说:"不,安到二魁叔家,村子中间。我还能跟茂才一样啊?住在村子边上,还非把喇叭安到自己家里,让半村子人听不清楚,就好像是私人的东西一样,用时还得求他。"

孙三这才明白当初王茂才亲自喊话原来是这么回事,喜笑满脸,说:"你放心,安好了我给你好好调调,声音保证比他的好!"

金旺说:"安好了,咱马上就广播,就说这是全村人公有的,不管谁想通知个什么事都可以来用,还要气死茂才呢!"

孙三又看了看金旺,老半天才稍微回过点味儿来。这个金旺啊,还真是不可小瞧!这村里的事比007有意思多了。不过,金旺倒也真豁得出去。

王建才问:"我听说去年组织人刷标语,一人一天是二十五。按现在这行市,怕有点太少了。你看这回咱三十怎么样?"

"有啥多少的?给咱自己村里干活呢!"

"那好,一会儿我让金旺、天清他们几个人跟你一块干!"

"用不了那么多人,金旺和我就够了,今天肯定给你安上!"孙三倒不是在乎钱多钱少,他本来是根本不想给村里干活的。以前在茂才手里干过一次,一百多块钱,生生过了两年才给到手里。好在安个喇叭也用不了多长时间,明天再买材料做元宵也不迟。

金旺笑:"打扫卫生、安路灯,咱俩人也能够了?"

"真要安路灯?"孙三诧异。

王建才也诧异:"那当然!我承诺过的还能不算数?一会儿安完喇叭,你就先在村里量一下,看需要多少电线、多少个灯,完了我去买。跟你说,承诺了的事,我都要办到!没有承诺的事,该办我也要办!有人怀疑我这个承诺只是为了骗得当上这个组长,我不怪大家,这是因为村里胡闹了这么多年,谁也不相信村干部了,我能理解!我说要让咱村变一变,就要让变一变,我要让大家都看见我和别人不一样!"

"可钱呢?茂才早就说村里账上没钱。"

"有钱他也不可能交给我,他不给我找麻烦就算好的啦!我自己垫钱!买路灯的钱我早准备好的,你放心!不过,咱也不是什么大款,干了活儿的这个钱可能得缓一缓。可你放心,这钱算我个人欠大家的,跟村里没关系,就是以后我干的这些事村里账上不给我报,我也得给大家!时间也不会太长,最迟不会超过端午!"

"咱自己人还说这些?冲你这话,不给钱我也干!"孙三立刻把自行车扔回了家。

喇叭还没有安完,村里已经谝开了,孙三真是没想到自己这么孤陋寡闻。据说,这个喇叭是花七百六买的,金旺还特地让买跟王茂才一模一样的牌子。而在范二魁账上,王茂才报的是一千七。广大谝众立刻瞪出了眼睛,骂声不绝。不久就传出消息,说准备查王茂才的账,是孙定一和孙东林今天一起找的乡里,说要一查到底。但金旺马上出来辟谣,说不是查账,是因为村里的账记得比较乱,缕一缕,还专门让王茂才也派人一块儿参加。众人便都笑嘻嘻点头同意是缕账,现在确实还不好用查账这个词。

只是,村干部们不要说还在任上,下台很久也极少有主动把账本交出来的,就算乡里偶尔愿意逼有时也没用。逼急了,他说账本丢了,你也拿他没办法。大家正要担心,知情人士马上爆料,说范二魁这回虽说没选上委员,可王茂才、汪卫平提都没敢提换会计的事,除了一年多的账,剩下的全在他手里,听说连村里的章子都没交。

谁都没想到东庄政局会有如此剧荡,足足热谝了十几天。这十几天也是东庄几十年来变化最大的十几天,先是墙根一摊摊的陈年垃圾不见了,清一色漆了一道红杠刷上白灰,接着满塞下水道的杂土被垫进了路上的坑里,同时每个胡同口都出现了一个水泥垃圾池,最后便是电线杆上崭崭新新的伸出了一盏盏路灯。乍一看,居然有些类似小城市中的某条小街道。

随后,王建才又开始准备整修灌溉的水渠。据谝传,只要查账查出钱来,王建才还准备上自来水和沼气。东庄人可以说这十几天都在兴奋与新奇着。不过，这还不算什么，不久来了七八个城里人想买地建房。村南本来是有一大块废地的，虽然平整一下就可以种，但王茂才一直没让动，说要留给村里人当宅基地。后来就慢慢开始卖，好在这几年倒是没多少人来买，还留了不少。这深究起来不算耕地，卖了也不是违反承诺。关键村里的印被范二魁直接交在了王建才手里，想卖谁也挡不住，完了就说村里办这么多事情需要钱，他王茂才也没什么话可说。不过，王建才还是一口就回绝了。

众人目瞪口呆，都是希望王茂才能赶快把吞的钱都吐出来，觉得不然可就把王建才给坑了。

13

这些路灯由一个定时开关控制，晚上七点打开。接完线那天，每个胡同口都聚了很多人，说要看看准不准。这些电子设备自然没有不准时的，《新闻联播》音乐响起的时候，只听人们齐说："亮了，亮了！"

"这灯不错嘛，比灯泡亮多了！"

"这是节能灯，不光亮还省电！"

"也不是太亮，比城里那路灯……"

"你行了吧，还跟城里比？你看看周边这些村子，哪个不比咱村富裕？可路灯就咱独一份！"

"这以后别的不说，起码连贼都能少一点！"

"这肯定，建才跟我说，过几天还准备组织几个人每天晚上巡逻呢！"

"像这样的干部就应该领双份工资！"

"双份？你知道现在谁领双份工资吗？茂才！昨儿对账的时候，

我在旁边看得清清楚楚！"

"我还不知道这？"

……

当然，也有人说："屎，有多大用？以前我也没见有谁掉沟里！"这是刘旺财。

旁边马上有人接道："你要不习惯，以后出来戴个墨镜算了！"孙三也说："我家正好有一副，借给你！"孙三从没这么直呛呛说过话，自己都有些诧异，不过丝毫也不在意，倒感觉相比轻松了许多。

刘旺财斜了一眼孙三，气鼓鼓走了。孙三也一斜，立刻把那眼还了回去。正巧看见旁边树下清理走垃圾留下的一块空地，说："这地方不错嘛，夏天晚上支个桌儿打个扑克正合适！"

金旺很受启发："对！不用你们找桌子，明儿我跟建才说一下，做几个水泥桌水泥凳，给这些地方都摆上，这也是丰富村民业余文化生活嘛！"一些爱打扑克爱下棋的立刻很受鼓舞。

"旺儿，这以后建才还准备干什么呢？"

"事儿多着呢！浇地的蓄水池子漏成那样，不得修啊？东南角那块旱地一直没水渠，浇不上，不也得管？反正别人看不见的、看见也不管，建才都要管！这些还只是能让大家方便一点，不是主要的，关键得让大家手头方便。建才已经跟汪乡长联系好了，过几天让乡里派个技术员过来帮咱村搞调产，种药材！以前石根儿也种过药材，卖不了，赔了。这回大家放心，建才有个朋友就是做这行的，生意大得很，销路绝对没问题！一年一亩地舒舒服服拿个三四千！"

众人眼睛不觉发亮。几个有小四轮跑运输的说："这要是再修个水泥路，咱村就更好了！"

金旺说："你干脆要了建才的命算了，他哪儿有那么多钱垫？光这几天，就已经垫了八九千了！茂才是一分钱也不给！"

八九千说少不少，说多也不是很多，但能垫给村里那就绝对不是个小数了。众人正在感叹，缕账小组的四个人找了过来。孙定一把一张条子递给了曾当过村干部的徐大斗："村里现在缕账呢，核对一下，你看这是你领了工资的条子吗？"

徐大斗一看，立刻跳脚："王八蛋才领呢！老子早不干了的，到他妈哪儿领工资？"众人立时围上来，一看，只见上写"徐大斗领取二零零三年度工资三千元整。证明人：王茂才。取款人：王茂才。"

"这还是人脑子吗？大斗的工资，取款人王茂才？"

"太笨了，他要是稍微拿出点小钱给村里稍微办点事，这点钱早混到里头报过去了，连建才都没这么容易当上组长。"

"啥也不是，他是觉得没人查得了他！"

这大概是今天最新鲜的一件事了，众人热吵吵地议论开，连王茂才的几个亲戚都加入了其中。在普通人心里，平时干好干坏是一回事，干好了大家也不会忘。可一沾上贪，就是另一回事了。

黄有发没想到王茂才能做出这种事情来，不免咽起了唾沫，脸色一会儿一变，说了句："这茂才啊！"远远站开了。众人的笑骂也就更加放开，整整热闹了大半夜。

随后，王建才果然组织人修好了水渠和蓄水池，还说过些天要雇台推土机把河道推一推，这样水量加大不说，还能顺便包给个人养鱼。乡里的技术员也来村里取了土样。只是，村东南角那地测了一下，坡度太大，实在没办法修水渠，只好改成埋设塑料水管。这样成本就大了很多，恐怕又得垫个几千块。

如此一番，现在，提到村长，基本已经没有几个人能想到还有个王茂才了，连乡里来人也都是直接去王建才家。查账这时也差不多到了尾声，光老账里据说不明不白的钱就有十七八万，这还是不算吃喝。以前大家总感觉王茂才弄是弄，也不会有多少，顶死三万五万的，一

097

点也没想到这么个穷村子也能搞出这么大动静。

现在，除了刘旺财，几乎已经没有人再为王茂才说话了。他说打死他也不信王建才能一直这么好下去。

14

埋水管需要挖一条一米深几百米长的沟，要是还按一人一天三十块干的话，恐怕单此一项就又得几千块。孙定一出主意给那些在这里有地的人每户分上十几米，让他们自己来挖。孙东林连连摇头，觉得这肯定不行，现在这人，谁愿意白干？孙定一让王建才试试。想不到喇叭里一通知，当下就去了孙三他们几十户，下午除了刘旺财等四五户，几乎都去了。最后，刘旺财也让老婆去了。

不到三天，沟就挖成了。王建才雇了辆货车把水管拉了回来，孙三、金旺他们赶到地头帮忙卸车。金旺问埋水管是不是也让每户都出份工。王建才说这就不用了，人多手杂，反倒容易把管子弄折，反正挖着慢、埋着快，还是由金旺领着人干。问金旺多长时间能干完。金旺说一天没问题。王建才说："这就好，赶快干。完了，你领人把村里路上再打扫一遍，我见又有不少乱七八糟的东西了。下星期一开村民大会，汪乡长要来！"众人不知村里又要有什么大事，都嬉笑着来问。王建才说："投票罢免茂才！乡里研究了一下，同意了。"

"罢免茂才？"孙三吃惊地吸了一口气。

王建才看了他一眼："怎么，这样的人还不该罢免？"

"我不是那个意思。我是说咱先不这么着急，反正他现在不就是个空架子，谁还当他是村长？咱现在最主要的任务还是要这个钱！要不你垫的那些钱怎么办？他只要还在这个位置上，方方面面就得有点顾忌，咱要钱总容易一点，能让乡里出面压他嘛。要是下了台，他可就光脚不怕穿鞋的了。"

王建才倒没想到孙三是为自己着想,说:"三哥,你是不知道,我这个茂才哥呀,现在都开始耍赖皮了,平时还真看不出来。我已经不太指望能把那钱要上了,算啦,不跟他耗了。"

孙三说:"可咱还能不要了?要钱嘛,总不是个容易的事,所以得讲究个方法。现在呢,你说要真把他往法院里送,万一真把他逼急了,来个邪的,也麻烦,咱也不能太不把人家当回事。"

王建才挺赞同,说:"当初定一叔他们要查这个账,我没别的意思,只是想把村里的钱要出来,好为大家办事。真要说把他往法院送,这我可做不来,怎么说,一笔也写不出俩'王'字!"

"这我知道,你不是那种六亲不认的人。可要是交给经管站,再查一回账,说不定还查不出什么问题了。"孙三看了看四周,没什么外人,"我想了这几天,咱不如这么办。咱先不提罢免他,让他觉得咱没想把他往绝路上逼。然后找几个人跟他说个话,就说'以咱手里现在的证据,往法院一送,判他十年八年没问题。可总归是个亲戚,不想搞得这么僵。只要他把钱退了——也不叫他全退,比如退个三分之二、退个一半,这事就了啦!'到时候再让汪乡长压压他。这么一来,连蒙带吓唬,就好办多了。反正想全让他吐出来也不可能,早胡花了,把他房卖了也不够!等慢慢把钱哄出来,再想罢他也不迟!"

王建才也说:"这倒也是个办法。我看罢免了也一样能找人这么'说话'!其实,这不是我想罢他。现在罢,不是让人说我想赶尽杀绝嘛?是前两天东林叔到乡里,汪乡长聊天问起村里的情况,一听就说像这样的干部就该立刻罢免。后来,还专门开了个会。你说乡里都决定了,咱能改?"

孙三还想再说两句,王建才接了个电话,说是什么冯总马上就从小店庄过来,便匆匆走了。小店庄的工业园听说就是一个姓冯的开发的，很有名。

孙东林这时正在旁边那块废地的另一头溜达着看。城里那些闲钱多的人以前买的那几块宅基地就集中在那里，都建成了别墅，不过都还没有住人。王建才见了，招呼一声说"来了！"二人就一起回村。

众人都在议论罢免这事，孙三其实心里也一样高兴。他觉得王建才这么急，似乎也正常，人之常情嘛。可能是自己想多了。

王建才和孙东林走到村口时，孙定一快步从村里出来，像在找他们。三个人在一起说了很长时间。

之后，孙定一过来跟大家说，明天乡里来人时，大家一起反映一下，先把村民代表选了，再罢免。

村民代表从上一届就开始搞了。不过，当时只是王茂才写了几个名字报给了乡里。现在，连他们本人有的都已经想不起来自己是村民代表了。这一届选完村长又选组长，一直闹腾，也就没把这件事再提上日程。孙定一告诉大家说，按规定，正经选出村民代表，组成村民委员会，村里的换届工作才能算完成了。

孙三不知道孙定一是看见条文这么写了，就想走完这个程序，还是别的什么。心想孙定一这么一大把年纪了，倒比总自感聪明的自己懂得还多。这倒也不奇怪，孙定一一直关心这个。而孙三以前不过就是浑浑噩噩一个农民，直到经过了去年到现在这一番换届，才明白了这个可以跟自己跟每个人都有关系，而且本来就有关系。

金旺他们不免有一些担心，说王茂才总还是有一些人的，村民代表一共十几个，难免会选上他的几个人。孙定一倒很轻松，说村民代表并不是村干部，也没工资，只起个监督的作用。不管是谁，只要愿意负起这个责，能对得起大家，都可以当。反正是大家选的，只要大家写票的时候对得起自己就行。

众人点头，问孙定一想推哪几个人。孙定一说他也是刚知道，所以来跟大家商量一下,看谁合适。金旺立刻打趣,说:"我看三儿就不错。"

孙定一没当回事,其他人也都笑,看孙三怎么推脱。孙三这个人,平时别看嘴巴硬气得很,遇上实打实的事,从来是不往前凑的。

没想到这次,孙三说得很认真:"只要你们选我,我就当!"

兄　弟

1

　　中午，鞭炮礼花弹噼啪响过之后，老太太被请了出来，儿孙们在乐队的吹拉弹唱之中上前拜寿。随后，宾客入席。大家忙着找座位、忙着招呼熟惯的人一起同坐。谦让之后，又都忙着动筷子。院中说笑吃喝划拳碰杯与乐队群声杂混。就这样哄哄扬扬闹到下午四点多钟，赵家最后一批亲朋才吃完告辞。收拾完碗筷杯盘，赵家兄弟二人和村中来帮忙的众人把支在院子上空遮阳防雨的篷布收下来，一折，和桌椅瓷器铝盆锅炉乱七八糟一起放在了出租红白喜事宴席用品的刘旺财的小四轮上。送走帮忙的众人，老大赵家和去跟刘旺财计算租赁费用，老二赵家旺带上用剩下的半箱酒一条烟去了村东的小卖部结账。两妯娌收拾完屋里的茶杯烟灰，就出来打扫院子。院子里支篷布的木棍搭炉子的砖头扔得哪里都是，炮屑残菜铺了一地。

　　寿宴总共开了二十一桌，规模在村中算是中等。菜是依家旺的估算按二十二桌买的，对于大办宴席来说，这基本上就算是正合适，大家都很高兴。因为钱是兄弟二人合出，剩下的菜自然是两家均分。打扫完院子，家旺媳妇王香莲去喂鸡，让大嫂周金蛾先去分菜。金蛾有些作难，犹豫了一下，先洗干净了两个大铝盆，只往自己的盆里放了一些青菜。香莲回来见了，说金蛾太客气，一家人还用这样，一大盘一大盘地把肉菜往金蛾的盆里倒，说自家人口少，根本吃不了。香莲在这些事上向来大方，金蛾很过意不去，忙拦，说，哪儿能把好菜都拿走，外人知道了还不笑话？咱妈还跟你们在一起呢，你们不吃咱妈还得吃。香莲说，咱妈早吃不动这些了，留点豆腐什么的就行。金蛾就让把一大碗甜糯米留下，说她见家旺的儿子小军正好也挺爱吃这的。鱼还剩下一条，香莲拿起就放进了金蛾的盆里，这次金蛾坚决挡住，说这鱼她说什么也不能再拿了，小军就快中考了，给小军留下补补脑子。香莲没推让过，也就放进了自己盆里，对来厨房喝水的小军说，听见了吗，别整天吊儿郎当的，好好上学准备考试，要不连你大妈都对不起。然后让小军去把从宴席上撤下来的那一大溜儿酒瓶里的剩酒倒在一起，叫金蛾给家和拿回去。金蛾又推让，让给家旺留两瓶。香莲说可别提家旺了，让金蛾拿走的时候用东西包起来，千万别让家旺看见。家和、家旺都爱喝酒，但家旺喝起来很少不醉，醉了就爱在家里闹腾。金蛾就笑话香莲还是管教不严。

　　二人说笑着分完，提了暖瓶一起回到屋里，给管收礼记账的村长和村会计把茶壶续满。家和、家旺这时也忙完各自的差事回来了，先一起把挂在院中的一块大大的寿字金匾摘下来，抬着挂进母亲住的屋里，然后坐在了村长、会计旁边。村长把礼金和账本递给兄弟二人，一共是六千三百二，让他们看一看数一数，说这是过钱的事情，不能马虎。兄弟二人说着村里的大账都错不了，还能错这点小账，就粗略地看了看账本数了数钱。

依近年来兴起的新规矩，礼金并不是二人平分，是先根据账本上的名字，分出谁是单跟家和有"礼往"（此地方言，指互相随礼，大概是取"礼尚往来"之意）、谁是单跟家旺有"礼往"，把这部分礼金提出来，分别拿走，剩下那些跟两家都有"礼往"的才二人均分。最后，家和分得了三千二百六，家旺分得了三千零六十。然后家和拿出了寿匾、寿炮、牛羊猪鱼肉等等的采买清单和收条，家旺也拿出了烟酒、蔬菜、乐队等的清单和收条。会计接过去，加上家和家的两袋面粉和家旺家的一百二十斤煤炭帮忙给算了算。算出寿宴的总支出是五千九百五十八，其中家和预先支付的是两千八百〇九，家旺是三千一百四十九，而按礼金的分配比例计算支出比例，家旺实际只应该承担两千八百八十四块七毛，多支出了二百六十四块三，家和就补给了他二百六十五块。

寿宴不比婚嫁，在农村礼金一般不高，对于平头小户，多数只能收支平衡。像这样还略有盈余，已经是很不错了。两家人都很高兴。

结算停当，又聊了几句闲天，星月已经齐现在了天空。村长、会计看了看天色，又喝了几口茶，准备回家。家旺忙挽留，叫香莲去准备饭菜，一定让吃了晚饭再走。家和也留。村长、会计见他们挺实在的，也就推辞一番又坐了下来。

2

酒菜端上，热热闹闹一番推杯换盏过后，大家陆续放下了酒杯，也不再多动筷子。家和见家旺似要开口，就先对村长、会计说今天已经麻烦大家一天了，本来这顿酒喝完就应该让村长、会计回家好好歇着去了，都挺累的，不过还有个事儿想趁大家都在，说一说。

村长知道必有此言，说，有什么，累也不在这一会儿，让家和尽管说。村里人谈家务事,常常是在年节或像今天这样有个事由聚在一起的时候。

家和倒又有些犹豫了,金蛾看了他一眼,他低了一下头才又说也没别的,就是自己母亲的事,母亲今天七十整寿,正式到了"古来稀"的年纪,中午那会儿舅舅跟他坐了一会儿,说人到了这个年纪,要是一个儿子还好说,要是儿子多,就应该早点定下来谁管养老,怎么管,迟了就不太好了。说到这里他看了看家旺,又说他一想也是这个道理,想干脆就今天把这事定下来。

家旺说舅舅也跟他坐了一会儿,说了这事,他也觉得舅舅说的很有道理。不过这事儿今天要不是家和提,他自己是不会说的,因为母亲在他家住着,他要提就好像是要把老人往外撵,还是家和明事理,不愧是当哥的。

农村中像赵家这种情况的不少,父母从中年起就一直跟着某个儿子生活,其他儿子分家单过。中年时这样自然无话,一到老年,那"某个儿子"就不免生出一些怨言,"其他儿子"则多数除了老人"百年之后"来谈家产的分配,平常基本是不会找上门去谈什么的。当然,这是说"基本",或许是年龄大一点传统的某些东西残留多一些,家和不同。他总有一些长子长兄的观念,早就想把这事说一说,觉得不能等到家旺提出来。只是,你想这个就不能不想那个,人想开口说话不是件容易的事,想的是什么,要与做的是什么一致,也不是件容易的事。

村里人之间有什么事不好谈或不易谈妥,一般就会在谈时找来几个有头有脸的人物居中说和并见证,方言称之为找这些人来"说话",今天这就是一种。村长、会计在成为村长、会计之后,给人"说话"就成了家常便饭,去别人家里吃家常便饭也多数是为此,自然慢慢深谙了此道。村长接过家旺的话头,说可不是,家和人厚道明白事理在全村都是有名的，家旺也不错，伺候老人这么多年也没有怨言；说兄弟二人的和睦在村里是数一数二的，村里无人不知无人不夸。不像卫家兄弟，前些天也是"说话"，不过五百多块钱的事，结果一开始说的话挺漂亮，后来没几句就差点把刀子亮出来，这是让给你"说话"还是让看你拼命呢。会计接道，也不怕一村子人笑话，"说话"嘛，一回能说成，当然是最好，说不成，也应该和和气气，下回再说，弄僵了，见面跟仇人似的，还怎么说。兄弟二人面中微露得意之色，自然是连连点头称是。

事情是家和提起来的，除了只低头吃菜的金蛾，大家就都看着家和，家和却不怎么说话了。家旺等了片刻，看着家和深吸了一口烟，说母亲在他这儿实际上倒也没什么，平时不过就是一天三顿饭，多做一点也就行了。主要是年龄大了，身体说有问题就有问题，上一年就是例子，好好的就得了脑血栓，虽然不严重，只是嘴歪了点儿，不过这种病说犯就犯。到时候别说像他家这种不富裕的，就是一般有钱人家，医院也不是那么容易想进就进的。可人在他家里，躺倒了，就算谁都不管不问，他也不能不管。说他就是怕这个，其他倒没什么，平常感个冒发个烧的小病还不都是他一个人，他也没对谁说。家旺说的这些，其实在他心里倒并不怎么担心。不过，世上现在人分两种，一种是觉得这东西在大家心中早已如契约般约定俗成，就感觉没必要再去说；一种是感觉没必要去说，也要如同订立合同条款般说在明处。

家和是那第一种人，他们往往不容自己被别人误解，立刻便说这有什么怕的，有了事当然是两个人摊，上一次不就是这样？自己也没让家旺主动找来。

村长听着家和话音高了一些，就说家旺也没别的意思，就是顺口一说，一些事其实说明白了好，不容易出岔子，反正"说话"也就是把事儿说明白了嘛。

家旺也笑着说，就是，自己不是那个意思，家和的为人自己这当弟弟的还能不知道。又说，那么说，这事儿就这么定下来了，有个万一的话，两个人摊。

家旺心里想什么，家和清楚，让家旺放心，母亲在他这里也不会让他吃亏。家旺用意地点了点头，然后就问母亲平时怎么管。家和觉得这儿自己应该说几句，就说他觉得不管是怎么管，首先的一条，是得让母亲过好——也不是说吃多好穿多好，一个庄户人家也办不到，主要是别让受气，别两样对待也就行了。家旺立刻说那是当然，不然养儿养女干什么，还不如养个牲口杀了吃肉呢。

众人都点头。兄弟二人见村长、会计的烟也抽完了，就又各递了一支，自己也叼一支，低头抽着，都不怎么说话了。村长、会计相视一笑，会计便问二人到底是怎么个想法，准备怎么管老人。二人都说自己父亲去世得早，没这方面的经验。

村长见二人都不想把自己的想法先拿出来，就说也没什么经不经验，反正村里管老人也就那几种样式：一是像孙家那样，孙传兴把他爸他妈接到城里，兄弟姐妹谁也不用操心，老人"百年"之后只管来哭就行了。兄弟二人都说人家有钱，谁比得了？村长便又说，二就是兄弟几个一人管一个月，轮着，谁也平均。家和低了一下头，家旺深吸了一口烟，二人谁也没有说话。村长接着说，三是分工，有人管生养，有人管死葬。村里金家就是这样，老大管他爸，老二管他妈，老三管二老的后事。

只是，那是十多年前定下的，当时老三家情况不好，媳妇都跑了，老大老二就把最省钱省力的管埋让给了他。现在老三在城里拉垃圾，二层楼都起来了，老大老二就不太愿意了，听说也正在找人"说话"。家旺就一笑问村长是不是这么回事。村长咳嗽了一声，说是，现在还没有说成。

提到金家，家和说，金家其实已经很不错了，老二老三明事理，连老三当时穷成那样都还主动说要管。那时两个老人都在老大金旺家里，老二老三要硬说不管，金旺能怎么样？就像李家，天清他妈瘫在他家里，七八年天明都不管不问，天清不是也没办法嘛。

与多数人相比，赵家的两个媳妇都还不错，不管在别的地方怎么样，有外人在时，面儿上还是过得去的，基本不插话，至多是像现在香莲这样用脚碰碰家旺。不过家旺早已开口了，说，可不是，像天明这样的人真是不多见，埋他妈的时候几个长辈好说歹说，好不容易只出了三千块钱，可就这，就有了理了，到处宣传是他把他妈管了的。家旺看了看家和又说，不过这也不奇怪，已经是村里的风气了，只要把老人丧事一办，就理直气壮了，就是我把老人管了。那老人活着时候呢？吃，穿，伺候呢？就不说别的，就光这每天三顿把生的做成熟的，端上来让老人吃了，花的钱费的工夫就比三回丧事也要多得多。家旺觉得天清家日子过成那样儿，也就是这个拖累的。主要还是天清心太软，换成别人早就把老人抬到天明家里去了，看他怎么办，他还敢把老人扔出来？最后，家旺说，依他看，还是老石家兄弟四个的办法最好，一人管一个月，谁也别说谁吃亏，谁也别说谁占便宜。

家和刚才那些话一说出来，就觉出不合适，想再补回来几句。家旺已经说了那么多，就喝了一杯酒。

关于家旺说的这个办法，理论上可以说是个比较好的办法。不过，以前人们在聊别人时，对此一般是比较不屑的，毕竟弄得像做生意般平等平均，跟"父母兄弟"这类词放在一起明显不那么协调，会被村里人认为兄弟之间关系不怎么样。当然，这是说十几年之前。其实，这些倒还在其次，主要是这个办法也只是理论上比较好而已。家和就说家旺说的这办法倒是挺不错的，老石家就弄得很好，兄弟和睦，村里人也没闲话，只是和老石家同样这么办的老刘家就不行了。老刘家这样轮流管其实比老石家还要早，开始几个月还行，后来老人到了谁家，谁都是摔摔打打地给脸子，又是抱怨衣服在上个月没洗好，又是嫌这个月得了病，再后来连饭都不给好好吃了。老两口见了熟人没一次不是泪汪汪的，最后只好又回老窑单过去了。用家和的话就是，家家有本难念的经，各家的情况不同，同样的东西在这家是好办法，到了另一家就不一定了。石家与刘家有一个共同点，就是一开始是石家老人主张让儿子们轮流管的，刘家老人则不同意儿子们轮流管，早就看出儿子媳妇之间不行。所以家和就说，咱们年纪还小，有时候看事情就不如老人看得深远，不如听听母亲的意见，反正这就是母亲的事情，咱们不能光图自己方便就定下来。

村长问家和的意思是不是想让老人出来说几句。家旺摇头，说这种场合咱们说话难免有个声高声低，母亲年纪大了，心脏又不好，一辈子爱操心，看见了不好。要想听听母亲的意思不如他进屋里侧面探问探问，也是一样的。

家和磕了磕烟灰，说他中午跟母亲聊天时，倒是已经说过这事。然后他把话停住，看了看家旺，又说母亲的意思是干脆连分家的事一块说了，省得麻烦，其实也就是那几间老房和父亲留下的五千块钱，还有开的那块荒地，母亲让他们平分。家和说荒地分不分无所谓，钱不行，因为母亲以后的日子还长，手里不能一分钱也没有，所以这钱还是以后再说，反正母亲也不会乱花；至于老房，也不用分，谁管母亲干脆就给了谁，总不能白白地管，母亲以后的吃穿用度还要花钱，把房子一卖也就宽宽地够了。家和说着看了看村长和会计，又看了看家旺，家旺一直抽烟，他就接着说听母亲的意思，是还想继续跟着家旺。说母亲说，这么多年跟家旺也习惯了，家旺香莲在外边干活，小军又上学，家里看个门做个饭打扫打扫离不开人。家和一笑，又说，这些年还不都是这么过来的，这人呀，都是这样，都是跟后辈的亲，越老越是这样，总是想着帮衬着后辈把日子过好。

家旺咳嗽了一声，说可不是，母亲跟小辈都特别亲，自己家的小军和家和家的三个孩子还不都是母亲一个人看大的？现在是年纪大了，想干自己也不敢让干了，当儿女的还能没这点心？以前能干的时候，连地里的活都不用他们弟兄俩操心，全是父亲和母亲。就这还不够，还要另外开荒地，打下粮食也不偏不向，兄弟俩一人一半，家旺像忽然想到，问会计前几年来串门不是还帮忙看过秤吗？

会计用眼角看了看兄弟二人，等了一会才把烟蒂扔进烟灰缸，说，是有这么回事。说人就是这么个毛病，亲儿孙，为了让儿孙吃好宁可自己不吃。会计说他在生产队时管过食堂，那时候是大锅饭，都吃不饱，记得每次打下饭，都是先紧着你们兄弟俩吃，你们吃完了你们爸妈才吃，那时候你们还小，可能都记不清楚了。

哪儿能不记得呢！二人都沉默了好大一会儿，脑海里出现了很多东西。不过，接着又出现了另一些东西。能让两种完全不同的东西同时出现在眼前，大概是人脑的一个特点吧。

家和叹了口气，犹豫了一下，说父亲母亲这一辈子可是受了苦了，劳碌命。大概老一辈的人都是这样，你让他歇他都不愿意。父亲六十多岁时还给人家工地上看门，可挣下钱，自己又不舍得花，都补贴给了他们兄弟俩。他自己盖房时，父亲给了三百，后来家旺盖房，给了一千五。

家旺点头，说，老两口的钱大部分都是这么出去的。他父亲还是这么个脾气，你要是干正经事，不用你说都给你钱，要是弄那些没用的，要也不给。以前时兴录音机的时候，他想买一个，结果一提，不但不给钱，连用他自己的钱买都不让。后来家和买驴，也没说，自己就送过去五百。家旺说，你可别小看那三百、五百，一年和一年不一样，那是二十年前。

3

　　饭菜此时久已无人去动，金蛾就帮着香莲收拾了碗筷。然后金蛾去洗碗，香莲去给猪倒泔水。泔水桶是从晌午就攒下的，很重，香莲就叫家旺出来帮忙。一出门，香莲看了看厨房那边就说，平常还真看不出来，你们老大那嘴可真厉害，句句带刺，就好像你爸你妈在咱家里，咱占了多大便宜。就没给他做过？听听那话，天下还有比他孝顺的儿子吗？我听现在村里有人说你爸在的时候，把好几万都暗里给咱了。绝对就是你们老大传的。

　　家旺没听说过这话，他觉得就算有也不大可能是家和传的，不过他还是咬牙说，传这种话的人都没脑子，也不好好想想，最多的时候一个月才挣二百，到哪里去攒下几万。难道挣下就一分不花，都攒着？

　　香莲说，什么没脑子，人家这是有脑子才这么说，这是在村里给你制造舆论呢！

　　家旺不屑，说，制造又怎么了？让他造去！再怎么造，该怎么样还是怎么样。

　　香莲说，我想了半天，他不是显得他孝顺吗，不是觉得他妈在咱这儿咱占便宜吗？那干脆就让他把他妈拉走，把那烂窑给他，咱不占这便宜了，让他占，你说呢？

　　这时，金蛾洗完碗，拉灭了厨房里的灯。家旺把泔水倒进猪槽，说，行了，我还不知道怎么办？一会儿你别乱插嘴，叫外人笑话。

　　回到屋里，家旺只是闲聊养猪的事。家和见他不提自己刚才说的事，就点了颗烟，一笑，说，家旺，你别看咱那老房已经那样了，还有人想买呢，是个城里人，姓曹。家旺表情明显不信。家和说，是真的，这几天都找了我三次了，我说这两天太忙顾不上说这个，他就留了个手机号，说一打电话他就过来。家旺有些奇怪，说，那老窑连电都不通，他要那干什么？咱这儿又不开发了。他肯定是没见过咱那窑在什么地方，等见了就不要了。

家和笑着说，早见了的，那人是先看了地方才打听，找的我。人家图得还就是那儿连电也不通——清静，周边没人。那人孝顺，他爸快退休了，早就说在城里住烦了。他就想找这么个清静地方给他爸盖个别墅。人家自己发电。

此言令众人不免有一丝新奇。村长说这可是个孝子。会计打趣，说他爸可能更有钱。村长很不同意，说，现在这样的人多了，按以前的老说法，不孝顺老人自己也不会顺，做大事的都信这个。

家旺说，这是钱烧的，根本不知道村里是怎么回事，要什么没什么，住上两天就后悔了。

家和摇头说，不会，人家有车，用什么可以马上进城。城里人现在就时兴这个，你觉得不好，人家就觉得好。反正那人看样子是肯定想买，明儿打电话把他约来，咱俩人跟他谈谈。

金蛾听到这里，看了看表，九点半，大儿媳快下班了，就准备回家。家和便出去帮她把装菜肉的那个大铝盆往自行车后座上绑。金蛾刚出屋门就说，你就多余提这事，又不是没人管。

家和只好说，不提不行啊，都七十了。再说咱不提，家旺也得提啊。

金蛾更加没好气，说，那你就等他先提，非要听那句"你懂事理！"值几个钱？听听人家那便宜话说得多好——"我不能提"。你不能提，你可好意思背后鼓捣你舅来提。家和没有说话。金蛾又说，你把那五千给他不就行了？还非给房，那房最少还不卖一万？这些年他占多少便宜，家里活儿还不都是俩老的给他干？五千够可以了。

家和说，家旺你还不知道，五千肯定不行，就现在把房给了都还不太愿意呢。

金蛾说，还不是因为你先说给房？你要先说给那钱，他不行，你再说给房，不就妥了？家和无言，说，不行你先别走，你跟家旺去说，家旺嘴巧，我可能说不过他。

金蛾在自家说话一般都像现在这样挺有见地的，但一跟别人说话，这种有见地的话往往都是过了一会儿才能想得起来。所以，她也就说，你都说成这样了我还咋说？你操点心就行了。刚才家旺和香莲在这外边咕咕叨叨了半天，不知道又商量下什么点儿了，你小心别让人家把你蒙到里头。

家旺为人心细，家和出去之后，他与村长、会计聊了两句闲天儿，就问县政府是不是真的不往他们这个村搬了。村长说那是当然，几里外的小店庄就是新址，已经开始拆迁了。村长讲道，县里这次就是要以政府的搬迁带动新城区的发展，搬到这里才能扩大多少？搬到小店庄新城区一下就扩大一倍半，这次县里新班子有魄力。家旺便又问，咱这里是不是不开发了？村长把头一侧说，开发当然还要开发，咱村早划进了新城区，只不过新城区那么大，什么时候能开发到这儿就不好说了。家旺放了些心。

当时，这件事非常热闹，电视报纸大力宣传，村中众人都在东借西凑为拆迁补偿而突击建房，现在众人还不时回想那时的情景。家旺就闲聊起了这个，很是轻松，因为赵家是那时为数不多的几户没有跟风的人家，这都是家和的功劳。从一开始，家和就觉得这样不好，别的且先不说，好好的东西，哪儿能建起来就是为了拆呢。可后来，建的人越来越多，亲戚朋友也都劝，说不这样弄，补偿的钱根本不够在新村买楼。当时，众人建房一为省钱二也不是为了住，用的材料都是最次的，有的干脆用泥垒砖，倒也花费不了太多。家和也就不禁有了一些意乱，拿不定主意。好在这时家和的一个老同学调到这儿当乡长，碰见一聊，说起这个，那老同学说千万别建，建了也没用，这年头儿便宜是不少，可得看是谁，不是谁都能占的。家和也就下了决心，不仅自己不建，也拦住不让家旺建。现在，且不说县政府不搬来，就算搬来，家和也是拦对了。据村长说，小店庄前些天也是建疯了，结果自然可想而知，一帮老婆儿老汉哭闹了半天也没用。所以，家旺见家和忙完了回来，就说道，那时候可真是亏了我哥，要不我早贷款在院里起二层了，香莲她表哥在银行呢。

家旺的房子和别人还不太一样，原本说要拆迁，后来又说不拆了，而且县政府的大门还准备开在旁边，结果他的房子立刻成了抢手货。他便摇着头又说，那时候可真是后悔啊，有人出二十万买我这地皮建饭店，我都没卖，现在恐怕五万也没人要。像咱那烂窑，我看更是一万都卖不了。

家和脸上原本舒展的表情停了一下，说怎么可能连一万也卖不了，最少也卖一万五。说他跟那人说的时候要一万八，那人看样子也不觉得太贵，估计就是砍价，一万五也没问题。

家旺点点头，对家和说，能卖一万五倒是也不算少了。毛驴车现在在"市场"（劳务市场）上也不行了，你不是早想换成农用车嘛，我嫂子上年看病又花了不少，你不如就把这窑卖了，一万五买个农用车正好。

此事家和倒也想过很长时间，他深吸了一口烟，说，这倒也不是不行，关键咱妈想跟你呀。你说咱要违了她的意思，万一以后老人心里要有什么不痛快呢？咱当儿女的不能不想着这个。

家旺想了想，觉得现在说得差不多了。实际上，他不是不想管老人，只是一些话得先说到。他明白家和的意思，家和是怕最后弄成老刘家那样，其实他也同样有些担心。现在要是家和主张轮着管，说不定反对的还是他。他就说，那行，今天"说话"大家也都看见了、听见了，既然我哥想让我管，我妈也想叫我管，那我就管了！要真能卖上一万五，我妈以后的生活倒也凑合了。反正一万五说少不少、说多不多，谁知道以后还有多少年呢，现在这七十岁还不等于小着呢嘛。不过不管是多是少，就这样了。少了呢，我也认了，谁让咱是当儿子的呢！

只是，家旺说完这些，就又问那城里人是不是真想买，万一最后没谈成，那窑应该也就不会有人要了，也就等于一分钱也不值。从那城里人的态度来看，家和倒是敢肯定那人会买，也应该能卖到一万五。不过，当家旺问到万一不行，他也不敢保证什么，好在家旺已经答应了管老人，他也就同意了家旺的说法——万一卖不掉，就再商量别的办法解决老人的生活费；而要是卖不到一万五，则从刚才说到的那五千块钱里补。家旺这才又点了头。家和松了口气，觉得虽然自己没有管了老人，但长子长兄的责任也算尽到了。

不过，家旺停了一下，又说，要是卖上一万五，咱妈平常的生活费倒也差不多够了，差也差不了多少。实际上要是平平常常，就算不给我那窑，让我管我也得管。家旺又停了一下，说，咱这话现在其实只能算说了一半，这是说平平常常的时候，这啥都好办，可万一咱妈的病要再犯了呢？人家医生都说脑血栓这病非常容易复发，复发了就肯定比上一次重。这回咱妈是命好，没落下什么后遗症，可下回就不一定能这样了。天清他妈那不就是复发，一下瘫了十二年？到时候医药费倒是没问题，我哥这话我相信，可以后端屎端尿专门得有一个人伺候。我家这情况大家也都知道，我和香莲俩人在外头干活刚能生活了，要是一个人不能出去挣钱了，那日子可就没办法过了。哥，你说万一到那个时候，咱怎么办？

家和想不到家旺能想出那么远，说以老人现在的身体状况应该没那么容易复发，村里一辈子不复发的人也有很多，多锻炼锻炼就没事了。家旺说他也不是希望老人的病复发，只是怕个万一，反正现在"说话"，就干脆一块儿说了，省得以后绕下麻烦。然后看向村长。村长也就说家旺说得也有道理,提前说清楚也好,村里有些人家里闹不团结,也就是因为一些事没弄清楚。家和点头说他也不是不想说,关键是到那时候会是什么情况谁也不可能知道,现在能不能定下到那时候还合适的办法。说着也看向村长。

村长便说这倒也是,到时候到底是全瘫彻底不能动了,还是挂着东西能慢慢走动,谁也不好说。村长就问家旺,既然他提出了这个,是不是已经想出了什么解决办法。家旺忙摇头,说他也是突然才想到,没什么办法,还想问问村长见多识广,有没有在邻近村子见过和他家情况相近的,看看人家是怎么办的。要不就干脆请村长帮忙拿个主意,反正这事情总得有个办法解决。

村长摆手,说,咱家这个情况有点特殊,别的地方还真没听说过有差不多的。主意呢,我也不能帮你们出,这是"说话"的规矩,容易落埋怨。我只能在中间不偏不向地说和,大主意还得看你们自己的。

家和赞同,点点头,又续了一颗烟,没有说话。

家和不说话,家旺便吸了一口烟,说,要不,这么着行吗——万一有了什么问题,哥,你就每月出点钱;我呢,就叫香莲别出去了,专门在家伺候。这么着也就等于是咱俩人把老人伺候了,也不叫村里人说闲话。钱呢,也不用多给,有个意思就行。多少呢,到时候看咱妈的具体情况再定。

家和皱了皱眉头,说,这个村里可谁家也没有过先例。家旺一笑,说,家家有本难念的经,各家情况不同嘛。哥,要是换成你管咱妈,到时候我也一样出钱,不能让你寒心。

"说话"此刻就算是又进入了一个新的阶段。兄弟二人依旧那样你来我往着,村长、会计的"说话"也依旧很称职,说到有理处,附和附和;说到无言时,扯扯闲天儿,暗里引导引导;眼看即将面红耳热,则立刻岔开——不过这种时候不多,气氛绝大部分时间都和和气气,大家说话时极少有不带着笑开口的。又谈了两个小时,局势基本上没有什么变化,家和基本上还是倾向于"先说现在,以后的事说不准",家旺也基本上依旧坚持先说清楚防个万一。因为毕竟是"万一"的时候,家和后来倒也基本上同意了这一点。但伺候费用的预先估算数额基本上谈不拢。家和随后倒是提出到时候可以让金蛾和香莲轮流伺候,家旺也点头,但他之后又说这样似乎过于麻烦。两个小时,只围绕这么一点事,大家说出来的话就不免有些重复,有时候一句话刚说过就又说了出来。这其实倒并不是啰唆,而是一种技巧,或者也可以说是一种"艺术"。有过类似经验的人都知道,在这种场合,一句话换上几个字乃至一个字也不换就翻来覆去地说上十七八遍一点也不稀奇。只是,十七八遍之后,便是听不厌,说得也差不多厌了。于是,大家也就慢慢离开了正题,扯起了闲天儿。天南地北海陆空外加原子弹,凡想得到的都扯得到。这实际上也是一种"艺术",大家都在等最着急的那个人把话扯回正题。说到最着急,哲学分析、数学分析、经济分析等等之后,除了家旺,应该不会有人能想出第二个,毕竟老人在他家里,谈黄了也在他家里。不过,很多事情家旺步步已经为营,早已不如刚才那样着急了,而于此"艺术"他又极为娴熟,所以此刻闲天儿扯得最是起劲。只可惜,家和对这门"艺术"钻研不深,不知道该怎么说,就只好你扯闲天儿我也扯闲天儿了。

村长、会计精于此道,知道此时再谈下去已然无用,只会让竞走多出一个姊妹项目——竞谈。便对视一眼,然后,村长说,今天我看咱就先说到这儿吧,都十二点多了。反正说事儿哪有一回就说成的呢?今天咱定下来的事儿已经不少了,大方向已经没问题了嘛。用写报告的话就是"成果丰富"。以前给别人"说话"从来没这么顺利过,还是咱家!今天咱回去呢,把这个事儿再好好想想,想想自己,也想想别人,把今天没想清楚的想清楚,跟家里也再好好商量商量,咱尽量

117

把这个事弄得让自己满意、村里人又不会说三道四。然后，咱明儿晚上再接着说，你们看怎么样？我明儿九点乡里还有个会。

兄弟二人也就忙抱着歉意，一番客套，把村长、会计送出了大门。

4

家和觉得只有尽早把那房卖出去，接着谈才会容易一些，就第二天一大早给那姓曹的城里人打了电话，然后约上家旺去了他们家老房那里。

那里离村子有一里多地，原先有四五户人家，是个小自然村。三十多年前，住户都搬到了现在的村里，以前的老房也就拆的拆、塌的塌，只剩下赵家这几间还算立着。严格地说来，这几间确实有点说不上是房，但也不是那种传统概念上在山崖脚下掏土而建的窑洞，它可以说是一种平原的窑洞。建法有些特别，先是用土坯垒起厚墙，然后用砖把土墙包上，在上边再用砖碹一个拱顶，拱顶上边再盖一层厚土，最上边做一些防水处理，弄成一个有坡度的平顶。这种房子比瓦房省瓦，省木料，用的砖也少，外边看起来却还很有一种砖砌平房的感觉，当时很受欢迎。六十多年前，这房在村里是数一数二的，不过现在，不戴安全帽是没人敢进去了。房前小院的面积很大，对面隔着一条小路就是赵家兄弟的耕地。仲春时节，都绿得可爱。房后是赵家两位老人开垦的那块荒地，种着油菜，现在是黄花如毯。家旺四下看了看，才忽然发觉这里环境的确不错，虽然没有什么独到的景致，但换个角度，也确实令久住都市的人们向往——南山遥屏，黄花背衬，左有桃林，右是杨柳，满目绿野，盈耳雀鸣，蓝天不高，白云不远。一百米外，小河一弯，肥蹦鲜鱼，随时可钓。

姓曹的那人来得很快，电话打了刚二十来分钟就开着车过来了。

高级轿车为了稳定舒适，底盘都很低，跑在这种二三十年也没人想得起来维护的田间小路上是什么效果可想而知。这里是唯一可供拖拉机自豪的地方。家旺看着那车为了躲避坑洼左扭右拐前颠后晃，哼了一声，说，等他到了这儿恐怕就晕了，咱那窑不好卖。家和宽心道，他来过一次，知道就这路，应该不会有什么问题。其实家和不知道，家旺虽这么说，心里想的却是怎么把这房卖到一万五以上。多卖上几千，家和应该也不会多说什么。

姓曹的那人倒是很客气，说着老乡你好，就同二人握了手，还扯了几句收成年景什么的。然后拿出皮尺量了量房子和小院，算了算面积。接着从老房的墙上抠下了一块土，用手捻碎，说，这窑可够老的了。

家和赔笑说，六十多年了，能这样都算不错了。

家旺则一笑，说，反正曹老板又不是要住它，是好房烂房不都得拆了重建吗？还能像我们这些村里人拆了还要卖旧砖？

曹老板摇头说，说是这么说，窑总归是老了点，连个井都没有，用水也不方便。

家和忙说，井好办，这儿水浅，往下打十来米就有。

曹老板还是摇头，说，在你这儿建房，成本比别的地方可高多了。你看，一，我得打井；二，得买发电机；关键还得先雇个推土机来推推路，要不建筑材料都进不来。

家和说，没法子，就这么个条件，反正咱比别的地方价钱低，好商量……这些话曹老板前几次从没说过，这让家和心中打起了鼓，当他是又在别的地方看下了房子。

家旺却放了心，知道曹老板这是已经准备谈价儿了，就打断家和的话，说，想要清静就不能图那么方便，什么都方便就不会这么清静了。你看咱这儿风光多好呢！那边还有条河，免费的渔场。退了休扛个杆儿钓个鱼，那是什么生活？像咱这儿这么好的条件，别的地方有没有呢？有！不过都是耕地，咱这房土地证房产证要什么有什么，买下就能盖，不会有任何麻烦。前几天想买我房的那几个人也是嫌这儿不方便，可我有个朋友也想卖房，那儿倒是什么都方便，介绍给他们，他们又都不去，图的就是咱这些方面条件好！

曹老板立时皱眉，不觉问出，还有人想买？

也不多，就三个人，听着说话也像生意人。不过那两天忙着给我家老人过寿，就没顾上详细谈。你是第一个。不过我也不准备都见面，太麻烦。只要价钱合适，今天能定下来咱就定下来。我活儿还多着呢，耽误的都是钱。家旺说着拿出自己的电话本，找出三个手机号在曹老板面前晃了晃。

老乡，你这话有道理，现在谁不忙呢？我也是推了好几个应酬才来的，就准备今天一天就把它谈成，反正你卖给谁不是卖呢？价钱也都是那价钱。曹老板说着又看了看四周，指着房后的油菜地问，这黄黄的是谁家的地？

这是我家的荒地。

曹老板又指着房左的桃林，问，这也是你们家的？

这是金升高家的。家旺开口晚了一点，家和连名带姓都说了。

卖吗？我都要！

赵家兄弟这才知道曹老板还真不是一般的有钱。家和说，都要？那可有两三亩呢！家旺觉得此话没水平，说，人家有钱，还能光盖房？花园、游泳池都得弄。

我要建什么你们就不用管了，就说卖不卖吧。

兄弟二人对视一眼，家旺说，卖！我们没问题。升高才打完官司，拉了一屁股债，应该也没问题。不过，我们这荒地还好说，升高那可是耕地，手续不好办。

曹老板一笑，说，这就不用你操心了。

说到耕地，家和突然想起金升高这地以前是生产队的鱼塘，后来填平成了耕地，土基比较软，建了房肯定容易下沉。他觉得曹老板这人不错，不能坑了人家，就把这些告诉了曹老板，让曹老板不如买房右那块地。那块地土基没问题，也是荒地，办手续应该比耕地容易些，上边又只种了些杂树，肯定也比买桃林便宜。

曹老板想不到家和还挺爱多个事儿，就说没关系，好好处理一下地基就行了。家旺立刻觉出了这里边的不对，看着曹老板眼睛说，这样一来，可费工费料。曹老板此刻已经不敢太小看家旺，知道他不比家和，觉出自己口误，就说自己找"高人"看过风水，不能要那块地。

家旺立刻眉开，说，对、对！前几年有个先生从我这儿过就说过我这儿风水好，房子正好在"龙脉"上，旁边这桃林正好是龙踩的"云"。当时我还没太当真，看来这些事还真是不能不信。

曹老板见家旺这么说，也就一笑不再多说，问起了金升高家住在哪里。家旺向前走一步挡了一下家和，说金升高现在不在，给石灰厂干活，每天晚上十点才能回来。让曹老板明天再来找，到时他帮忙说一下，让金升高请一天假。曹老板看着家旺又笑了一下，一想，说，干脆你们兄弟帮我去谈算了，一个村子的也好说话，谈好了签合同时我再来。不白帮忙，三万能谈成，就给四万；四万能谈成，就给四万八——多下的算中介费。家旺自然是点头先应下，说自己明白。

曹老板让赵家兄弟抓点紧，然后问他们的房和地一共卖多少钱。家旺看了看家和，说，曹老板这是好人，这样的人现在可不多见了，咱可不能多要。家和连连点头。家旺又说，这么着吧，房，就七万吧；地虽然没手续，不过面积大，给五万也行。

曹老板立刻瞪出了眼睛，不过还好，不是很大，说，七万？老乡，咱不能这么办事吧？你哥跟我说的可是一万八。

家旺说，这是我哥自己说的，没经过我妈。我妈知道了把我们俩人狠狠骂了一顿，说这几辈子留下来的东西，怎么就当破烂卖？这对得起祖宗吗……

家和急扯家旺的衣服，家旺跟他走远了一些。家和说，你刚才还说不好卖，现在怎么就敢要十二万？

家旺抓了抓头发，说，现在情况不一样了。

家和说，有什么不一样？家旺，不敢太狠了，好不容易人家连荒地都要，万一吓跑了，咱卖给谁去？哪儿能总想着一点亏也不吃呢？少点就少点，也少不了多少，吃亏是福！

这话家旺很不爱听，说，哥，你怎么又是这一套呢？我劝你多少回了，别的不说，就你在"市场"上，亏，你是吃了不少，可福在哪儿呢？人家别人该挣得比你多还是比你多。要都像你，一百块的活儿八十都不敢要，这世界倒好了。

提到"劳务市场"，家和也同样不那么爱听，说，这怎么能跟那一样呢？

家旺说，有什么不一样？还不都是谈生意搞买卖？现在就是"生意"社会、"买卖"社会，什么都一样！你当我是乱要价啊？跟你说，从开始到现在，他脸上显出来的东西就没出过我眼睛。我套出他话来了，你没听见，他连风水都看了，肯定是要买。我一说还有人想买，他马上急了，这肯定是风水先生让他非买咱这儿不行。放心，这种人为这种事舍得花钱。

家和见家旺很是自信，更是着急，反问，风水还不是人看的？万一曹老板回去说太贵，那"大师"再给看一个呢？反正多看一回还能多拿一份钱。

家旺还是那样自信，说，你说得倒也有道理，没关系，咱这是谈价钱，又不是定价钱，他觉得高，就往下压嘛。关键，不是还有你嘛。我先跟他往高里要，万一不行，你马上再上。咱俩人呢，还不好办？

家旺说到这里，又来了灵机，悄悄摸出手机给等在家里的香莲发了个短信，让她过几分钟打一个电话过来。

家旺精于算计家和是知道的，只是不知道家旺这么精于算计。其实，在这个精于算计的时代，这样做向来是被认为是好事的。但家和总觉得，经常这样，却未必好，只要是"算"，就难免有失算的时候。家和也不是跟钱有深仇大恨不想多卖点，但有一点他是清楚的，有钱人是有钱，可一分也不会白扔。家旺的想法听着是不错，问题是人家凭什么就会那么按你想的去走。总之，家和主意打定，准备实在不行就拿出当哥的身份，强行把价钱定下来，也就不再多说什么。

曹老板见二人回来，一笑，问，怎么样，商量好了？不能这么办吧？

家旺也一笑，说，是啊，我哥又把我训了一顿，嫌我自作主张，怕我妈还是不满意。不过，我已经说出来了，也没办法，就这个数吧，我们吃点亏就吃点亏。

曹老板把笑收了，说，老乡，这么说就没意思了，就这儿这条件，凭什么卖十二万？行了，这么着吧，我也让一步，房给你两万，地给你一万五，一共三万五。

家旺的笑还在，摇头说，要十二万哪儿能只给三万五？要是七八万还好商量。

不好商量就不商量了！曹老板放下这话转身就走。家和忙追，一手拉人，一手按车门，说，别、别、别，有事好商量！你要是觉得高，咱再谈嘛，急着走什么？曹老板也就又回来了，说的却是，问题是你们那价钱高的就没办法谈嘛。

家旺起先也很是紧张，一见这么容易就回来，立刻放心。怕家和乱说，就把他往旁边拉了一拉。这时，香莲打来了电话。家旺让那铃声在旷野中回荡了好几次才摸出手机，然后摇来晃去一会儿侧身一会儿走动地接着，不过眼睛却从来没有离开过曹老板的脸，曹老板脸上哪一块肉动他都知道：

喂，谁呀……

王老板哪，没听出来……

咱这个事儿有点麻烦……

八万，这个……

不是嫌少，我不是那意思……

我知道，这地皮卖八万是不少了。你听我说，不是我们不想卖，主要是你那个——你弄那个造纸厂污染太厉害。周边的地不是亲戚家的就是朋友家的，到时候你废水一排，都污染了，这不等于我害了人家嘛，我以后怎么在村里做人……

那是城里，村里可不一样，都是低头不见抬头见。关键村长也不行，那天我稍微提了一下，马上把我训了一顿，说你要是建了厂子，马上就到法院告你，连我一块儿告，说我明知污染还把地卖给你……

你请村长吃饭，那倒行。不过……

啥？八万五……那我们兄弟俩再商量商量……

行，就这！咱明儿再联系……

家旺把手机塞进口袋，一脸思索，眼都不眨地向着家和说，哥，人家王老板给到八万五了！说村长不用咱操心。我看这事儿也能行，也不用怕村里人说什么，反正又不是咱污染的，怨不到咱头上。到时候污染了谁，让谁去找造纸厂赔钱。

家和算是开了眼界。可惜这门功夫现学来不及，他不知道该怎么接话，只好低头胡乱应了两句。不过还好，竟颇似思考状。

曹老板在一旁说，小造纸啊？现在可正查着呢。

家旺不想曹老板竟还急来插话，不禁心中开花，面色却凝重，说，就是啊，我心里老是毛，也不知道那法是怎么定的，有我多大责任，要不我早卖给他了。

曹老板拍着家旺的肩膀面带笑容说，法盲可是要吃亏的。之后还预备顺势再说几句，又一想说多了反倒不好，这就差不多了。然后才发觉里边似乎有些不对，就看着家旺说，这儿？弄造纸厂？

家旺脸色丝毫无改，说，这儿偏僻没人查。关键我有手续，比耕地好弄。对了，要没人查，我倒不用怕了。

家旺见曹老板还要往下想，便拉家和去一边商议"王老板的事情"。曹老板也就急跟上来。家和按家旺的眼色说道，不行，不能卖给他，给十万也不卖！

家旺说，要真能给到十万，马上就卖给他！就算环保局查，我想应该也没咱们什么事，顶多罚点款。罚一万，咱还落九万哩！

家和说，这可不好说。

曹老板见他们还要往下商量，插话道，老乡，你们先别说了！你我双方先开始谈的嘛，先来后到，也应该是你我双方先谈，谈不成，你才能跟别人谈，对不对呢？得讲个规矩！

家和附和说，就是，咱先跟曹老板谈！我看咱还是卖给曹老板保险，价钱低一点也没关系。

家旺很是为难，说，可他价钱也太低呀！

曹老板一挥手说，价钱还不就是商量的啊？只不过你那十二万就是太高，你再说个数！

家旺说，刚才王老板都说了八万五了，你看咋样？

曹老板摇头说，八万五还是高。你看，我和他情况不一样，他是弄造纸厂，有效益，给多点当然无所谓；我纯粹就是为给我们家老爷子建个养老房。再说，不管他给多少，你拿着烫手啊，弄不好最后人财两空。这么着，你看六万怎么样？

曹老板一下就给到六万，是家旺没想到的，欣喜之余他忽然想到，六万的话，老房就等于是三万多。要是两万左右或许还没什么，但一超过这个数，自己刚才费的力气恐怕就不是给自己一个人费了。不过，不是就不是吧，反正也不是给外人费。他又说道，六万太少了，八万吧！我已经亏了五千了，这也就是看在你是为了孝顺老人的份儿上，要不这价儿绝对不行！

曹老板停了一下，似乎是下了决心，说，八万还是高点，七万！七万不能再高了，再高我真是不能买了。

家和看着二人，喜不仅上了眉梢，都上了发迹，听到这里忙说，行！七万就七万！

曹老板这时立刻觉察，马上琢磨过来家旺的话根本就前后矛盾，不禁对家旺的表演失笑。不过他不想再啰里啰唆去浪费时间了，就说，那好，就这么定了！我现在就回去拿钱，回来咱就立字据！

家旺侧脸咬牙，说，哥，你定什么？你能当了咱妈的家？你……说到这里，他忽然又大是轻松，转身又对曹老板说，曹老板，我们兄弟俩说好了这还不行，还得跟我妈商量商量。你急着拿钱干什么？不用急！

曹老板也发觉失误，隐隐后悔，说，我也不是急，我是想在老爷子生日之前把房建好，日子不多了。

家旺挡住家和，说，喔，这样啊。可就这我也得回去跟老人商量商量啊，等商量了，咱再尽快联系吧！

曹老板无奈，只好嘱咐赵家兄弟不要把成交额张扬出去，托他们尽快去一趟金升高家，然后钻进了汽车。

家和也无奈，想硬把事情定下来，又忽然觉得太伤家旺的面子，还没想好，曹老板已经前颠后晃地走了，只好问家旺怎么马上就给钱还不要。

家旺说，给得少当然不要！刚才你要是不说话，就不是七万了。我说八万五都已经后悔了，不过现在也好，到时候就说咱妈不愿意，再往高了要!

家和气得近乎想笑,他觉得曹老板为了什么风水肯花七万买这么一块地本来就几乎是疯了,想不到家旺更疯。而这种疯迟早有正常的时候,到时候肯定会有人鸡飞蛋打。就劝家旺不要太狠。

家旺也劝家和心不要太善,说,别总觉得自己的东西不值钱!市场、市场,什么是市场?他急着要,咱的东西就值钱,这就是市场!你还看不出来?看风水的把日子都给他定下了,他能不急吗?他越急,咱越不急,越要晾他一晾,这是做买卖的规矩!这回咱不主动联系他,等他来找咱。他要是今天下午就来,就还是十二万;要是明天上午,就十一万……

至于家和问人家要是不来。家旺说,不来,咱就找他,还是七万,这还不由咱?

家和从来不爱办这些不保险的事,心中光火自然不必去提,可是也没办法,只好准备这么提心吊胆等几天。然后,家旺管他要曹老板的手机号。他回想刚才,犹豫了一下,还是给了,心想毕竟是兄弟,应该不至于怎么样。

5

这一天的"说话"是在家和家进行,家旺先在家里吃了饭才去。到的时候,村长、会计刚吃完,正在边拿牙签剔牙、边问家和卖房的情况。家和除了价钱之外,全说了。家旺心中光火也是不必去提。家和见家旺来了,便迎过来说道,曹老板没再来,也没打电话。

家旺看了看村长、会计,说,没来就没来,急什么?人家也不会太急着来,他懂,他也是买卖人。

村长对家和说,你们这买卖要是说成了的话,你跟那个姓曹的说,他要是想盖房，得先经过村里，不能想盖就盖。特别是升高家那地，那可是耕地！

家和说，那当然，不经过村里他能动啊？完了我跟他说一下，叫他跟你见个面！不过，升高家那地可能说不成，要得太高。升高说有好几个人要买，最少得十万。

家旺一笑说，这升高也会这一套嘛。

升高可不是那种……家和看了一下家旺，打住了，又说，我下午去的时候，连买主都碰见了，还能有假？我听升高说，这个人给九万，他不想卖，上午还有一个给八万。

家旺没想到会有这样的事，很是诧异，思索半晌，说，这不对劲，还能这么多人都为风水呀？不行，咱那房先不能随便卖！然后他又问村长，建才，县里是不是真要在咱这儿有啥动静呢？

村长说，我也觉得有点怪。今天乡里开会的时候，我倒是听说明年要换届，市里嫌咱县发展速度太慢。不过，就算县里要开发咱这儿，又能怎么样？他要地干什么？等着征地？明显脑子让驴踢了。

众人先讨论了半天这件事，又扯了几句闲天儿后，慢慢转入正题。今天的赵家兄弟都非常通情达理，家旺自责自己过于多虑，不应该这么早就担心老人的病复发，所以决定先按老人的意愿管下老人，其他的事以后再说。金蛾和家和则很是替家旺着想，说家旺昨天顾虑得很对，万一老人再犯了病，对家旺家生活的影响太大，他们不能让家旺一个人担这么大负担，因此非常赞同家旺昨天提出的那个一人管一月的办法。于是乎，昨天的东西又来了，又是同样的一句话十七八遍的回荡在屋子里，之后回荡的也又是天南地北海陆空外加原子弹的闲天儿。到十点二十六分的时候，这些被四张半嘴巴（会计与金蛾话不多，算一张半）制造出来的语言已经同五盒中档过滤嘴香烟制造出来的香雾一起把家和这间长十米宽五米砖瓦结构的客厅塞满了，不留旮旯。

还好这时候，兄弟二人终于在村长、会计的暗点明拨之下，认识到了如果不用一人管一月这个办法，就至少得谈到明年这个日子的十点二十六分，也就同意了。村长、会计长出了一口气，会计找了几张纸开始写字据。可惜，刚写到平分家产，会计手中的笔就滑落在了桌子上。兄弟二人对平分老房倒是没有异议，但到了那荒地时，双方脸色都有了一些变化。不多开口的金蛾说，她的地离那荒地比较近，这些年来浇水都是浇她的地时顺便引给荒地，她掏的水电费，地里一些老人干不了的活儿也是家和帮着干的，她还给荒地施过不少肥。家和看了看金蛾，也就说他似乎应该分一半多那么一点点。家旺则说那里原本只有一小块是荒地，大部分是一个臭水坑，是他以前在给一个筑路工地用"蹦蹦车"（三轮农用车）拉废土时，一车一车垫起来的，所以他也应该分一半多那么一点点。而要想让一块地变成一块又多那么两点点的地，明显只有玉皇大帝之类的大神物才能办到。于是这四张半嘴也就只好又像刚才那样劳动了一次。

　　其实，兄弟二人心里都清楚，在现在的情况下，这件事只有一人管一月、家产平分才能谈成。事实上，在半夜一点三十五分达成的最后协议上也就是这么定的。但咱们这些被用你我他来代称的人类就是有这么一个特点，那就是在心里明明知道这件事是这么回事、得这么办的情况下，也非得费那么一番周折才会这么去办。

　　会计写完字据，交给兄弟二人过目之后，二人签了字。

　　这时候，村长忽然想到了年节和生日，忙问是不是也轮着管，不然很可能经常轮在某一个人家里。赵家兄弟虽然还没有发觉这个，但村长却不能不赶紧提出来。"说话"之后再起纠纷，"说话"人一般还得负责管下去。

　　还好兄弟二人都说，我们这每年都是一大家子在一块儿过。

　　村长连连点头说，这好、这好！和和气气团团圆圆，热闹！

6

又是一个第二天。家旺一大早就来和家和合计怎么对付曹老板，他的意思是推说太忙，不跟曹老板再多谈，晾他几天，看看情况。家和心里依然很是打鼓，不过也觉出情况确实不大对，就同意了。商议妥当，家旺就开着他的"蹦蹦车"去了劳务市场，家和则扛着锄头去了地里，想趁现在有空闲，把这点副业干完，免得以后忙了顾不上。另外也帮家旺的地锄锄草，家旺两口子都在外头干活，顾不上地里。他和家旺不一样，从来都是要等到实在找不出活儿来时才会去歇着。

家和有辆毛驴车，本来也是在劳务市场上等活儿的，只是这些天来闹市容大整顿，劳务市场上不让毛驴车停。毛驴拉的这种平板车在劳务市场上是有特殊竞争力的，主要是拉木材、脚手架钢管之类的长家伙。这些东西一般的车不敢拉，超出车斗一点就是超长，罚款。只有毛驴车不怕，你罚他的款，未必能从口袋里搜出几块钱来；那好，没钱扣车吧，你却还得负责喂驴，饿死了还是麻烦。后来倒是有人发明了扣车轱辘的办法，但一是拆着费劲又罚不了几块钱，二是这些赶车的也确实挺可怜的，用某些人的话就是跟难民差不多，加之又没什么车能替代它们，所以只要不进主城区，交警慢慢也就不大为难了。

其实，遇到市容整顿，反倒是家和最能赚钱的时候。这时别的车只能窝在家里，只有他因为有家旺在市场上能帮着他揽到活儿。没别的车，活儿自然比较多，还能省下在饭摊儿买一顿午饭的钱，关键，家旺会要价儿。家和自己揽的活儿，价钱是没有一次不被同行耻笑的。他总是按正常的价格要价，觉得自己的价钱已经很合适了，做人心不能太狠。可惜，不知怎么的，来找他的那些雇主从来都是认为不管他要多少，肯定有水分，都要再砍一刀。整个的市场价格于是也就受到拖累，不仅不易往上抬，还有往下去的危险，所以同行们都不爱搭理他。

家旺为此劝过他不少次。还好，家和向来乐观，虽然差不多成了"公敌"，收入也比人家少几成，但对自己的现状还是挺满意的。实际上，倒似乎也应该满意，他的收入不比那些小工厂小作坊的月薪差。现在，对人的评价标准主要是看工作，所以很多不了解实情的人很是看不起在劳务市场等活儿的人。其实，在劳务市场上，不说那些有车的，仅一个扛锨的普通装卸工，用上二三十分钟装一小四轮垃圾就至少能挣到十块（这是中部标准），而他们又还是最被同"市场"的人看不起的人。当然，活儿不是时时刻刻都有。不过，没活儿时可以打扑克、可以扯大天儿，不高兴还可以干脆回家躺着，自由得很。所以，这些人甚至很是不屑于那些在工厂里勤于八至十二小时的人们。或许有人会觉得这里边似乎有那么一些幽默的意味，但不管幽不幽默，总归他们自己感觉很好。有事情干，感觉大概都不会太坏，手中有活儿心中不慌。作为一个普通老百姓，自己感觉很好，也就足以让别人以及自己去称许了。

可惜，再感觉良好，他们也不能西装革履地去泥里水里的干活，开来的车也都是那些面目可怜乃至可憎的老旧运输车辆。所以，这个市场历来是市容整治的重点。加之县城又要扩张，这个市场马上就会从城郊接合部变成市中心，可想而知更是会成为重点中的重点。不过，限于种种阻力，撤销的危险倒是暂时还不太大，只是毛驴车、"蹦蹦车"、小四轮可以肯定会在不久的将来退出历史舞台，一切都可能越来越难。

家和这些天来一直发愁的就是这件事，直到这两天才总算是放下心来。他早已盘算妥当，按每人最少分三万五来算，正好够他们兄弟每人买一辆那种被厂家称为农用车的小型货车和一本驾照，以前他给村里开过拖拉机，这种车能拿得下来。虽然自己年龄大了，但再干几年应该不会有什么大问题。"市场"上的同类车一般每年能挣到两万左右。这样只要好好干上几年,就能再建一座房子,以后二儿子要结婚时,大儿媳也就不会闹了。

然而,咱们这些普通人的白日梦似乎注定是要在做到最高潮时被打搅的。来打搅的是金蛾,她跑来告诉家和说刚才乡里来了几个人,在村中告示墙上贴了县政府的通告,命令东至新建路、西至金洞沟、南至涝河、北至马家合子(既新城区)范围之内的一切在建大小工程,包括居民住宅不论有无手续立即停工,新项目不准上马,等候规划。曹老板也给家里来了电话。她倒是按事先定好的话说了,不过曹老板看了出来,就问是不是嫌钱少。她自然立刻说是嫌少,曹老板问到底要多少,她一狠心说了个十五万。结果曹老板立时火儿了,在电话里发了一大通脾气,说一分钱也不再多给,限明天八点之前给答复,不然就不买了。家和摔了锄头,嘴里抱怨曹老板为什么不直接打他手机,心里想老婆怎么这么不会说话。然后,掏出手机往下翻开盖,准备立刻给曹老板打电话去解释,不过最后还是先打给了家旺。

家旺刚给毛驴车揽了趟活儿,也正准备给他打电话。电话一通,家旺先问是不是曹老板来了,家和把前前后后一说,家旺大笑,说,别上他的当,你现在打电话,恐怕连七万他都不给。

家和心急火燎,说,就是不给也得卖呀!县里通告都下来了,等过几天都知道了,白给恐怕也没人要!

家旺说,那通告就是通知让你们加快施工呢,迟了就来不及了。怪不得这几天"市场"上那么多人雇小四轮拉搅拌机,咱这儿的通告可能贴得比人家别的地方都晚了。放心,这么多年了还看不明白?又不是光禁咱一个村。要只禁咱一个村,倒更好,证明咱这儿有大动静,地更值钱!反正不管怎么样,荒地可能不太好办,可起码咱那房有手续,不非法,不让建也不能推。这是咱的优势,周边谁也没有,就凭这咱还得跟他再多要点!对,完了就跟那姓曹的说,县里下通知了,迟了就不好建了,让他再着点急。我嫂的那价钱我看正合适,从现在开始咱就要十五万!

家和觉得家旺精神已经有些不正常了。家旺一笑给他宽心说,咱现在谁也不用怕了,姓曹的不要,咱就找升高的那些客户。你还看不出来,这里头有问题。咱不能急,看几步再说!反正不是还有明儿八点吗?到时候再找他也不迟!行了,别操这心了,你先干活去吧,人家挺急的。

家和还想再说几句,又不知道说什么管用,也想不出什么好办法。要是自己现在硬打电话,万一真连七万也卖不了,必然落埋怨。见家旺口气这么硬,也就将信将疑听之任之了。之后问家旺是什么活儿。家旺说今天的活儿好,从建筑租赁市场拉一批钢管到市中心的交警三中队,然后等着家和问话。家和果然说毛驴车怎么能进城,还三中队,岂不是自投罗网。家旺笑,解释一番,告诉家和,一车是九十。这是正常时的两倍。

说完这些,家和还是想再商量商量曹老板的事,家旺推说有人来雇车,挂了电话。他与家和相差有十来岁,就常常想不明白家和那一辈人做人做事为什么总是那么胆胆战战,有什么可怕的呢?不过,说实话,他心里其实也没有像他说的那样硬气,只是他不会把这些表现出来罢了。这或许是这一辈人的一个特点吧。这一辈人还有一个特点,就是任何事都要过一过脑子,于是聪明。可惜,人越聪明,便往往越类似于曹操,什么事都要从两面,乃至多面去想,然后哪一面也不敢肯定。家旺的"硬气"过后,一静下来,就遇到了这种情况,忽然就想出了很多种卖不掉的可能。所以,他的烦恼与家和的烦恼虽本质不同,但程度很快就相了同,然后还过之。佛家说头发是"烦恼丝",必除之而后快。其实头发只是烦恼源头发出来的"芽"而已,铲干净它也铲不掉烦恼。人类真正的烦恼源是人脑子里的那点智能——都说人类是智慧生命,这一点不大确切,真智慧无烦恼,他们不会把那些事当成烦恼。所以绝大部分人目前只能称得上智能生命——智能越多,烦恼便也越多,原因大概在于没那么多智能,也就想不到这东西是烦恼吧!每个人都不喜欢烦恼,可要是让他们减少点智能,他们却也不会干。

快中午时,家旺揽了趟活儿,从一个机关食堂拉了一车垃圾准备倒回村里的那条小河沟,大家都往那儿倒。在路过他们那老房的时候,家旺见那里停了好几辆车,当是又来了想买房的,就把车远远一停,走了过去。走近了才知道,原来这些人没看房,是在房南他和家和的地里拿着标杆之类的设备测量着什么,地被踩得乱七八糟。家旺顾不得这些,只想打听打听,就递烟客客气气地去问,被人家斜了一眼。但家旺还是明白了一些东西,知道"大动静"来了,知道他家的老房不愁卖了。要问这时候家旺还烦不烦恼?一样烦恼。他烦恼于猜测到底会是什么"大动静"。他先跑去问了趟村长,村长也只知道这些人是规划局的。家旺没心思再去劳务市场,把车开回家,就去找几个朋友议论此事。这时消息早已传开,村中众人很是热闹,特别是在那附近有地的人家。不过,议来论去,都只是些瞎猜胡测,只能让人心更烦。

中午一点多,家和干完活儿回来,兄弟二人立刻聚在一起商议此事。家和听了事情的前前后后,一狠心,同意了家旺早上的说法,要十五万。但家旺的心早不在这里了,他现在打定了主意,多少钱也不卖,等弄清楚是怎么回事再说。这话很让家和泄气,说凭咱们一个种地的,等知道了是怎么回事,恐怕花儿都开了。家旺一笑,提醒家和他老同学可是乡长。家和醒悟。平时有什么事,家和一般是不去找人家的,觉得这样不好,对人家也不好。不过这次倒也不算办什么事,只是打听点情况,家和想了想,觉得没什么,吃过午饭就带了点自家种的核桃、小米去了。傍晚回来时,一脸喜色,说汪乡长见了他非常亲热，又是端茶又是递烟，外边的应酬也不去了，跟他聊了老半天。他过意不去，帮人家家里干了点活儿，这才回来晚了。家和例来爱说这些。家旺顺着说了几句，给家和倒了杯蜂蜜水，问到底是怎么回事。家和很是庆幸，说要是去早了还问不出来，汪乡长也是刚知道，原来县里是要在这里修路！六十五米宽！修两条！十字交叉！一条连接国道与外环，一条连接新建路和开发区，叫作"规划十一路""规划六路"拓宽改造工程，准备规划作为未来新城区的主干道和一个商业中心。据说县里今年的工作重点，一是小店庄，二就是这里。工作力度非常大，县长亲自从省城引来了三家很有实力的地产开发商，把南北走向那条路以西一直到旧城区这么一大片地全给了他们去开发。不过，以东目前还没有找到开发商。而十字路口，按两条路的起始点分析，正好就在他们那老房附近。只是，这事才定了半个月，汪乡长也没见过规划图，不知道那老房是正好在路口旁边，还是正好让路给占了。

　　商业中心十字路口的房产，这是什么概念？这是"寸土寸金"的概念！虽然家旺不知道这个词儿，但懂这个意思。他肯定路不会占老房那里，老房还肯定是在路东，不然姓曹的也不会那么急着买，而测量的那伙人似乎也是只在房西测。至于东边没开发商，那更是好事，否则让他们把地占了，顶多按房屋面积和耕地补偿，绝不会比姓曹的给得多。家和觉得家旺说得有道理，可还是担心房被占了。家旺有办法证实，就一笑拨通了曹老板的手机。

　　曹老板一听不是家和是家旺，很是高兴，说，怎么样，老乡，终于想通了？家旺说想通了，别的没多说。这让曹老板更加放心，说，那好，那就不用再啰唆了。我这人不爱啰唆，好多生意就因为啰唆，一不高兴我就不跟他做了！你说吧，咱什么时候签合同？

　　家旺一笑说，不着急，我就是想问问你，你不觉得七万贵了点啊？曹老板很是高兴，就没多想，说，贵就贵吧，你们也不容易，七月天也得顶着太阳下地。家旺又一笑，说，曹老板还挺照顾我们的嘛！你看，你这么够意思，我也不能不够意思。这儿这么贵，你干脆别买了，我已经帮你联系好了另一个地方，便宜，一两万就行，比我这儿还清静，风水更好。

曹老板忍了很久了，觉得此刻自己已经可以说重话了，说不定还会有好的效果，就突然加重语气说，你懂什么，这风水……家旺立刻打断他，说，风水我懂！我知道我这儿风水好，风水不好，也不会有商业中心、也不能有十字路口，对吧？不过，这好像就离"清静"远了点。到时候人喊车叫的，万一再吵出点心脏病来就不好了，我劝你还是另找个地方。

曹老板一愣，之后很不屑地说，就你们村那破地方还商业中心？听谁胡说八道？家旺说，我有个朋友在规划局，他跟我"胡说八道"的。还跟我说现在规划又变了一点，路要往东挪，要占我那房和地，劝我赶快卖给你就占了便宜了。曹老板觉出了家旺戏耍的意味，说，老乡，有话你就好好说，说别的就没意思了。你就说要多少吧。

这句话让家旺放了心，冲家和点头一笑，说自己刚才是开个玩笑，问曹老板觉得六十万怎么样。

曹老板冷笑，说，你知道我开始为什么要说建别墅、说风水吗？那不是为骗你们，是因为我知道你们这些人脑子容易发热，听点消息，就不知道自己的东西值多少钱了，多少都敢要。这么一来，我也买不到，你们也卖不了，对谁都没好处。

家旺也冷笑，说，你又挺为我们着想嘛。听你这意思，是不觉得商业繁华区的十字路口值钱啦？

曹老板很耐心地说，值也值不了六十万，这儿不是北京不是上海。那块荒地买下之后还得花钱买手续，投资大着呢。这还是风险投资，谁也说不准以后会怎么样，也许我还就赔这儿了！所以谁也不可能给你六十万，有六十万人家直接就去现在的市中心买房了，比你这儿收益高还保险。做人呀，应该现实点！好了，我也不跟你一万一万地砍了，太麻烦也没时间，一口价，二十五万！"

二人又谈了十几分钟，没有什么结果，家旺都降到五十万了，曹老板还是咬住二十五万一步不让。其实，家旺也不准备谈出什么结果，他只是为了摸摸地价底。他早已下定决心，就是能谈成，也绝不卖给曹老板这种人。当然，最后话倒没有说绝。双方没有说绝，都说让对方再考虑考虑。

挂上电话，家旺立刻叫香莲打电话把金蛾叫来，然后炒上几个好菜，一家人好好合计合计此事。家和也出去买了些酒肉。

家旺此刻是家中的大功臣，连一直心中对他不屑的金蛾都已从心底里看法大变，说幸亏了家旺，不然早让家和一万八给卖了，说今后就全靠家旺了，家旺说怎么办就怎么办。家旺很受用，抿了一杯酒，说依他分析，消息传开之后，来买地的人肯定会更多，但他们那地皮可能还真是不会超过二十五万太多，不过要价还是按六十万开始要，关键看谈价的技术，到时候只要家和听他的，在旁边演个"红脸"配合一下也就好办了。金蛾此时生恐因为房地已经平分，家旺会只顾他自己卖，听他这么说才放了心，见家和还犹豫了一下，就先替家和答应了下来，说有家旺在，肯定会卖得比别人多几万。

家旺一笑，大大地夹了一口菜，心想金蛾比家和还是强点，敢多想几万。不过，他心里想的可不是多几万。只是，现在不比同曹老板那时，从一万八那么容易就抬到七万。家旺仔细分析了分析，这块地要想卖到一个让自己满意的全村最高价，竟似乎只有一个办法，那就是不卖。毕竟现在这里还没真正繁华起来，就是知道它未来肯定繁华，人家也肯定只有等到繁华的时候才会真正出高价。看眼下的形势，土地肯定是越放越值钱。不过，等到繁华还有更繁华的时候，等上一百年也是看涨，到底等到哪一天？家和肯定等不下去，自己也不一定能沉得住那气。何况，肯定等不到那时候就先把开发商等来了，地要让他们抢去，给得肯定都不如七万。所以，要想卖个好价钱，又似乎得赶快卖。

家旺想不到想卖个高价，办法竟是不卖又赶快卖，自己都觉得有些奇妙。一想到不卖，家旺的脑子忽然回过了弯，想那些人为什么要出高价买地皮，还不是因为买下之后建成房子更值钱吗？那为什么自己不去建？等路通了，每年光出租门面房就吃不了，还用干什么别的，躺在家里歇着就行了。关键也不用再怕开发商了，地不值钱，房子可不一样。路边房子不比村里，不是很好拆，只要没特殊情况，一般都是按面积一赔一，是门面得给门面是住宅得给住宅。这样一来，就算想卖，也可以放心地等到涨高了再卖。县城现在最次的房子也已经卖到两千多了，而六层以下的楼房，工程队包工包料包铝合金门窗包粉墙包地板砖一平米才八百，房地产真他妈是门好生意！家旺想这么一大堆东西只用了一分来钟，又能如此翻来覆去，可见人脑之可畏。

金蛾她们此刻正在讨论卖了地钱干什么，金蛾说这次卖的钱多，就不买小农用车了，要买就买个大的。香莲清楚家旺的脾气，知道他这次肯定不会再屑于在劳务市场上混，就说干脆买个出租车，赚钱多也体面。家旺就又一笑，抿了一杯酒，把自己的新想法说了。金蛾城里有个表舅就有两间门面房，地段不好房子不好，每年房租却能收入三万多。她自然立刻赞同，说早就该这么办。家和当然也很赞成，心想，月月有租金且先不说，关键是长远，自己不在了，还能留给儿孙一个饭碗，要想买车，以后收了租金也同样能买。他们这一辈人，做事都喜欢一些能够长久的事，喜欢安安稳稳。其实，到了他这个年纪，多数人都是这样。

不过，他不同意自己建，县里已经下了不准动工的命令，万一等你建成了，人家来拆怎么办？不如找人来"投资"，建成了之后别的什么也不要，只要门面房。据说开发区几个村子有很多人就是这么办的，你出地人家出钱，建成了按事先谈好的比例分。有钱又敢于来投资的人，肯定有方方面面的关系，不会怕拆。最主要，家和还是怕又弄成上次县政府说要往他们村里搬时那样。当时，村里听见动静建疯了，县里是看也看不住吓也吓不住。后来又派人劝，说村里不比别的地方，拆迁每平方只赔几百，建新的赚不了多少钱。可惜大概是赚钱不易吧，少也没人在乎，有的人甚至还说：光许别人占便宜，就不许老农民占点便宜？口气用工作人员的话说就是刁狂得很。结果后来，也没人看了也没人管了，却也没人建了。建成的那些多数不比鸡窝结实，也没人敢住。即便是隔了这么几年，还是有那么一些想不开的，到现在你在背后突然叫他名字，他都不知道是叫谁。家和可不想也成了那样。

家旺说家和脑子太直了，有了经验，这次完全可以不见鬼子不挂弦儿嘛，等他路开了工再建房，他总不至于路修好了再扛着搬到小店庄去吧？拆更是不用怕，这跟眼下的小店庄不是一个情况，那是要开发，咱眼下没开发商。现在在马路两旁建房的人多了，占了耕地都没见过几个让拆的，多数是罚款，不然也不会有那么多人前赴后继疯了似的去建了。何况，荒地不好说，但老房那里又不是非法占地，有手续他凭什么拆？当然，家和要是非在自己那一半地上找人投资，谁也管不着。反正家旺表态，自己是绝不会，繁华地带不仅门面房值钱，楼上的住房也一样值钱。再说，找人投资也不是那么容易的，这样风险小是小，可分不到足够的好处谁又会来？说不定人家也正想要门面房呢。

家和一想，倒也是，自己地皮又不大，不好分。金蛾一听家旺不找投资，心想自己要找了投资，门面房什么的说不定就得比家旺少一半,也就一狠心决定不找。不过不找投资,建房的钱怎么办?金蛾去年住了一个来月的院,花了一万多,明年老二又想结婚,又得花个三五万,钱紧得很。只有家旺可能有些积蓄,金蛾就觉得家旺这是站着说话不腰疼。

家旺见金蛾脸色忽然大沉,就说钱确实是个问题,他自己也不够,然后问家和有多少。家和说只有不到两万。家旺说这的确差了点,不过倒也不用太担心,中午那些人测量时是在他和家和地里测的,看样子是要征那几亩地,虽然补偿肯定给不了多少,但总能救救急。反正也不多建,先建个两层,倒也花不了多少钱。要是还不够,就找香莲的表哥把两家的房子抵押出去贷款。以门面房的价值,就是把两家的住房都卖了去建也划得来。只要建成,就什么都好办了,想要往高了再建,二楼的住房卖上几间就够了。依家旺的意思,今后这一两年就什么也不干了,就是想办法建房,最后至少也得建个六层才对得起十字路口。

随后一家人又把其他大大小小各方面合计了一遍,终于是议好对策、下定决心。准备等路一开工,就先在老房那里开始动手;至于那没手续的荒地,则看情况,能自己建最好,实在不行就找投资或卖掉。几个人在一起做决定,如果有人觉得可行有人觉得不可行,有可能吵吵半天屁大的事也定不下来。如果都觉得可行,那做出决定的速度就是最快的了。就算有人觉得虽然可行,可某个地方还是有问题,别人也会马上分析出这个问题没问题。

7

过了三天,在村中大多数人还在欣喜又怀疑、烦恼又侥幸,雄心勃勃又拿不定主意、忧心忡忡又无计可施的时候,县里已经派人来限期让村民们签征地补偿协议了。之后第二天，整地的工程机械就到了。大家都不敢相信，心存妄想，呼啦去了几百人到耕地里。可人家黑压压人更多，于是也就落花流水春去也。

因此，大多数人赶种果树、赶打机井都没来得及。

签协议时才知道，县里计划是先修南北走向那条路，东西这条半年之后才开工，赵家兄弟的地就算是暂时先不征，补偿当然也先不给。不过，协议却得先签，所以依然为没来得及栽上果树而懊悔不已。后来等工程画线时，他们才算是欣然了一点点。原来他们的老房不仅正好处在十字路口旁边，还正好斜对着十字路口。这样房子分成东西两份时，就能都对着十字路口，不至于西边这份对着十字路口、东边这份只能对着一条路——不然又得费不少口舌。之后，兄弟二人抓了个阄，家和占西，家旺占东；靠南北路的荒地则分成南北两份，家和占南，家旺占北。

画线之后，那些在路东旁有地的人家马上欢跃起来，村中道路也立时繁华，那些有本事能弄到手续的人的各色轿车来往不断。大家都想着只要尽快把房建起来就应该什么也不用怕了，所以后来，修路的工程队还没到，腰杆子硬的二十几户建房的工程队就先开了进来。那些没本事的这下自然着了急，也当然没有干看下去的道理，随着几户胆大的先行一步，就都跟着铲掉麦子开了工。

在建房资金来源上，虽然上一次元气大伤，但独资的还是不少，占三分之一，毕竟大家都觉得这和上次不一样；自己出地、别人出钱合资的，占三分之一多；剩下就是那些村外人直接买断的了，差不多算外资。

赵家的荒地倒是也有不少人看上。可惜，合资，不是人家想占的房太多，就是办不来手续，不保险；卖呢，给的价家旺又觉得太低，金蛾也觉得家旺说得有理，所以暂时都没谈成。他们也就只好一狠心，借了一点，又找香莲那表哥把两家的房子抵押出去贷了几万，开了工。

兄弟二人一合计，觉得虽然是两家儿建房，但还是合在一起弄比较好，可以互相帮忙，省不少事。便分了一下工，家旺主要负责用"蹦蹦车"拉运建筑材料；家和留在家里，处理工程上的琐事、买零碎材料外带监工。吃饭呢，两家也干脆先合在一起，正好还能顺便帮工人们也做了，顶点工钱，反正妯娌二人也没多少事。赵家这些年来除年节已经很少这样一大家子在一起吃饭了，其热闹可想而知，大人聊小孩欢，能让你忘掉很多烦恼，饭量都会比平时大许多。吃完晚饭，家旺就和家和一起去看工地，常常聊到很晚。

这么大的事情，在路边有地的人高兴热闹，没地的人当然也坐不住。于是"好事多磨"这个常言道的东西就来了。此"常言"究其之竟到底是人们古往今来总结出的经验之谈，还是自我安慰的阿Q之语，搞不太清楚。不过是凡好事，"多磨"是可以肯定的。这天，家旺开着"蹦蹦车"还没回到村口，就让香莲迎上来拦住了。香莲说她已经等了半天了，让家旺先把车开到别的地方，过一会儿再回工地。家旺问怎么回事。香莲说家和跟村里的徐大斗父子俩在工地上吵，几乎快打起来了，家旺现在去，不帮忙，挺难看；可帮忙吧，要是别人，帮也就帮了，但徐家一家子"大货"（此为本地对那些在那种"怎能不挨刀"的环境中混的人物的通称，徐大斗的两个儿子皆属此类），谁也惹不起，到时候为家和挨了打，疼的可是自己。至于为什么吵架，香莲远远看见就过来拦家旺，也不太清楚，只是听说前几天家和的毛驴车把徐大斗面包车的漆蹭了一块，或许是为这件事。家旺问家里其他人知不知道吵架，香莲说她没回家不清楚。

别看家旺说话做事很有底气，像个刺头，但打架的事他从前还从没沾过，也不打算去沾。香莲自认为很了解，觉得自己一拦也就平安无事了。却不想家旺攥着车把，咬牙干咽唾沫犹豫了几分钟，还是一脚油门到了工地。其实,犹豫时,他脑子里倒并没有像往常那样想着什么、算计什么,甚至还有点近乎空白,然后就觉得自己应该来,也就来了。这个时候,徐大斗的大儿子徐斌已经薅住了家和的领口,眼看拳头就要下去。家旺就急从车上拽了把铁锨,赶过来一把推开徐斌。不过,说话的口气很客气,说,这咋了,这咋了,有话好好说嘛!

徐斌撇嘴斜了一眼家旺,说,咋了?多管闲事找揍呗!本来没他事儿,我看他吃撑了!正好你来,我就不跟他说了,你那房马上给我停工!什么时候你把我家的地还我,你再开工。

家旺有些糊涂,当是徐斌喝高了。等家和把气喘匀了,才在一边告诉他,原来徐家父子刚才突然跑来,说家旺占的那块荒地里头有一大块是他们家老房的地基,要家旺还给他们。家旺没想到竟是这么回事,忙让家和坐下先歇歇,也更糊涂了,说他从他记事起这里就是荒地。家和也说他记事起这里也是荒地,但记事之前似乎不是。按徐家的说法,解放前这里是徐家的老房,后来慢慢塌了,就让赵家种了荒地。

这些年来,新鲜事儿经过听过不少,但这么新鲜的却也不多见,弄得像家旺这么容易适应新生事物的人都一时不知道该说什么了。于是乎,双方只好接着吵。徐斌虽然"货"大了点,可明显不是二愣子,二对二也就不那么动手动脚了。后来,家和的两个儿子听到消息赶了过来,香莲也叫来了同村的娘家兄弟,双方便更打不起来了,结果自然是吵累骂乏之后各回各家。

回到家,也正盘算着要去外边混的家和家老二提议由他找几个朋友来看着场子,继续动工,看徐家敢怎么样。家旺也认为徐家不敢真动手,特别是徐家老二徐俊,刚从里头出来,要是再犯下事,恐怕就不那么容易再几万块钱保外就医了。何况,自家人也不少,动起手来,他们未必占得了便宜。提到动手,家和坚决反对,把儿子痛训一顿。只是,不这样,对这种不讲理的人又该怎么办,他却也说不上来。最后，一家子吵吵了半天，只好商定，先找村长、会计来"说话"，实在不行再想别的办法。

家和虽说不想惹事，但也不代表愿意把地让出去，所以到了徐家，软话倒是说了不少，近乎求告，却一点也没松口。徐家两条"大货"都在，徐大斗见赵家不让步，话便立时加刺儿，两个儿子也在旁边骂骂咧咧。往常，徐家两个儿子喝点酒在村里路上晃荡，看谁不顺眼，一眼睛瞪过去，对方无不缩头。今天，桌子都拍了，赵家竟敢"不尿"（方言，不怕之意），所以很是生气，徐斌徐俊都从背后摸出了菜刀开始刮胡子。

家旺在家话倒是硬，却也知道徐家不好惹，本不想真打起来，可人家亮出了菜刀，自己也不能坐着等砍，幸好他已经提前让两个侄子候在了墙外听动静，就马上喊了一声，自己也从腰里解下了一根锁"蹦蹦车"的粗铁链，链子头儿上是一把大锁，抡起来威力不弱。家和见家旺亮了家伙，也拉过徐家的一把大木椅子。其实，中国的老百姓绝大多数都是怕事的，但等祸事躲不过真的来了，再继续怕下去的，那就没有几个了。

这一二十年来，村里还没几个人敢这样跟徐家叫板，徐大斗脸都紫了。不过，有些人在这种时候心里反倒比别的时候更明白，徐大斗当过村干部，更是清楚。知道这不比混混儿打架，那属于流氓斗殴，不出人命派出所不怎么管，这就不一定了，性质不同。关键赵家人口也不少，加上村里的亲戚朋友，真打出事来，也不那么好了结。何况又是在自己家里，坛坛罐罐都是自己的。所以，忙去阻拦两个儿子。其实他不知道儿子们出来进去早有了经验长了智慧，比他更懂。徐斌徐俊亮刀原本只是觉得吓唬吓唬，对方也就"尿"了。不料家旺也从腰里摸家伙，他们以为同样是菜刀，心想毕竟是在自己家里，差不多也能算个正当防卫。结果才是链子锁，不是凶器。二人对视一眼，也就把菜刀扔进厨房，从门后找了两根大木棒，横在手中。

家旺看了出来，也忽然想到往常徐家在村里倒是人横话横，但除了几个疯傻点的，却还真想不起来真打过谁。话便大了许多，说，姓徐的，你别跟我来这一套！你吓唬谁呢？村里人不理你们，那是没遇上要紧事儿，不想理你们，你当是怕你们呀？真打起来还不知道怎么样呢，老子扛二百斤水泥气不喘，你试试！你外边有朋友，我就没朋友啦……

你别他妈跟我"老子""老子"的！在我家里你还敢跟我奓毛！徐斌徐俊回骂了两句。

劝了两句就远远站在一旁的村长这时看了看双方，又站回中间劝了几句，双方终于收起家伙重新坐了下来。这次再谈，骂骂咧咧的硬气话自然少了很多。这样，徐家也就充分领教了家旺的厉害。后来，弄得徐斌徐俊都开始怀疑自家到底有没有老房这回事了，反正连他徐大斗也没见过。徐家没了办法，一合计，先别要地皮了，先证明有这么回事吧。于是只好去找村里岁数最大的金奶奶来作证。作证这种事，特别是当面锣对面鼓时，从经济学上讲对作证人来说是最没价值的东西了，得罪一家儿是肯定的，也未必讨好的了另一家，他们会觉得你讲事实是应该的。所以这时大部分人会突然脑子不好使，记不清楚以前的事情。当然，这是说后辈人，老一辈的人不一样。金奶奶一听双方为这件事都快动了刀子，也不管儿孙们的眼色，立刻证明确实有这么回事，还愿意指出徐家老房的范围。徐家很是兴奋，搀老人就去了那荒地。结果等指完了之后，徐家笑脸不觉一僵、手上不觉一松，老人也就不觉险些坐进油菜地里。原来，荒地里确实有徐家老房的旧址，只不过只有一部分，而且是约两米乘十五米这么一部分，刚够盖个自行车棚子；剩下的都被南北那条路占去了。家旺当即建议徐家去找县里要补偿。

家和见是这么回事，就把家旺拉到一边，说为这点地弄得这么麻烦不值，不如就给了徐家，反正那是荒地，深究起来也不属自家，又没手续。家旺一想，也是，已经给了徐家很大一个难堪了，也不能逼得太狠。在家旺还没打定准主意的时候，家和劝，他倒常常是听的，虽然事后多多少少他总是要有几句抱怨，但下次遇到，他还是听。家和见家旺同意，很高兴，就说完了从自己分的那荒地上再补给家旺一块。家旺感觉虽然这是应该的，但家和能主动提出来，还是很不错的，有个当哥的样子。

徐家闹了半天，既没把人家打了，又让奚落一番，而结果才是争这么个屁大的地方，感觉面子丢大了。不过一听赵家答应给，还是立刻满意了起来，小就小点，总比没有强嘛。可惜，答应给与给到手里不是一码事，家旺早盘算好了，给可以，但没那么容易。现在是徐家着急，自己也就不用管饭了，那就最少也得让村长、会计再在徐家吃个三五顿，完了还得让他们觉得赵家很大度。反正徐家急着要地，不会怎么样。最后，徐家得到了荒地角上三米五乘六米的一块地。倒也差不多够间门面，就准备建个三五层。

此事传扬开来之后，徐家在村中的威信大跌，赵家自然是大涨——不清楚是怎么回事，国人中某人的面上发光常常是需要另一些人面上无光才能办到，个中原因实在值得深究。这其后很长时间，家旺走路头都是扬得很高的，每谈及此事，往往是这样说话——要饭的来了朝你伸手，你不是还得打发块馍、打发点儿钱吗？人家"大货"朝你伸手了，想要大的也没要上，难听的话也听了，再不给，都不好意思了。他也挺知足的，不建个厕所，也能起个炮楼嘛！

这些话很是解气。然而细细一分析，就会发现，解气的话从来都是没有实际价值的。因为气已经生了，说得再解气，心里也不会像没生之前那么舒服。特别是家旺，家和倒没什么，想得很开。还好，随后其他有"旧址"的人都去找那些建房者的晦气，家旺心里才总算平静了那么一些。人嘛，总爱追求个平等。后来，土地局的又来了，家旺他们更是可以拍着自己的房证、看那些没本事办到手续的人接停工通知书了——这次倒不是幸灾乐祸，无冤无仇也没必要去幸灾，只是侥幸之人的得意而已。古往今来的侥幸者多多少少都有那么一些类似的得意，为什么会这样，实在值得研究。可惜再后来，虽然还不是市区，但城建局还是提前来了。赵家于是便和大家拉平，都接到了一份罚款六千补办城市规划手续的通知。此外，建房三层以上者，除罚款外还得限期拆除三层上边的建筑。

众利益相关者立刻碰头开会，半宿的烟熏茶浸之后，综合分析，得出如下结论：那就是路东依然还没有开发商，不然城建局也不会让补办手续了；而限建三层更是证明这是某种默许，恐怕县里也想让他们建，不然等路修成了，西边高楼林立、东边小麦一片，县里面子上也不好看；所以，土地局应该也是像在县里其他那些地方一样，只想罚点款，反正这里早规划进了市区，本就算不得耕地，早早晚晚都得建楼。

于是乎，对策便是加紧施工，迅速造成既成事实；至于罚款，能拖就拖，实在拖不了就交，毕竟与房屋建成后的价值相比，罚款只是毛毛雨。后来，连一些手头过紧暂时不想动工的人也开始了。

整个村子都处在了一种躁动之中，县里只好派了几个执法人员来看着。可惜，人家工程队干这种活儿多了，早习惯了。你白天看，我晚上干；你去那儿巡查，我在这儿突击；你买个盒饭，我也要垒上几块砖。所以，等过了二十多天全部限期自行拆除的通知下来时，已经有三十多户建成，剩下的也差不多了。拿着通知，众人发了呆，然而几十户人坐下来一合计，又来了信心，得出两个字："不尿！"只不过，等推土机、挖掘机来了之后，也只有几位老太太在场哭闹了一番。

但让众人想不明白的是,彻底铲倒的只有两户,随后只是挑了几间房子,象征性地在墙上拱个洞、顶上砸个坑,就走了。不过,众人很快就瞎琢磨得出了结论:这些工程车辆租金很高,震慑一下也就可以了,剩下的是开发商工程队的事。当然,也有人不这么想。但不管怎么想,总之是没人敢再动了。倒也确实,违法占地,怎么拆你也不过分,众人相当能理解。

拆的时候,家和家旺都远远看着,虽说自己有手续,可现在什么事没有啊?弄得也是好几夜没睡着觉。后来四下打听,知道有合法手续的没事,才放下心来。之后,家和赶紧带家旺把城建局的罚款交了。

赵家房子落成那天,亲戚朋友拿着礼金鞭炮都来了。各色爆竹响了将近半个小时,其后很长时间耳朵都是那一个声儿。现在,也就只有他们这为数不多的二十几户敢闹这么大动静了,你说能不高兴吗?宴席上,兄弟二人挨桌敬酒,与众人打骂说笑。晚上回到家还依然意犹未尽,二人就又在家旺家坐下来推杯换盏。

家和今天的高兴还在于他一个做生意的小学同学那会儿来赴宴时,说等过几个月路修成了,情况如果好,就租家和的房子在这儿开个分店,打算至少先签个五年的合同。家和没想到房子竟这么快就能有收益。

家旺夹了一大口菜塞进嘴里,说,我说对了吧?咱这房建起来就是钱,抢手得很,亏得没找人投资。这几天也有不少人想租我的房,也是想签几年的合同。不过,咱每次只跟他签一年!像咱这种新兴的地方,房租都是开头低,以后慢慢越涨越高。他就是想在这低的时候多签几年,咱不上这个当。我这段时间在城里繁华地段跑了好几圈,专门研究这个呢!

家和说,怨不得咱妈老说你脑子灵,当哥的真是不如你。我那房租,干脆你帮我谈算了。

家旺说，哥，看你说的，跟外人似的，这就是我的事儿！你今天就是不说，到时候我也要帮忙，不能让咱自家人吃亏！哥，汪乡长今天能亲自来，看样子跟你关系不错。你过几天是不是找找人家，看能不能给咱那荒地办下手续。现在有的人想烧香都找不着庙门，这机会咱可不能放过。咱也不是想讨便宜，该怎么办怎么办，该多少钱多少钱，对他也没害处嘛。那荒地那么大，真要能再办下手续建起来，后半辈子才是真正什么都不用愁了！

有了今天的事，家和犹豫了一下，点了头。二人把酒杯斟满，碰了一下一口喝干，他们现在身心是无比放松。人只有后顾无忧时，才会这样。家旺看了看母亲那屋，轻摇了摇头，说，哥，咱可不能像咱爸咱妈那样再劳碌一辈子了！自己的辛苦自己知道，以后咱俩人都好好歇歇，天天扛个竿到那河里钓鱼。像你这年龄要是在城里，也该到退休的时候了。

家和笑说，咱一个老农民，还退什么休。说实话，真闲下来，身上还不好受呢！

二人酒喝了三瓶，话聊了半宿，从未来生活到住老房那时的童年往事都聊到了，可以说见肝见胆。而结果自然可想而知，二人最后都分不清楚了酒瓶与醋瓶。于是便相拥而卧，睡到了第二天下午。

8

三年后。

这条与子午线平行被最终命名"子午大道"的道路横在夕阳前，很是平直，路两端落差在十厘米之内，据说闭上眼睛把定方向，开上好几公里都没有问题，皆为省内唯一。六十五米宽的柏油路面，中间微拱。路中心隔上几米便是一个几十米长的长形花坛，花坛内雅花妙草彩绿相间。田间小鸟常欢聚其中，有白漆铁栏环绕四围，倒也无忧，偶过一车才惊飞片刻。最中间是一个圆形街心花园，园中有数座青铜雕塑，乃名家手笔。其他花坛之中，则各是两盏双臂路灯，造型也为专人设计，煞是新颖。晚间遥视，明灯一线，犹如闪电定格。路两侧，人行道也是不凡，彩砖铺成，据说全市第一。

路西，几座二十五层大厦早已建成，有二三十户装修完毕入了住。其他十几座的楼基也久已扎好，更是有几座旁边都堆好了沙石。沙石之间绿草茵茵，小花杂缀。路东，那些矮楼中墙上有洞、顶上有坑的，已然悄悄修补如初。路通车时，一些人还给自家的房子贴了瓷砖、安了玻璃。只是现在，为防玻璃意外损坏，门窗都已用红砖垒毕。剩下没安玻璃的，有垒砖也有不垒的，不垒的里面野猫时常游进游出。

又是一个初春，赵家的地里也又是绿得可爱，以前另一条路打下的界桩倒也还插在地中。不远那条小河因为省里两年前把小店庄的湿地划进计议多年的保护区，关了几家耗水污染企业，水量大了很多，老远就可以看见水纹银银。附近的麦苗也就多浇了一些水，比往年壮了许多。家旺看了看苗情，估了估，觉得应该能比去年多打百十来斤。这样这三亩来地抛去口粮，大概能余八九百斤粮食。今年行情还算不错，一年的油盐菜金倒也差不多够了。其他的账家旺没敢再往下细算，就站了起来，正好看见了那条银银的小河。

一年多以前，他和家和就都掉进了这条河里。

9

从一开始，就有很多人想不明白这是怎么回事，不知道无人田野里四处静悄悄的这块地方为什么忽然就会有了那些热火朝天加班加点的工程队和一个接一个的张灯结彩锣鼓喧天，当然也更想不明白怎热闹热闹着就会一下又回到那种静悄悄。想不明白似乎最好的办法就是不想，他们也就不想了，也顾不得去想。每天一睁眼，就似乎能看到一大堆数字在屁股后边追着。

亲戚朋友的钱还好说，硬着头皮总能缓一缓，银行的你一个小老百姓却是怎么也硬不起来的。赵家，家和欠得是最多的，不过大儿子大儿媳二儿子都能挣钱了，虽然吵闹是肯定的，但房子抵押着，也只好都出一点力。家旺家却只有两口子干活，所以倒比家和还愁。

而毛驴车"蹦蹦车"小四轮也正好在此时如大家预料，被彻底清理出了劳务市场。家和家旺只好和多数人一样，扛起铁锹，等起了那些零散的杂活儿。只是没有想到，附近没地的农民突然多了起来，这两年生活又难讨，开始时是渐渐，不久就是呼呼啦啦，连有地的农民也都扛着铁锹涌进了劳务市场。

以前，有的人扑克打起兴头来，一般的小活儿都会立刻推掉。现在，却经常是一整天都在那里垂着脸打扑克，让人去感慨那些南方民工荒的报道。不过，好在糊口倒是还勉强可以。只是，这种市场说是市场，其实就是一大堆人站在马路旁边。你一大帮面目灰暗的家伙站在市区人家的马路上，还越来越多，结果可想而知，劳务市场不久就被搬迁到了新的城郊接合部的一条小街上。

多数人也就只好过去了。家和家旺没有，那里离村子很远，活儿也更少，他们耗不起。

县里很多地方都在大拆大建，原本以为生活会好一些，却想不到越是这样，适合小老百姓的小营生反倒越少。这两年多来，他们两家几乎天天都在奔着命，不管遇到什么活儿，只要挣得能够比糊口稍微多一点，他们就干。粉碎矿粉、车站搬运、清理厕所、水暖安装、偷偷地刷小广告、东躲西藏地在城里卖瓜果梨桃，他们都干过，家和还下过几天煤窑。不过，每次都因为种种原因干不长。

就在这当口，那个家旺曾隐约担心过的事情偏偏真就发生了，母亲的病果然复发，还是在他家里时。这次比上次严重了很多，只剩了一只手还能慢慢活动。家旺当初原本以为这样的话得专门有一个人伺候，可事到临头才知道，一些像挪动身体之类的事，根本不是一个人能行的。家和和金蛾说眼下已经不方便那样一月一家地跑了，不如就让母亲在家旺家里，该他们管时，他们就送饭过来伺候。家旺也只好答应。开头几个月还凑合，后来家和找了一份临时看仓库的活儿，金蛾就不怎么来了。

老人一旦得了半身不遂之类的慢病，儿女们之间几乎很少有不出一些问题的，更何况家和家旺眼下这种情况。在老人犯病之前，两家人见面时脸上就已经没有什么表情了。村里也传了很久，说是家和说，就是因为家旺，他才举债建的房，没有家旺，那地皮早就几十万卖掉了。夹在这些话里边的，是无数刺耳刺心的词语。这就是这种口耳相传的东西的一个特点，原本也许只是很简单的一点，但从这个耳朵里进来、再从这个嘴巴里传到那个耳朵里，内容就会丰富生动起来。而且还会越来越有着鼻子有着眼睛有着时间有着地点，由不得你不信。当然，同时众人也都在同样地传，说家旺说家和在家里腰杆子软，不孝老人。

又忍了几个月，听说家和回来了，家旺终于一拍桌子，找上了门去。结果，刚一进门还没说话就被金蛾骂了出来。金娥骂的那些话很顺口，近乎唱，很有些合辙押韵，看来早已准备。家旺以前只是听说有这种骂人方法，这还是第一次遇到，就一横心，趁金娥有天不在家，用平板车把母亲拉了过来。兄弟二人冷冷地说了几句话，家和一犹豫，家旺放下就走。那天晚上，家和家的灯亮了一夜，不时有物品碎裂的声音。

家旺则回家大门一锁，和香莲一起去了北城的县行政办公大楼新址的工地打工，孩子也住在了大姨家，直到五个多月之后母亲病重时才回来。

也因此，赵家几个长辈都挺担心老人的后事会出点什么问题。不过，兄弟二人除了见面不说话，该通知亲属该置买东西该筹办丧事倒是谁也没有怠慢，分头把自己该干的事情都干了，费用也是两家均摊。丧事办得还算像模像样中规中矩，谁也挑不出什么毛病。

就在大家都放心之后，家和家旺偶然就在这条河边碰在了一起。二人脸上都青黑青黑的，互相看了几眼，一些硬硬刺刺的话就不自觉地出了口，然后一扑，撕扯着扭在了一起。他们出口的那些话都是村中兄弟姐妹间有争端时多用的，不过类似程度的话在村中非亲非故的人起争端时反倒不太多见，那些人也绝少这么快就撕扯在一起。个中原因实在让人想不太透，不清楚是因为非亲非故就多了方方面面的顾忌，还是因为有亲有故才更是要在这时候争出个高下。

高下往往不是争来的，二人使着大力，谁也没有弄得动谁，反倒是都倒了下来，一起滚进了河里。脑袋被凉水一激，这才松了手。然后，都不服气地互相看了一眼，各回各家。

10

家旺没有再看那条河，走出麦地，走近了自己那新房，他已经很久没来过了。这时，家和从他的新房里清出了一堆风刮进的塑料袋。家旺没想到会碰见，立时站住，想转身回村，不过犹豫了一下，还是继续走了过来。家和见家旺来了，本想退回屋里，但迟疑了一会儿，家旺已经走近，他也就没再动。

时间是个好东西！

二人不远不近站了一会儿，家旺终于动了一动，见周围没有人，叫了声哥。家和立刻应了声，二人慢慢走近。然后互相看了看对方，又沉默了片刻，家旺说，哥，那年那事……我不应该那样，怎么着我也是当弟的，不能说那种话。我这人你也知道，就这么个烂脾气，不是有意的……

家和叹了口气，说，算了，过去的事了咱就都别提了。我的错儿也不少。那时候主要是让债逼急了，脑子发糊涂。其实，这事儿也不能全怨你，也不是你强迫我，我自己当时也愿意，你也是为了咱家能多得点。

这话让家旺的头低了很长时间，说，这几年我一直就想不通，我总觉得人聪明点总有些好处，想多得点也没什么错。就让你说，不偷不抢，不是什么罪过吧？可现在，越不想吃亏，反倒吃的亏越大。还是你说的那话有道理啊，吃亏是福！我当时要是听了你的话，哪怕就是一万五卖了，也比现在强！

家和侧头摇了摇手，说，你可别提了，到现在我也想明白了，这些年我亏是吃了不少，可真应了你以前劝过我的那话了，真是没见过比别人多什么福！前两年卖驴的钱我到现在都还没要上，那还是老熟人呢，结果越和气越不给。

家旺说，你说咱怎么就怎么样都不行呢？

二人找了个干净的水泥块，并肩坐在了斜斜的阳光里，聊起了这一年多以来的家常。家和说他今天是来打扫打扫房子，前几天他大儿媳跟他说愿意搬过来，说是妯娌们住在一个院子里，时间长了难免磕磕绊绊，不如趁现在还没什么先分开。后来问了问新来的老二家的，老二家的挺高兴，说她是做小辈的，理应让哥哥嫂子住在新房里。

家旺摇头一笑，说还是老大媳妇聪明，前些天村长说要搞新农村建设。可村里又没钱，所以要搞肯定只有在这里搞，这是全村面儿上唯一能看得过去的地方。到时候最次也得让通上电吧？说不定还能接个自来水，反正花费也不高，还好看。家旺让家和不可大意，要真是这样，老二家的就不会这么高兴了。

家和醒悟，说也管不了那么多了，到那时候再说。实在不行让他们两家都搬过来，反正正好有两层，妯娌们住的离公婆远了，有时反倒会很好，村里这样的例子不少。

家旺看了看家和的脸色，知道他愁心事也不少，就问他这段时间干些什么。家和说也就是有一搭没一搭的干些零碎活儿，去年金蛾娘家那村倒是有个旧农用车想卖，也愿意先赊给他。可前几年还好说，这两年明显感觉身体不如以往，开车又是重活，怕干不下来。就算撑得下来，恐怕县城很快也就和大城市一样不让货车跑了。

家旺说他也是这么想的，不然早也想办法去买车了。他问家和觉得工程队上的活儿怎么样，说他以前认识一个工头，上星期碰见，说是在南方包了个工程，缺个开蹦蹦车拉砂浆的，想让他去。

家和问家旺跟那工头关系怎么样，工钱好不好要，工程队拖起钱来可在行得很，不保险，千万不敢随便去。

家旺说应该问题不大，反正工头是本地人，家在这儿，不容易跑。那工头还让他帮忙再找些小工，他已经在村里联系了几个，问家和愿不愿意也一起去。

家和说那种活儿他这身体哪儿能干得下来。家旺说不是当小工，工地上有很多电焊的活儿，焊工不好找，有没有证也没关系，工地也雇不起有证的。

家和在生产队时正好学过，工地上都是些一般的焊活儿，应该能拿得下来，至于风险什么的，他倒是不在乎。

不过，虽然早已新世纪了，但也许是这里更加内陆一些，也许是经济状况以前比别的地方好一些，在这里外出去做工还是件让多数人感觉值得去思考的事情。"在家千日好、出门一时难"比较深入人心。

年代再久一些，如果不遭什么大灾大难，想随随便便去外地，提都不要提，会被长辈唾骂的。后来，衣着土旧来他们这里干那些脏累工作的人越来越多，多数人对这一观念也就更深化了一些。这几年来，工作虽然越来越难找，也只有一些年轻人出去。像家和这么大年纪的，还不多见。所以，家和犹豫了很长时间，才问一天工钱有多少，能不能给到三十。

家旺一笑，说家和一直在村里，已经不了解行情了，现在连小工下了四十都已经找不到人干了。听说电焊最少一天是五十，活儿要是忙的话，七十的都有。要想去，他跟工头说道说道，说不定还能更高。家旺说，咱们这里的工程队比较落后，还是干一天活儿算一天的"日工"，人家河南四川早已经是"包工"了，这样活儿干得又快人挣得又多，只要你豁出去干，一天挣二百多都没问题。

家和来了一些兴奋，忙让家旺不用再跟工头说了，这价钱就行。

家旺说他也觉得这事儿能行，出去闯闯也好，见见世面。反正村里去的这些人都是亲戚朋友，互相都有照应，应该不用怕什么。

二人点头，算是议定。

这时，路上终于远远又过来了一辆车，花坛中的鸟儿们便又惊飞了起来。只是，它们早已习惯，飞起就又落下。车不断地向着前，鸟儿们就不断地那样在车头飞起、车尾落下。远远看去，像夕阳闪耀背景中一个虚虚暗暗又流动着的鼓包。太阳此刻更加斜了一些，那万丈的光线也就愈加金黄了起来，遥遥的南山、四围的绿野、一弯小河便更加被越来越浓地盖上了这些色彩，特别是赵家房后那一地如毯的黄花，更是黄亮得似乎即将闪烁，让人感觉大地上的一切很快就要去幻化。夏还未至，不远的白云也就没有化为七彩，但更白了一些。不高的蓝天也更蓝了一些。这白与蓝有序无序地拼在天空，让人不禁想起了那堂皇雅贵又莹玉薄脆的青花瓷。

回家过年

有钱没钱，回家过年。

公交车在村口吐出任东锁两口子，门马上咔嚓一关头也不回地走了，没有片刻留恋。任东锁在省城车站的临时候车棚冻了一宿，鼻子嗓子都不舒服，清了清，一口老痰吐在了路旁的地里，心说老子回来了！不觉想起在南方那座小城上车时，看着周围的高楼大厦，他也是这么一口痰吐在地上，吓得老婆紧张了半天，还好附近没管市容卫生的。不过那时他说的是老子再也不出来了！心境也大不相同。

这大概就是家乡与别的地方的不同。

家乡是所有还在外边不上不下漂着、没有扎稳根的人的根。这里山是熟的，水是熟的，人更是熟的，有你熟悉的一切与熟悉你的一切，看见的每一张面孔都似乎曾经打过照面，连路边那些野猫野狗也感觉那样的亲切。耳边再也没有了那些陌生难辨的声音，在这乡音里就是跟人大吵一架也是痛痛快快的。

说起来回家这一路上并不比这一年里轻松顺心多少，挤火车挤长途车挤船忍饥受冻颠颠簸簸就不说了,看见民工翻白眼的踩个脚跟你拼命的加完塞还骂人祖宗的什么都有。起先遇到这些,任东锁还指天骂地,后来粗口虽然还是习惯性耍蹦几句,但就算是车站买饭挨宰这样的事情也已经影响不了心情了。反正是越往回走就越感觉一切都踏实了下来,想到以后再也不出去了,一切也就越来越成了鸡毛蒜皮不在心上。不管在外边是多么风光抑或多么无奈,回来心中一切都会平静下来,这也许就是家乡的作用吧!

只是村子的变化并不大,这些年变化最小的大概就是这些农村了。房子一个挨一个地靠在那里,说井然有序也行,说横七竖八也可以。倒是又多了几栋,还是二层楼,不过夹杂在那些或高或矮或青灰或泛红甚至土黄的同伴们中间,并没有多少鹤立鸡群的快感。虽说到了年下,墙角街角的脏土垃圾也还是老老实实地待在那里,只有各家的门口附近扫得光亮,露着灰里发着一点黄暗的路面。黄昏这时早已收走了最后一缕阳光,整个村子都这样暗暗地罩着一层土色。从西伯利亚游荡而来的北风畅行无阻,让那些褪尽了绿色的秃树枝与电线发出呼呼的声响。

任东锁并不留意这些,他一眼就找到了自家那几间大瓦房的屋脊,把胸中最后那点闷气彻底呼了出来。跟近几年那些混凝土平房相比,这房子虽然显得有一丝落伍,却也差不多算是他半生的心血了,当初也是流行的房型。他觉得就是冲这房子也不应该再出去,这些年在外边住的那些房子低矮黑潮,咳嗽一声都掉土,房东还总是想提价,以后再也不跟他们生这个气了。

远道归来,村里人见了也比往常亲切客气许多,连年岁比他大不少的孙三碰上都是先打招呼,说回来了?

回来了!任东锁答得中气十足,又说这次差点都回不来。孙三不免疑问。任东锁就说火车票买不到呗,汽车又是冻雨,他这次是从广东绕福建绕江西转了大半个中国才曲线回的家。孙三说这路费恐怕就高了。任东锁说那算什么,实在不行买飞机票也要回来。

村里其他那些在外打工的人回来,口气大抵都是如此。

孙三倒也迎合,说,那是,过年嘛。一看你这就是挣下钱了,看看这大包小包的,买的什么?

任东锁反又谦虚起来,把背上的包往上紧了紧,说没什么,就南方那些特产,咱这儿没有。过年嘛,年货当然得买足了。

孙三又捧了几句。他这人不错,该让人高兴的时候几句话就能让你顺心舒气。任东锁在外边很少能聊这么痛快。

不过走的时候,孙三无意扫了一眼任东锁的胳膊。任东锁心里那缕暗色立时又重新笼罩,忙抬手看了看,夹板在袖子里藏得好好的,应该没让看见。只是这只手总是像以前在脖子上吊着时那样习惯性地放在胸前,这个得注意。

他又仔细检查了一遍,把袖子使劲拉了拉,才到门口就大着嗓子喊了声小川,让儿子也让乡邻们都知道,他回来了。

儿子这些天一直在支着耳朵,听见门口有声音已经往外走了,任东锁刚喊完,他就出来,叫了一声爸扑在了怀里。任家两位老人也紧着脚步赶了出来,任东锁和老婆忙上前叫了爸妈。任东锁上上下下地看儿子长高长壮了没有,任家两位老人也上上下下地看着任东锁。在门口话就说不完,一家子边说着边一起把大包小包的东西提回了家。

儿子几个同村的同学正在家里一起写作业,任东锁就立刻打开包把给老人买的鞋、给儿子买的衣服和一台DVD,等等一大堆乱七八糟的年货都抖了出来,一样一样拿给父母和儿子。

今年他本来计划着怎么也得拿回两万块钱来,可活儿不顺心、他又受了伤,都赶在了一起,两口子加在一起剩下还不到一万,都不如在家里安安心心刨地,不过东西还是买了很多。其实多数在县城也能买到,本来用不着大老远背回来,可在外边带回来跟在家里买那是不一样的。

每年回来,给家里置一件东西差不多成了惯例。DVD是一个月前早就买下的,任东锁还不怎么会用,倒是儿子三鼓捣两鼓捣硬是把线插好了,放入碟片播了出来。快一年没碰电视了,想不到一回来就看上了电影,任东锁高兴,夸儿子聪明。母亲下厨房给他们下了点面,一家人这么看着碟片吃着面说说笑笑聊着,一年来那些琐琐碎碎的事情很快就这样遥遥而去。

现在,年给人的感觉是越来越淡了,人们也觉得这年过得是越来越没意思,言谈话语中当然是越来越不把年当一回事,年也就更淡了一层。碰见了聊天,说年货买齐了吗。回答大多都类似这样:齐了!有什么齐不齐的?这过年就是瞎折腾,弄这个弄那个,把人累个够呛,最后也就是吃个饺子放个炮,没屎意思。

要是遇上打工回来的,他们有时还会这么说,可不没意思,像我这在上海一个月就好几千,都耽误了!又能怎么样,还不就这两下子?

不过,不管嘴里说多么没意思,多么觉得是瞎折腾是便宜小商小贩,年该怎么过却还是怎么过。特别是外出打工回来的,虽然多数回来就到年根儿了,事情一大堆,但往往比别人还更加认真一些,一件事也不能落下。任东锁就是第二天一大早六点多,还没把一路上的觉补够就一轱辘起来,单手扶着自行车把去了大集,买菜买肉,烧酒饮料对联门神鞭炮香烛香皂袜子等等乱七八糟零零碎碎。自行车载物有限,买齐了这些得跑好几趟,任东锁几乎是天天上集,连大年三十上午因为忘了买新筷子还又跑了一趟。回来之后也不得清闲,杀鱼宰鸡炖肉劈柴。老婆也一样,扫屋子擦窗户洗窗帘床单被褥。虽然像扫除一类的两位老人已经干过了,她还是不太满意,重新收拾一遍。其中蒸花馍是过年最忙的事情之一,依本地的老风俗,过年的花馍最好要能吃到正月十五以后，至少也得蒸一大筐。花馍各式各样倒是好看，但也费工，女人做馍，男人烧水上屉，一家人齐上阵也得忙活一天。说实话，回来这几天，比在外边打工还累。不过，嘴上抱怨着累，心里其实挺痛快的，唯一就是不能跟老人孩子好好聊聊家常。

听老人说过，大年初一是尽量不要吃药的，不然这一年都可能毛病不断。倒是没说过夹板，不过任东锁还是早早地悄悄解了下来，反正除了隐隐还有些痛，倒也基本好了，使劲甩扑克都已经无碍——吃过饺子，给同村的长辈们拜完年，村里人大抵也就是这么聚在一起打扑克摸麻将，痛痛快快玩一整天。对多数人而言，一整年里大概只有这一天能够心无杂念地玩，那自然也就要心无旁骛轻轻松松去玩了。

细细想来，其实走亲戚才是过年最关键的内容，远比放炮吃饺子重要。礼尚往来，从文化上就给你定下了基调，有的亲戚甚至只是过年时见这么一面。于是，去的时候细心，亲戚的远近家境地位都要用心思量，以决定拿什么礼物合适；有客人来也一样细心，准备酒菜陪客人聊天处处不能马虎。特别是这正月初二女人回娘家，更是重中之重。任东锁老婆老早就起来了，做好饭，把老公儿子催下床，给神位烧上香上了供，一家人匆匆吃完早饭，就立刻出发。临走之前老婆还简单化了化妆，平时这些东西她一年也不碰一下。带的礼物更是不必说，从南方买回来的那些特产大部分都拿上了。

老婆的娘家在一个城中村里，条件不错。老岳父是退休职工，月月有退休金，大舅子这几年经营高档烟酒，生意红火。家里的三层小楼刚又好好装修了一遍，地板光可照人。任东锁一家三口只顾了看头顶上的欧式大吊灯和天花板，没注意脚下。大嫂赶紧提过来拖鞋，他们这才看见，立刻换上，弄得很慌忙。后来就是换上了拖鞋，任东锁走路也都是轻轻的。大舅哥和大嫂跟他们一起哈哈一笑，说弄这地板就是麻烦。

任东锁干过装修，也算专业人士，大舅子让他帮忙给看看包工队活儿干得怎么样。任东锁当然怎么着也得帮忙找一点毛病出来，何况毛病还真不少，但都不大，他仔仔细细一一给指了出来。大舅子一脸的懊恼，说本来是准备等任东锁回来收麦子时再装修的，让任东锁帮忙看着，想不到任东锁去年就没回来过。结果这帮人果然一个比一个奸，见你没人懂，就敢糊弄。

去年麦收时任东锁还在工程队，因为征地，当地农民闹，活儿是有一搭没一搭的。后来虽然是市重点工程，工程款一样给不了，工程队干脆自己也停了。没挣着钱，当然不可能回来了。其实，他这好几年农忙时都没回家。种地本来就是赔钱的买卖，回来一趟还得再搭好几百路费。好在现在多数活儿都机械化了，两位老人倒也能凑合着侍弄下来。他为没帮上忙挺过意不去的，说去年活儿太忙，实在没工夫回家。让大舅子也不用为这点事烦心，一些小问题难免会出，也不一定就是装修工人有意的。反正都是些小毛病，几年内不会有问题，并不碍事。等以后万一哪里坏了，他过来帮忙修一下就是了。

家里的大瓦房建好了之后就一直没动，到现在还露着房梁。看了大舅哥家的装修，任东锁也动了心，就盘算着等有空也装一装，至少把天花板弄上，老那样也不是个事。自己上，老婆打下手，倒也花不了几个钱。

老婆还有一个姐姐，丈夫给国土局领导开车，很有本事。任东锁家小川想上村子附近县城的中学，人家一个电话就给解决了。这次大舅哥家鑫升大学毕业找不着工作，也是他帮忙托人进的派出所。听见门口车响，大舅哥一家立刻就迎了出去，任东锁两口子也赶紧跟在后边。连襟过年是最忙的时候，所以本来还以为今年也和往常一样，只有大姨子跟孩子过来。结果领导出国考察，是连襟自己开车过来的。大家自然更加高兴，把他们一家迎进来就开早饭。

任东锁说自己一家已经吃过了，丈母娘就埋怨，说知道每年都有早饭还在家吃什么。大舅哥和连襟也过来硬拉他，他就只好又坐下吃了几口，陪大家喝酒唠家常。吃过早饭，节目也是麻将。麻将打起来慢，等于又是玩又是聊天，岳父喜欢。任东锁在外边一年也打不着一次麻将，也喜欢，不过不经常打，人家出牌快，有时就反应不过来。老婆便干脆坐在旁边，一起帮忙看着，很投入。大舅子和连襟是麻坛老手，过年这些天很少有不陪朋友通宵的，对于这种一块两块的，就等于是陪老爷子高兴高兴，谈笑风生，不当一回事，主要是聊天。他们在县城交际面广，见的场面大，聊的都是些县里的大事。特别是连襟，县里各部门乱七八糟的事没有不清楚的。任东锁和多数男人一样，对这些都相当感兴趣，就是不怎么插得进去嘴，也就照看着自己的牌点着头慢慢听。

男人聊男人的，女人就聊女人的。女人一回到娘家，就全剩下了心里话。说着说着，慢慢也顾不得别的，眼圈一热，就把任东锁受伤的事说了。丈母娘疼女婿，过来拉起任东锁的胳膊挽袖子就看，陪着女儿一起掉泪，说怎么这么不小心呢。任东锁很不在乎地笑，说早没事了，还用拳头使劲捶了桌子两下以兹证明。丈母娘立刻按住他手，让他别逞能，好好将养一百天。

说起来，他自己也感觉这伤差不多算是逞能逞来的。他那几天感冒得厉害，老婆说实在不行就请两天假，反正奖金也没几块钱。他觉得没事，硬要去。那工厂本来每天就要干十来个小时，后来赶上订单紧，老板涨了两百块工资又延长了两小时。夏天还好说，冬天就有点不够睡觉了。每天都是摸着黑骑车上下班，一睁眼就得赶紧走，回来一闭眼立刻就能睡着。结果这天还在车上呢，就先闭了眼。背后过来一辆车，没躲开，让剐了一下。等睁开眼才发现已经天为被地为床了，幸好没怎么伤，只手腕子动不了。至于那汽车，自然趁着天黑杳如黄鹤。任东锁躺了两天,不见好,反倒疼得更厉害,只好去医院看了看。好在只是普通的骨裂,上了夹板,住了几天院,倒也没花几千块钱。不过这已经是他折腾这大半年的收入了。

大家都挺关心的,连襟说这得找工厂老板啊,他得管。

任东锁当然也找过。那时,两口子总吵吵闹闹唉声叹气挂着个脸,给他看病的医生是个好人,就告诉他劳动法上边有规定,在上下班途中发生交通事故算工伤,厂方是应该负责任的。如果参加了保险的话,保险公司得赔付,倒也不用工厂出钱。任东锁没想到法上边原来也有这么好的条文,当下就挂着膀子去了。结果,当然是让撵了出来,老板说根本不可能有这么没道理的法规。任东锁那时有点一根筋,就去了劳动局。赶上快年关,劳动局里人和火车站差不多一样多,但接待的同志态度倒非常好,居然接了任东锁递上的烟,这么多年在外边这还是第一次。劳动局的同志说虽然目前的主要工作是讨薪,但其他跟劳动者利益相关的问题当然也是要管的。就在安排去工业园处理欠薪案子的时候,顺道去了任东锁那个工厂。因为时常打交道,这位同志跟老板还挺熟。可惜,虽然见面非常热情,一谈到正事,这位同志严肃了下来,老板更严肃,油盐不进,就一句话,随便去告。这位同志怎么批评也没用,只好建议任东锁去法院起诉,劳动局一定会全力协助,坚决维护劳动者合法权益。一听法院和律师,任东锁眼前都有些冒金星,这哪是小百姓能沾边的东西啊,更别说自己这么一个民工了。何况虽说自己有理,可打官司不一定靠这个,到时候人家说你就是自己在家摔的,怎么办?加之老板又讹人之类的说了很多难听的话,任东锁的脾气就上来了。他的确是心疼那几千块医药费,但为这几个钱让人骂他可不干,这辈子他还没让人这么骂过呢。骂穷可以,这是事实,但不能骂这个。人得做出个人样来才能让别人拿你当人看,任东锁坚信这句话,吵吵了一通,说不要这臭钱了。劳动局的同志见他决意不告,也只好劝了两句,说任东锁人厚道,还留下了局里的电话号,说明年来了再遇到什么事,尽管找他,他一定帮忙。

众位亲戚鞭长莫及,只能痛骂那些人王八蛋,说要是在这儿,他们敢不赔钱。大舅子拿来了好几瓶中老年补钙的药,连襟说他家也有不少这类的东西,明天都拿过来,然后安慰叹息一番,让任东锁好好养着,别干重活。

聊到下一步的打算,任东锁说他不想再出去了。其实这个话说了好几年了,今年才算是下定了决心。大家都很赞成,丈母娘说这就好,随便找个活儿,挣钱少点也不怕。出去吃苦遭罪是小事,跑几千里有个什么事身边连个认识的人都没有,哪能比在家这么多亲戚朋友照应着呢?

大舅哥让他不如跟自己一样,学着做生意。任东锁笑,说自己哪有大舅哥这么精明。岳父托连襟帮帮忙,说任东锁装修电工种果树什么都会,墙砌得跟刀劈一样,在村里也是个大能人。连襟点头看着任东锁想了想,让他放心,包在自己身上。说前些天正好听说有个小单位传达室缺人,一个月六七百。要是嫌传达室没意思,那就找个小区,看他们缺不缺电工保安。自己认识不少物业公司的,等过完年马上就去看看,肯定没问题。这些不怎么出力的活儿,一个月六七百、七八百在这个小县城也算是很不错的了,连襟已经帮农村的好几个上了些年岁的亲戚安排了这类的工作。

走亲戚、被走亲戚,一直得过了初五初六才能清静下来。城里人一过七天假期,就又回到了单位与家之间的日子里。农村人不到正月十五之后是不会有什么活儿的,很多人除了那几亩地,一年也就是这样。年过了,除了一些瘾大的,打麻将打扑克跟老婆的理由也不多了,所以这时候常是村里大街小巷最热闹的时候,胡同口总能看到三五成群的人在扯闲天。

任东锁给自己走完亲戚之后日子的规划也正是这样。他是最爱跟人聊天的了，在外面，话也听不懂，事也不搭界，这一年可是憋坏了。村里那些从小玩到大的朋友好长时间也见不了一面，所以有了空就往胡同口跑。

众人早已在那里聊开，正在取笑孙茂生的三轮车又让人家收走了。孙茂生和任东锁同岁，是他们这些人里学问最大的，高中毕业。可惜终究没读上大学，倒是把眼镜读大了，厚得赛个教授，还是看不清东西。眼神不好吧，就不要做那些高危的事情。他偏不，进城卖水果总爱挑那些别人很少去的地方。没别人，东西当然好卖一点，可你应该想想别人为什么不去啊？所以，人被赶东西被收车被夺，别人遇见三次，他就得碰见五回，而且总是人家到了跟前他才能知道。有一回他还挺热情地招呼："要香蕉吗？"结果自然是统统要走了。

不过好在他倒也习惯了，连自己都觉得想笑，说想不到人家那么敬业，大过年的也出来。任东锁说你都出来，人家当然也得出来啊。孙茂生说这次啊，完全是意外，要不是那大院拜年的车太多，他早跑了。然后还举自己的例子，向大家传授撤退经验，说他十次最少能成功九次，只要掌握技巧，面对面也能溜掉。他唾沫星子飞溅，众人却谁也不信，说凭你那大眼镜，急了说不定干脆一头就扎进人家大队院里去了，还跑？

这种聚众聊天，图的就是这么一个轻松一个乐，大家都是从小到大的乡里乡亲邻里邻居，互相逗是基本节目。但笑归笑，笑完了大家也都劝他千万不敢跟人家硬顶，要收就让收好了。他把头一侧，说自己活这么大，这点还不知道吗？反正又不是回回碰见，碰见也不是次次都收东西收车，一辆破三轮，扔就扔了。然后就问旁边收废品的王成有没有收来的旧三轮车，再给他弄一辆。任东锁不想他这么快就要东山再起，跟众人一齐哈哈地笑。

王成说目前手里没现货,不过家里倒是有一辆以前自己用过的,轮子有点小毛病,修一下就行。只是上边有环卫的字,要用得重新漆一下。孙茂生灵机上来,说不用漆,自己不嫌这个。到时候卖水果时带把扫帚,说不定人家来了还能装成扫大街的蒙混过关。王成嘴撇大了,说你以为人家都跟你那么大眼镜啊?

王成有个亲戚在环卫上,他以前一家人就都在那里干。不过三个人挣的加在一起还不如别人一个人多,就得靠扫马路时顺便捡些饮料瓶子什么作为贴补,维持生活。后来发现还不如干脆直接捡废品,就转了行。再后来,捡的人多了,城里人手也不再那么松,连个小纸箱也攒着等卖钱。王成就又转成了收废品,只让老婆和母亲继续捡。他当时想得简单,只看见人家外地人收着比捡着赚钱。问题是,以前来这里收捡废品的都是那些老区的人,本地人就慢慢形成了一种观念,觉得只有人家外地人收废品才正宗,给的价钱才会公道才会合理。所以王成的生意很难做,人家收满满一车,他有时连半车都不到。去年在这儿聊天时,任东锁就听他咋咋呼呼说再也不干这个了,要再转行,便问他怎么转了一年多还没转出去。

王成笑,说以咱这本事,是别人得转行。这个众人都承认,说现在是外地人干不过他了。见任东锁发愣,王成就说了一句,咦,你咋就看不出来俺也是老乡?任东锁立刻喷出笑来,说你这口音差远了,也就蒙蒙咱这儿这些人。王成得意,说这就够了,又不是想到人家那儿去落户。然后随口问任东锁在外边闯了这么多年,有没有也学点方言。

任东锁说那哪儿能不学呢?上次和旁边工地一个河南人打架,要不是他聪明,一直用河南话骂,还不早让那家伙那一大帮看热闹的河南同乡捶扁了?说着,他就"你咋咧""龙闷阵""雷好啦"之类的学模学样地来了五六省的方言。王成对门的孙群立刻让王成千万小心他以后来抢饭碗。任东锁一笑。其实这些也就是在这儿吹吹，说得再像有时候也没用。好多次都是这样，穿着打扮也没有多大区别，可人家本地人眼神语气态度就是不对，赶紧学着说几句，还是一样，也不清楚是不是自己身上有什么标签就给标明了你是个外地人。

李天清从后边走了过来，让任东锁教他几句，说你不抢，我抢。王成说大款怎么也看上我们这行了。李天清倒也真不愧"大款"的做派，来了先把口袋里十块一盒的烟给众人派了一圈。见众人看他真有些见"大款"的眼神了，又解释说他在矿上，深山野地的，只有老板亲戚开的一个小卖部，下边三四块的烟，在那儿都是十几块，还经常是假货。这次下来，当然得好好尝尝好烟了，只是尝尝。

任东锁回来还是第一次见到李天清，看他的一条胳膊也在脖子上挂着，不免有些同是沦落人的感觉。一问，说是在矿上干活不小心砸的。任东锁看了看，比自己可重多了，从上到下厚厚一层石膏，还有几根钢针露在外面，不觉吸了一口冷气，问老板赔了吗。李天清说先赔了几万，给得倒挺痛快的。任东锁没再问。

大家问他下一步怎么打算。他说等伤好了再说，要是没落下什么毛病，他倒是还准备回矿上，可就是老婆死活不愿意，想让继续回劳务市场跟孙三他们去干。他以前有辆毛驴车，在劳务市场上出租，倒还凑合，不过这几年特别重视市容，毛驴车、小四轮什么的统统都取缔了。

孙三当李天清是拿他说笑，说劳务市场上扛铁锹的现在都快一个营了，没了地的、有地的，是个人都往那儿跑。特别是那些山里新下来的，三十块钱的活儿十块就干，早乱套了。说我本来还寻思跟你去矿上混呢，你还来这儿？

李天清笑，说这倒简单，矿上正缺人呢，去了保准要，就看你老婆愿不愿意了。孙三嘿嘿没说话。旁人都哄笑，说他老婆肯定愿意，见钱肯定比见他亲。

任东锁以前也在劳动市场上,跟李天清挺近的,见他还是三心二意下不了决心,就劝他,说既然家里都不愿意他干,就随便再找个活儿算了,反正债也早还完了,钱多少是够呢。

大家也都这样说。孙群以前去过一次矿上,看着那黑洞子第一天就跑了回来,便说,可不是,就是跟着东锁到南方和泥垒砖也比这强。算了,你干脆跟我去厂子里干得啦!我跟老板打声招呼,没问题。孙群工作的那个小化工厂在县里工资算挺高的,每月能给一千多块,他又吃苦肯干,现在已经当上了小组长,聊天时自然也就常爱提及。他跟众人说这个厂效益特别好,工资从来没拖欠过,活儿也不重。老板人又和气,有事想请个假什么的都好商量,天热了有时还给大家发冷饮。

李天清听着感觉不错,说等伤好了,去试试。

那厂子就在邻村,离家挺近的,任东锁也有些心动。不过就是味儿有点刺鼻子,在这里都能隐约闻见。他以前生过肺病,怕扛不住,只好作罢。

孙群见任东锁似有向往,一笑,说厂子今年正要扩大规模,要不你也来?我跟老板说一声就行!别出去了,泥里水里上高爬低的。

任东锁斜了一眼孙群,说自己早不在工程队上干了。这个不算彻底的实话,他其实才离开半年而已。这几年他也是早把建筑这行儿给干烦了,不过要不是这次干干停停还总拖欠工资,他也还是下不了决心。

孙群依旧那么笑着,根本不信任东锁四十大几了,又没什么技术,还能找着别的什么好活儿干。任东锁清了清嗓子,说在那头工厂早不敢怎么挑工人了,很多根本都招不够人。他就是挑了好多家,才挑中了一家玩具厂,搬搬原料,还没一口袋麦子重,风不吹日不晒的,一个月两千多,就是工作时间长点,并不是像人家城里人那样按一天八小时一星期休息两天来算工资。孙群没再说话,倒是其他人听得眼睛有些发亮,说长点算什么,咱们农民出来,就是挣钱,哪还挑三拣四。任东锁没想到这么多人听了都往他跟前凑合,暗暗摇头一笑,他当初也是这么想的。

虽然经济都已经排名了世界第二,但在这个北方内陆的小村子,除了一些年轻人,上了些岁数外出打工的人还是很少的。所以像任东锁这样被认为见过些世面的,在聚众聊天时很快就会成为中心人物。他见众人都等着听,也就放嘴巴讲开了。不过主要说的是南方那些迥异的风俗与方言的趣事,比如甜豆腐脑之类让这里的人们听了觉得匪夷所思的事情。

聚这么多人,自然要被注意起来。任东锁正说得痛快,村长开着车就过来了,笑着说,你们这些人哪,吃饱了就知道张家长李家短地聊着闲天晒太阳,跟一帮妇女似的传闲话,闲屎的!就不能干点正事?众人也笑,任东锁学了句四川话,你可让我们干啥子哟?

村长点着众人,说,县里就是为了防止你们这帮人这种德行,让各乡各村组织文化活动,丰富村民业余精神文化生活。咱村呢,搞锣鼓。我已经买下了,下午就拉回来。到时候都到村委会门口集合,合上你们那闲嘴,动手好好练。元宵那天,县里开旅游节,咱还要汇演去呢。好好敲,给咱村好好长长脸!完了咱村开发启动的时候再敲一次。这两天村长逢人就爱聊这个。

以前村里锣鼓队秧歌队都有,闲的时候也多,经常敲一敲扭一扭。后来,这些和别的一样都慢慢淡了下来,家伙什儿就渐渐让村里卖了。现在,一听又要重新搞起来,热闹又怀旧,众人统统相当雀跃,还生怕一会儿去晚了,轮不到自己。

任东锁说咱村还要开发?村长眼睛一瞪,说,咱村这么好的地段,当然要开发了！县里这次刚换了新班子，魄力大，肯定要做出一番大成绩来嘛！咱乡这回是新城建设的重点，县里今年的这几个重点项目，示范高中、体育馆、文化中心、会展中心都在咱这块儿，每个都是投资两三亿的大项目！以后你们孩子上高中可就方便了，县城那几个高中都要腾下来迁到这儿，好老师全来！然后从咱村东头乡里那个半死不活的工业园到县城这一大片，全部是房地产开发，全部是二十层以上高楼。村长挥着手向远处指指点点，自己的魄力也无穷大了起来。

众人也不多想什么，都是欢欣莫名。村长挺着腰拍了拍任东锁，说等过两年这些都建起来，你再回来，说不定还以为下错了车，又到了人家南方发达城市呢。

任东锁点头，说可不是，那些地方有什么，不就也是些大高楼吗？比别的他还不如咱这儿呢！咱以前那是不弄，弄就得把他们比下去！村长高兴，说这句话你可说对了，咱县这回就是要响应市里的精神，搞中西部明星城！

任东锁这些年在外边总爱跟人说起自己的老家，家乡倒也真值得说一说，上下五千年的历史里总是不时闪现着她的影子，地有名，人更有名。特别是讲到现在，他更是从没说过一个不字，山好水好城也好。不过，每个出来打工的人都是这样说，别人就显然不是那么太相信。任东锁心想这下可好了，等一切都建成了，好好拍上几张照片，再跟人说时就拿给他看。

村长清清嗓子，把市里县里的形势详详细细给他们讲了一遍。众人听得点头连连。然后，他告诉任东锁他们几个在外边打工的，把土地证都找出来交给老人，万一征地时他们不在家，就让老人把字签了，工程可不会等你。

村长钻进汽车走了之后，聊着聊着，孙茂生忽然想到，这些重点工程为了很多事方便，一般都是请外地工程队，到时候肯定会有不少民工来村里租房,就让大家回去把闲房都腾出来,预备好。众人又一次兴奋了起来,美美地讨论房租应该定多少。以前村里住的那几个外来收废品的,一个月是五十块。这回来的人肯定多,不行了,最少得八十。

下午,全村精壮男女几乎都去了,男的敲鼓,女的打锣和铙钹。村委会舍得花钱,锣鼓买得很足,一时去晚了的也有的敲,大家都很满意,练得也就起劲。任东锁手腕刚好,敲着还隐隐有些疼,不敢太用力。但敲了两天,反倒不疼了,任东锁没想到这居然还有些锻炼的功效,敲得就越发投入了。大家热情十足,以前敲过,加之又专门花钱雇来了专业锣鼓队的人来教,所以虽然只有几天的时间练习,但进步神速,很快就咚咚锵、咚咚锵有模有样了。

正月十五一大早,村长找了几辆卡车,拉着众人浩荡出发,来到了新建的长城广场。

这里原来只是一片麦子地,后来考古队在几个荒丘上发现了一些遗址,竟是战国的赵长城,于是自然没有不被重视起来的道理。县里早就有发展旅游产业的想法,立刻就建立了这个遗址保护公园。按照设计思路,中间是赵长城,四周为了展现三皇五帝到而今的历史文化,密密麻麻都是各式各样古色古香的亭台楼阁。分区被命名"上古探幽""夏商风采""春秋怀古"等等等等。塔楼林立、亭台悠悠,古气扑面而来,漫步其间,恍如步入元明清这几个遥远的时代。最具特色的还是公园的围墙,为了突出长城文化,完全是根据八达岭明长城的样式来修建。但其高度、宽度、坚实度的数据,在全世界所有已知墙体中都是绝无仅有,上边能够并排跑数辆卡车,可谓天下第一。而"天下第一"的大匾当然也就高高地挂在了公园那城楼样式的大门之上。并把吉尼斯认证证书镶嵌在城楼的五个门洞正中最大的那一个里边,方便让每个过往游客观看。

这个长城广场是去年的重点工程，规模也是数一数二。北边是公园那个城楼般的大门，南边是全省最为新颖的大型喷泉，西边和东边分别计划建县里的新行政办公中心和世界墙文化博物馆。再四周的地是商业开发。

村长经常开会，什么都比别人清楚，就趁还没轮到他们表演，指点着这些今天还是麦地的地方，给大家讲这以后哪里是行政中心、哪里是休闲娱乐中心、哪里是五星级迎宾酒店、哪里是购物中心、哪里是别墅群……众人听得是心潮澎湃，都大着眼睛虚望过去，眼前仿佛已经耸立起了栋栋高楼。

任东锁这几年来去匆匆，只听说这里在建公园，还没来过，想不到已经建得这么好了，就一狠心，决定豁出去了，一会儿敲完了买两张票和老婆一起好好逛逛。旁边孙群笑，说你穿这样的衣服还逛公园，小心人家保安打120。大家穿的都是敲锣鼓专用的服装，的确良做的，花花绿绿，帽子上边还有不少红绒球。这种衣服敲敲锣鼓还可以，要穿着到处乱逛，的确可能引起围观。任东锁把嘴一撇，说，屎，我就笨得不会脱了再进去啊？孙茂生忽然有灵机，说，别脱，一会儿大家都穿这个往里走，就说县里还要让在里边敲一场，说不定不买票也能蒙进去。

锣鼓是最后一个登场，时间还早，大家也就这么嘻嘻哈哈地扯闲天。

舞龙、秧歌、旱船、高跷、花鼓……一个一个地入场，快中午时才终于轮到锣鼓。各村领导忙让大家都排好，站成方队。主席台上的领导听汇报说这次锣鼓队特别多，突发灵感，让所有锣鼓队立刻到迎宾大道另一头集合，然后沿迎宾大道边敲边跑着冲进广场。

各村领导慌忙就领众人往两里地外的路那头跑。刚喘吁吁地跑到地方重新排好队，就轮到了他们。一个个方队于是便横在这条七十米宽平平阔阔的新马路上,呐喊着敲着鼓又小跑着向回冲去。锣鼓轰隆,由远及近动地而来,气势倒还真是更大了许多。

震天的鼓声之中,一切似乎都在震动,敲鼓人的血更是几乎慢慢要沸腾。拿着鼓槌儿,就好像他们就是一切的中心,面前的城楼、大墙、主席台渐渐就都淡了下去,所有东西都只是在围绕着他们,他们所要做的也就只剩下了让自己的锣鼓更加震天。

在这个时候,相邻的锣鼓队往往就会互相较上劲儿。任东锁他们东庄旁边是小店庄的锣鼓队。小店庄人多,组了两个方队,随着鼓点一变换队形,突然就面对面地冲东庄来了。东庄众人原先还只陶醉在自己的鼓声之中,这下全打起了精神,他们虽然只练了几天,但无比投入。现在都紧盯着负责指挥的守德叔手中的小旗子,鼓点敲得异常的齐,倒比人多的小店庄声势还大。小店庄的不免有些着急,手上加劲,敲得脖子青筋乍现。但敲锣鼓并不是单纯靠人多力气大就能把对方压住的。这么僵持着对峙了几分钟,曲牌一变,队形也跟着要变,需要手脚齐动,站位得准确。小店庄的正在着急,忽然这么一下,就有点乱了,不是没站对地方,就是鼓点跟不上。守德叔从生产队时就指挥锣鼓,老经验了,马上把节奏加快了那么一点。东庄的敲得正轻松,自然不怕。小店庄可就不行了,他们村长觉得不能让压住,就也提了上去。问题是正乱着,有几个人跟得上?只好又降了下来。这下就彻底大乱,有的人跟着降了下来,有的人被东庄的鼓点带着走了,还有的忽快忽慢。曲不成曲调不是调,整个敲成了一摊糨糊。等他们把调儿找回来的时候,表演都快结束了,也就把气泄了个干净。东庄的就不同了,越敲越精神,全身抖擞着把最后一段敲完。然后跟大家又像刚才那样,边敲边呐喊着冲向广场之外。

现在已经十二点多了,按之前开会定下的,表演结束之后,各村统一集合,然后听乡领导安排。可等了二十几分钟,也没见有人过来。

时间不早了，村长们有些着急，都给领导打电话。乡长接了电话，一听是这件事，哦了一声，立刻表扬各村组织工作非常得力，表演非常成功。然后让各村组织车辆，把大家都送回家。

热热闹闹敲了这么一场，大家头上都冒了汗。但时节不饶人，风还是很料峭的，静下来一吹，汗就都刺凉刺凉消了下去。本来头昏脑热的这样一来，应该立刻神清气爽，可任东锁却忽然有些打不起精神，觉得浑身上下哪里都累。这些天整天整天地练，也没怎么样，想不到今天最高兴，只敲了一场就累了。也许是跑得累了，但似乎也不应该这么累。其实累也没关系，好多年没进过公园了，现在就在眼前，就是干上一整天的活儿，让他进去游，他也能撑得下来，何况又刚大胜了那么一阵。可他看着表演的众人脱去了那些花花绿绿的衣服，还原了本来的衣衫从那高高的大墙脚下一丛一丛地走过，突然就没了兴致，一点都没了。于是只好作罢，跟众人又上了卡车，打算以后再说。

不过今天这鼓敲得倒是真痛快，好久没这样了，任东锁是真高兴。回来正好也饿，就把本来打算晚上吃的元宵都煮了。

过了元宵节，年也就算是彻底过完了，一切都踏实了下来。任东锁早上一起来，就有些发呆，不知怎么的没着没落。老婆也不跟他搭话，扫扫这儿弄弄那儿，自干自的。吃过早饭，邻居金升高找来聊天。其实，能聊什么呢？一年之计在于春，别人在春季里聊养生，他们只能聊生计。他们两家处得很近，金升高也就没多啰唆，寒暄两句，跟任东锁说，他想让任东锁过两天去南方的时候，帮忙把他儿子大明带上。金升高在一个小厂给人粉碎石灰，早上出去晚上才能回来，跟老婆离了婚，老人又在床上病着，家里全靠儿子放学回来照顾。任东锁就问你让大明出去打工，家里怎么办？

金升高说他原本想着今年儿子不上学了之后也跟着他去粉碎石灰，觉得戴着口罩没事，可前些天突然有些咳嗽，痰里都是白的，他心里就有些发毛。自己四十多了，也就这样了，可儿子的路还长，不敢出什么问题，干脆还是放他出去闯闯吧。完了自己跟老板商量商量，看中午能不能回趟家，凑合过得了。

任东锁说你还商量什么，赶快别干了，肺出了问题就完了。金升高说也可能就是个感冒，没那么厉害。何况要真是有问题，就更不敢不干了，回来再病，谁管呢？

任东锁想想也是，满口把事情应承了下来，说，大明这孩子我也知道，听话能吃苦，没问题的。反正只要有我这个叔在，就不会让孩子受委屈，有我的活儿，就有他的活儿，你放心！

他昨天下午听说孙三的儿子上大学要去买回校的票，已经让人家帮忙捎了两张。就让金升高也赶快去车站排队，买同车次的。

金升高千恩万谢，立刻去了火车站。

任东锁以为老婆在另一间屋里听他们俩聊天，轻松了不少，可等金升高走了，出去一看，老婆根本不在家。这就不好办了，买到票的事还没跟老婆说呢，他不知道该怎么说。以前都是老婆老早就叨叨叨，一天三回地催他去买票。他这些年一直把"不再出去"挂在嘴上，去年乱七八糟没一件事顺心，他也就有理了，说自己早就说不出来，还不是你天天唠叨。两口子为这个没吵十回也有八回。这次过年，老婆眼红春节期间保姆工钱高，想过了年再回家，两个人更是吵得翻了天，差点动手。结果回来之后，但凡跟出去打工有关，老婆一个字都不提。任东锁气得牙痒痒，也不好意思提，可又不能不赶快跟她说，总得提前收拾行李吧。自己一个大老爷们也不知道该带什么。没办法，实在想不出来怎么开口，只好把车票摆在了桌子上，心想她要敢有一句不咸不淡的话，自己立刻把票撕了。

还好，老婆回来看见了票，倒是什么也没说，然后打开一个箱子，把两个大包提了出来，原来早收拾好了。任东锁轻松了下来，可细一琢磨，牙不免又有些痒，不过没撕票。

第二天早上，老婆早早起来，准备了一大桌子菜。只是吃得却不那么热闹，谁也没多说话。任东锁心里话倒不少，想聊几句，又不知道从哪里说起。后来还是儿子低头吃着吃着，忽然说让任东锁下次回来，给他带个手机。任东锁笑，说你小子心思倒不小，这么点年纪就想要手机。一家人也就从手机这儿聊开了，说说笑笑着把饭吃完。吃完饭，儿子没立刻去上学，坐在旁边听大人慢慢说话，磨磨蹭蹭等快要迟到了才跑出去。洗完碗筷，任东锁这才跟两位老人说自己又要出去打工了。每年他们都是在临走时才正式跟家里人说。两位老人点点头，也没多说什么，只把往年那些话又絮絮叨叨仔仔细细嘱咐了一遍，然后送他们出了大门。

金升高给儿子买到了一张站票，已经等在了胡同里。石灰厂今天开工，他把儿子托付给任东锁两口子，又好好谢了一番，就赶紧去了。大明别看才十六，特别懂事，上来就要帮忙提行李。任东锁当然不让了，嘱咐他照顾好自己就行，一会儿人多，千万站稳别让挤倒了。春运时赶上火车进站，很多人双脚基本就离地了，所谓"人海"就是人能漂在里边的意思。然后问他钱装在了哪里，可不可靠。前年刚下车任东锁两口子钱包就让偷了，在桥洞子里忍了好几夜。又让他到了地方尽量少说话，别让人听出你是外乡人来……反正能想到的任东锁都唠叨了一遍，这些他从来没在儿子面前说过，可现在突然觉得也应该让孩子早点知道一些了，就决定下一年回来好好念叨念叨。

大明以前连县城都没进过几次，所以虽然听着心里一阵阵地发毛，还是非常兴奋，一路上问这问那，问他们计划去的那地方怎么样。任东锁说那也是个小城，跟咱们县差不多大。大明奇怪怎么不去那些大城市。任东锁知道在他的概念中，外边大概就只有北京上海广州这些地方，这个小城恐怕都没听说过。就告诉他，那些大城市当然好看好玩，可这有什么用？工资是高点，但生活费更高，光房子就租不起。反倒是这些小城更适合咱们这些出力的。大明点点头，说还是任叔闯荡这么多年有经验，我爸让我跟你真是找对了人。任东锁笑，说光凭嘴你小子以后就肯定能混出点出息来。

　　到了村外的子午大道，公交车还没有经过，他们就等在路旁。任东锁无意回头看了一眼，才想起这几年回也匆匆去也匆匆，都没好好看过这个小村子。原以为它在印象里还是很清晰的，但细一想，一切都模模糊糊的，连前些天回来时在村口看的那一眼都记不太清楚了。不过这些又似乎不太重要，反正村子就是那个样子，北风赶着黑黄的浮土行走在房子们形成的胡同之间，老一点的房子青灰青灰的，近一点用的是红砖，土红土红的，再近一点包上了水泥，又回归青灰。太阳刚出来不久，平平地把阳光扔过来，然后被前边建筑的棱棱角角割成了条条块块，啪地贴在了后边的建筑上。村里每个房子每堵墙上都贴着这么一些棱棱角角黄闪闪的东西，把原先的青灰土红搞得一块一块的，有些马赛克的感觉。村子没有什么声音，平平静静的。

　　日子也像所有这一切一样平平静静的，大家又都重新奔忙于生活，整个村子路上院子里都不见有什么人。任东锁心想，这几天光顾了敲锣鼓了，没跟大家再多聊聊天，也不知道还有没有人也想出去。要有，大家结个伴互相照应，其实也挺好的。

去康庄最近的路

月亮寻了一块枕头一样绵软的云隐了进去,星星们的眼睛眨得也就愈加闪亮,好像按捺不住商量着要聚会去轻歌曼舞,不过终于一言不发一动不动。朵朵暗色的云似乎在等着她们,齐齐停了脚步,风也不敢来打扰。连平时努力着挺胸抬头的树们这时都舒展了臂膀,憩在了这静止的墨色虚空之下。叶子上一滴露缓缓滑过叶心,闪了一丝暗暗的晶莹,穿过枝丫融进了盖着绿绿的地衣蛋糕一般松软的泥土里,没有一丝声响,像是怕惊动这罩着一层暗暗灰光的一切。太阳在地球另一侧正是中天,此处的一切也就沉在这寂静里,遵守着夜深人静物更静的规则,幽幽地眠在这片虚辽的世界。在这里,你能听见虫们嬉戏悠游的窸窸窣窣、鸟们甜梦哺幼的咕咕吱吱,甚至小心翼翼乞食的鼠们悄悄的脚步声,不过这些声响都在概念中更证明了这天地的寂静。

只是一道黄亮很快射穿了这暗色,几分钟后,一切又重归那虚幻的墨灰时,门闩轻轻一响,孙正家挑门帘用鼠们那样悄悄的脚步走到了院子里。这本是他习惯了十几年的生活,可今天用胀痛的眼睛看着这天地一色的灰暗，不知怎么的，忽然一时像迷失一般不知所措站在了那里，茫茫地面对着眼前的一切。一两分钟才回过神来，把几个塑料筐子缓缓放在三轮车上，慢慢松开车闸，把车子推到门口，摸索着打开了大门。一切都无声无息，隔壁孙三家那只公鸡还是从不例外地叫了起来，有人朦胧中咳嗽了两声，孙正家似乎还听到了磨牙声。

邻居们聊天时公认他已经快赶上"周扒皮"了，他也只能说周扒皮算什么，周扒皮也不敢扒自己的皮。

骑到村外，孙正家才算放开，在田间小路上叮叮咣咣，几脚就到了自己的地旁。随手拽过一个筐子，拿着周扒皮时代做梦也不敢想象的奢侈品手电筒，大步走了进去。吸收了大半夜风华雨露的黄瓜茄子豆角们，正精精壮壮嫩嫩地躲在肥肥厚厚的叶子下面等着他呢。黄瓜粗挺、茄子圆肥、豆角扁厚，满地都能闻到成熟的气息。蛙鸣虫吟里，它们悬在枝条上随着时有时无的轻风慢慢摇曳，像也在静赏着这寂宁的夜色。从春到夏，孙正家几乎天天都劳碌在这一亩二分地里，每一棵苗每一条藤都像已经种在他心里一样，不用手电只凭星月荧光他也能知道自己汗水结成的这些果实在哪里。一伸手，他就清楚哪一个早已厌倦了藤蔓的约束，而哪一个还需要再聆听几天鸟鸣虫吟与风卷绿叶合奏的摇篮曲。每当手指肚触碰到这些翠绿鲜紫，孙正家心里就总是会不由自主有一些变化，不管是早起的困意与昨天遗存下的疲倦，还是生活琐碎的无聊无奈和夫妻间磕碰的恼恨，都能不知不觉远远隐去。捏住蒂端手腕轻轻一旋，然后把手里的沉甸甸往筐子一放，是他谙熟的重复了成千上万次的动作，于他来说近乎已经同呼吸一样成了某种自然的习惯，每次感觉到这些嫩生生的果实落筐的微微震动，就像食物进入胃里似的有一种心安。人这一辈子里，总会有一些东西在人心里不自觉起着某些说不清道不明的作用。

只是，这种感觉可以肯定是不会再有几次了。

摘满一筐，孙正家送回三轮车时，见空筐少了一个，地另一头也窸窸窣窣有些响动，嘴撇了一下，心想，还不坐我车，磨鞋底子去吧，当愿意拉你？想是这么想，动作却不觉更快了几分。

一亩二分地其实也摘不了多少菜，剩二分地的时候，老婆先回了家，孙正家摘完最后一筐，绕村子把车骑上了马路。老婆这时已经等在了那里，递给他一个布兜子，没说话。他随手接过丢在车斗里，本也不想说什么，又不能不说，就瓮声瓮气道："要是推地，马上给我打电话！"老婆哦了一声。孙正家原本决心老婆要敢不理不睬，立刻就回家上床睡觉，由那菜去烂掉。此刻总算是满意，紧蹬几下，迎月而去。

骑了不远，背后也响起了三轮声，孙正家放慢一点，让后边的赶了上来。谁也没有灯，天地一色的灰夜之中，两辆远远看来棱角模糊奇形怪状的三轮就这样咯吱吱咯吱吱，夜奔的兽一般并排嘶叫着不断吞噬不时在云里悄悄现着半只眼睛的月留在地上被路旁树枝切割成马赛克一样的暗影。孙正家扫了一眼旁边那鼓鼓囊囊朦朦胧胧的影子，说："金旺，今天菜下得不少嘛！"

那边的模模糊糊说："尿，我这回大的小的都摘了，可不不少？等推了就啥都没有了。"

"看你说的，还能说推就推啊？啥也没说好呢。"

"有啥没说好？推完了就都说好了！"

孙正家摇头表示毫不认同，心里却隐隐后悔刚才思虑不周，一些半大的没摘。

孙正家这是去批发市场再进几种货，他的菜品种太单一。金旺是去批发市场找二道贩子，他在国土局小区当保安，老婆前段时间住了院，家里实在没人去卖菜。市场都是凌晨交易，人多手杂，黑灯瞎火瓜田李下又是最考验人性的时候，难免有些平时好好的人，突然一时

181

起念，趁你不注意变个小魔术，把你车上的菜变到他车上。天底下所有的菜几乎都长一个模样，你叫它又基本不会答应你，在谁车上就是谁的。一个人顾东顾不了西，孙正家和金旺也就互相帮忙互相照应。

贩子也分几等，大户往往是成车甚至成车皮的交易，像孙正家他们这些连一编织袋货都不敢接的散客，人家都没空搭理你，所以跟他们打交道的严格来说其实早已不是什么"二道贩子"了。金旺是最烦这些人了，他这些菜如果零卖的话，收入多一倍不止："行了，老胡，别尿翻了，翻粪啊？打了这么长时间交道我还蒙你不成？"

市场里人声鼎沸，在这暗夜的笼罩之中制造了一个很是诡异的区域，人菜都在那些人造的光芒之中变异了原本的色彩。习惯了这个环境的贩子们，有时在大白天反倒分不清菜的成色。一个跟他们熟惯了的小贩子，眼睛一扫随便一伸手就拽出了两根香蕉般黄瓜："还不让翻，你看看这是什么？还没手指头粗，你就给我拿来了？"

"我可不是蒙你，你比猴儿都精，谁蒙得了你？就这几根，我也是没法子，本来再三五天就长成了。"

老胡不管这些，立时把收购价压下来一毛。金旺三磨两磨，也只磨回来两分钱。天色渐亮，他不敢迟到，不再啰唆："算了算了，便宜你，不跟你磨舌头了！"

"看这话说得，就你这几十斤，换成别人你想磨舌头人家还得跟你磨，我这是帮你忙，没叫你谢我就不错了！"老胡哈哈说笑，看着很是轻松诙谐，其实菜贩子挣钱容易赔钱也一样简单，昨天他的一车青椒刚拉来就烂了一半儿。金旺虽然昨天还取笑了两句，不过今天想说十几年你都混不成大贩子还好意思说，却终于没出口："坑完我还卖乖，你这脸皮可真是城墙拐弯加一砖啊！行了，没空跟你啰唆，反正以后想坑我，你也坑不了啦！"

"呦，怎么？大忙人是想开了，还是发了横财？"

"尿,你什么时候见过真正忙得发了财的?"

听说是地很快就没了,老胡恭喜金旺:"这好嘛!到时候补偿一拿,你也不用天天跟我费唾沫星子,床上一躺一觉大天亮,多轻松多舒服!"

"可不他奶奶的舒服到家了!"

老胡拍了拍金旺,给他宽心:"算了,想开点!我家地早没了,不一样过日子?你说你白天保安,半夜还得弄菜,老婆都住院了,你要再住了院,家里还怎么过?好事好事!"然后又对孙正家说:"老哥,我记得前十年你不也贩过菜嘛,正好以后接着贩,怎么着也肯定比你种菜强!"

"别笑话我了,我是挣得起赔不起,没你这本事。地没了,以后我也就不跟这菜打交道了。"

"也是,年龄这么大了,也该好好享享福歇歇了!"

他们几个嘴里聊着天,手里过着钱过着称,交易完毕孙正家他们赶路,老胡则忙着跟下一个继续这样聊着天过着钱过着称。市场从来都是如此,来来往往热热闹闹,从货到人一切都在流动。

孙正家其实不止一次说不想干这行了。他种菜差不多已经快二十年了,小猫小狗养时间长了都会有感情,干这行这么长时间,能没有感情吗?能没有!至少他跟所有人谈及都是这么说的。

民以食为天,每个人都得靠土地靠农业生活,可偏偏农民靠土地靠农业几乎生活不了。特别是这些近郊区,一般每人也就几分地,单靠种地,除了果腹恐怕连裤子都挣不出来,唯独种菜的收入糊口之外还算勉强能够养家。只是种菜也是最辛苦的,种粮食,播种收获早已机械化,平时也不需要多少管理。种菜却离机械化最远,下种下苗除虫除草整枝嫁接上架采摘没有一样不得手工完成,而且几乎是天天离不了人。话说回来,就算有种菜的机器,这几分几亩地,恐怕油钱都不一定够。

　　国人无事不围城，这些年颇有一些梦想着田园的城里人处处宣传想象中乡村生活的美妙，甚至有大学生说找不到工作就去农村包块地。其实所有这些美妙都是限于不去干农活的，真正下几次地就知道什么是农村了。最热往往就是你最忙的时候，地里可是没有办公室的屋顶与空调的。炎炎红日之下，满目绿色，可这绿色并不是树荫并不在你头顶，它只在你脚下膝下，至多把你围绕其中。绿波萦人，似乎很是诗情画意，但每个叶片都在不断地蒸腾着水汽，都在让人的毛孔被潮闷栓塞，身在其内你会很好地体验自然桑拿的含义。衣服却还不能少穿，不然锉刀一样火辣辣的阳光很快就会让你知道什么是真正的"扒皮"。这还是不说你还需要在这桑拿之中干活儿，比如喷洒农药，你不仅是扛着太阳顶着水汽的熏蒸，还得顶着毒气的熏蒸。能在这样的环境里坚持三天的城里人，孙正家感觉都可以认定是好样的！而他已经这样干了二十年。

　　种菜卖菜每年能有万把块钱的收入，拿在手里倒也算沉甸甸的，只是一年简单朴素的衣食住行又肯定能让这点花花绿绿的沉甸甸一张一张熬干耗尽。反正种地就是这样，饿不死你也肯定撑不着你。

　　任劳任怨吃苦耐劳似乎从来就是中国农民的代名词。不错，中国农民能吃苦也不怕吃苦，可是当吃苦最后换来的还是苦时，他们心里也难免产生一些差异感。只不过现在这种差异感还没有到对外有太多表现的时候，常常只体现在他们自家内部，昨天孙正家和老婆就刚吵了一架。

　　不过，细究起来，这架也说不清是为什么吵的。昨天菜卖得快，下午两点就回来了，本来心情还不错。老婆整了一上午的黄瓜蔓子，这时正在鼓捣水泵。见他回来就告诉他，村长刚来通知，说这几天上边就要推地，让他们准备准备，该收的收该搬的搬。这个并不在意料之外，据说是个生态城市的项目，建公园栽大树植草皮，村里谣言啦小道消息啦沸沸扬扬已经流传了好几个月。听说是下半年补偿标准可能要改，大家早就一致认定这上半年肯定就会动手的，有的村子行动早，两个月前就已经推掉了。所以孙正家听完也就只愣怔了一下，然后和老婆该干什么还干什么。

老婆浇地也不是头一次了,可今天不知怎么的一个闸半天接不上,还得他来帮忙。后来，又站在垄上不知发什么呆，生生让水在眼皮子底下溢过去把不该浇的豆角地里漏了一大片。他锄草时不小心铲断一根藤，正在火头上，刚刚偏西的大太阳又让人头昏脑热，就忍不住骂了几句。老婆平时一般不理他，顶多辩解两声，这次居然回了嘴。反了天了，他立刻摔了锄头。两口子大干一场，说反正就要推了，还浇什么浇，把电线都扯了，要不是田里还有别人及时拉住,可能都动了手。

事后想想，不就那么点不值钱的屁事嘛！孙正家自己都感觉可笑，认为可能就是累的，一天到晚忙忙碌碌，然后第二天还是一天到晚忙忙碌碌，心里难免烦躁。这些年来两口子经常为这么一些鸡毛蒜皮的小事生气，老胡那话似乎真说对了，没了地或许真是好事。

孙正家一路紧蹬，六点不到终于赶到了新华苑小区，保安是老婆娘家村里的，好通融。做小生意都知道越往城里越好做，不过孙正家也就只敢进到这里了。他这样的人这样的三轮车于光鲜亮丽的城市来说就等于是某种危害，工商税务环卫城管交警谁都管得了，人家八点上班之前出不了城就麻烦了。

小区晨练的人很多，生意还算凑合，价钱虽然这些年也是越来越锱铢必砍，不过比农村还是好很多，唯独就是挑得仔细些。卖相不好不要，卖相太好心里却也嘀咕，虫咬得厉害不想要，没虫咬的又不敢要。其实有虫眼也未必就没喷农药，反倒是有了虫眼才会意识到该打药了，指望手工除虫，就算那些死贵的有机蔬菜也很难做到。

这些都是打了好些年交道的老主顾了，孙正家见他们挑拣得辛苦，也就告诉大家，说现在有些东西啊，实际上真的只有靠人的良心这一种办法。一些人今天打完药明天就卖，你拿他也没办法，只要水管子冲一下，真吃不出什么能检查到的大问题来。这不免让众人有些手足失措，说看来这以后不止医生老师什么的不能随便得罪，种菜的也不能不重视，国家得成立专门的机构来保证他们的心情，不然还不知道让你吃什么呢。孙正家笑，说这就扯淡了，反正不管怎么样，自己种的这点菜肯定没问题。他能够明白告诉大家车里并不都是自己地里的，自然让大家感觉可信，远处另一个菜摊上的人明显比他少很多。

众人言表之中都是很羡慕农民的，说他们至少知道自己吃的是什么。

孙正家本不想跟别人啰唆太多，不过看行事做派言谈话语，这里是有不少公家人的，就忍不住说自己这菜其实也种到头了，乡里什么也没说已经通知要推地了。城里就是比农村消息要灵通很多，一位胸别钢笔的中年人扶扶很厚的眼镜告诉孙正家："这当然是得赶快征了，周边几个县都是这样。现在各地方为搞建设都快愁破头了，不靠地皮怎么搞？县里新班子这次弄了一个六百二十四亿的新城建设计划，不想办法弄出钱，把基础设施建起来，谁来投资啊？其实很多地征了就是放着，县里也是跟风，实际上不用这么着急的，白弄得财政紧张，阻力那么大，那标准哪容易说改就改啊！"

孙正家这么多年价钱公道人也实诚，听说他不准备再卖菜了，大家都挺惋惜的，说以后就不知道该找谁买菜放心了。不过都像老胡一样觉得这是好事，继续羡慕着农民。一位头发花白退休带孙子的老先生说："征地怕什么？征完了国家肯定要给你们补偿嘛！我看过新闻，补偿是三十倍！这就等于你们什么也不用干，白白拿三十年的收入！跟你说，我这辈子都后悔当市民了！你们农民，喝水不掏钱，烧火不掏钱，房子想盖多大盖多大，想什么时候干活就什么时候干，不高兴就回家躺着，收了秋玩一冬天。种地还不用交税，国家的地，白种，完了国家想收还得补偿。哪像我们，一天到晚累死累活，一天都不敢迟到早退。结果呢，几十年的工龄，两万块钱就打发了！不怕你笑话，这物价一天一个样，过两天别说你不卖菜，卖菜也快吃不起了！"

旁边众人很是赞同，说怨不得不想卖菜了呢，地一征补偿一拿，舒舒服服养老，还辛辛苦苦卖什么菜啊！以后再一拆迁，十套八套房子的一还，马上就资产百万千万，比当年的地主都自在，哪像我们还得苦哈哈的老子完了儿子接力地当房奴。

红日渐升也就自然成了白日，唯其独尊的阳光此刻虽还歪斜，却已足够刺刺地让一切笼在潮闷之中了。孙正家这个生意明显不是阳光下的生意，他不用看表也知道时候到了，打发走最后几个迟来的顾客，把地上大家挑拣扔下的残菜败叶仔细打扫一遍，丢进旁边的垃圾桶，又紧蹬着上路了。

过了这新华苑一期，就到了二期三期工程的工地上，这里是新城区的范围，快靠近目前的城市边缘了，管得比较松。到了这里孙正家也才安下心来，边骑边在身后一大堆菜里摸出了老婆给的那个布兜，里边有饭盒，打开是几个包子。就着从身边缓缓滑过的高楼大厦与迎面夏日清晨少有的清风，他一手捏着两只包子吃了起来。多年养成了习惯，像这包子一般两口一个，几分钟就能吃完一顿饭。不过这些天不行了，这些天他干什么都似乎不那么利索，有人的时候还不怎么明显，一到只剩他一个人赶路干活什么的，脑子里就总是乱七八糟的，经常包子碰到嘴边都想不起来去咬。

新华苑二期已经完工，三期还在建设，都是三十多层的大楼，楼前凉亭花园，比一期更加气派豪华，只是也比一期更加空旷。上次他在开售一年多的二期这里卖菜，喊破了嗓子，一共只出来五六个人。

不过据说房子其实大部分早已卖了出去，连刚开工的三期传闻都已经定出去七八十套了，四期马上就上马。虽说现在买得起房的多数不是为了住，但大家很不相信这个说法，觉得这只是开发商在制造舆论。看着这栋栋入云的大楼上那一面面红尘渐重的玻璃窗，和楼间闲适自在的雀鸟，游逛无主的猫狗，以孙正家的思维，他也不觉得这些房子有主，然而以他的思维又实在想不明白，卖不了，怎么还会这么一栋一栋又一栋地建呢？这么多年以来，县城塔吊脚架水泥钢筋叮叮咣咣就没停过，让人感觉似乎从来就是一个工地。它像一只不知疲倦的大蜘蛛一样一圈一圈向外织着它的网，像一头吞月的天狗一般不断吞噬着贴近它的一切，村庄田地河流山峦。现在，孙正家很快就也要被卷入其中了。

其实，说实在的，差不多所有农民在一开始时几乎都是想被卷入其中的，夸张点形容近乎是如思如梦。

孙正家小时候在生产队，队长的讲话里宣传队的歌舞里，"楼上楼下电灯电话"就像现在的四化一样是大家奋斗的目标，是大家甜蜜美好而又似乎触手可及的未来，也是大家在生产队茫茫的大田里挥汗的无尽动力。后来，更是成了大家心中暗暗的一个不可言说的梦想里天堂的标准。以致孙正家现在看见高楼大厦，心里还会涌起一份莫名的情感，他对他自己一砖一瓦建起来的那五间大瓦房从没有这种感觉。至于穿着工装在车间里挥动扳手操纵车床纺机，更是众人心目中"工作"这两个字真正的词义，而他们这些泥腿子在田间的一切只能称为"劳动"，有些不恭的人甚至自愿加上"改造"二字。那时候，城里一切似乎都那样光鲜亮丽，它的马路大楼商店汽车……对农民来说就是另一个世界，是一个虽然大家都是黄皮肤黑眼睛，可却连跟人问路都不敢的世界。

后来，随着农民收入缓缓地提高，城市终于不再那样过于神秘。

但它在大家心中的地位并没有丝毫的动摇，人们甚至愿意用不菲的价格去购买一个从名到姓都与自己先祖毫无关联的市民户口。流动不再成为禁忌之后，成千上万的人更是锲而不舍地涌入城市，试图去充斥那里的每一条街道。可惜现实总是不愿配合梦想，很快大家也就明白了为什么这只叫"打工"而不叫"工作"，你就是把一辈子的汗水都流在这里，自己最后也留不下，也依旧还是一个外来者，一切就像天与地一样不可逾越。随着城市的膨大，于是，很多人也就只好寄希望于自己的村庄能够被裹挟其中。虽然此刻户口已经丧失它原有的吸引力，大家也早已了然活在都市自己也永远不会与曾经梦想的能够左右这个世界的那群人有更近的距离，反倒可能更艰难，特别是像他们这样连下岗工人都不如的无业游民。但谁都知道，只有在城市中，你出门才不会沟沟坎坎泥水满路，你生病才不会手抬肩扛与死神竞赛，你的孩子也才不会被只初中毕业的老师教导。

　　孙正家他们这个东庄，这二十多年里就一直被这样一些令人心驰神往的传闻所围绕，先是说一家大钢厂要搬过来，后来又准备建影视城，甚至县里前两届班子都已经做好了县政府搬迁到旁边另一个村的规划。全村人盼着他们村像毛虫蜕变蝴蝶那样羽化为城市，可以说已经盼了二十多年了。当然，期盼之中起初也是有些担忧的，大家不知道那些粗胳膊长腿的农具到时候该放哪里好，麦子玉米该在哪里晾晒，不过这与住高楼用煤气窗明几净相比又算得了什么呢？后来，大家才明白过来这完全是瞎操心，到时候哪还会有地让你种啊？当时房子已经渐渐显示出了它的价值，人们遥远地梦想着那十套八套的还迁房，倒也并不太在意以后的失业。

　　孙正家这几年一直朝思暮想的就是这件事，这倒不是因为对楼房那份别样的情结，也不是指望着躺在家里做房东。他儿子大学毕业在大城市打工，不想回来了，他也不想让儿子回来，只不过想靠自己的力量这基本等于痴心妄想，他也就只能寄希望于拆迁之后，卖上一两套帮儿子付上首付。有人可能觉得这很轻松，其实所谓十套八套多数只存在于人们的传说之中，传多了自己也就信自己也能十套八套了，只有真正到了自己才会明白人家开发商做的是房地产不是慈善。边远一些的村镇至今都依旧是按造价来补偿的，一平米四五百。孙正家他们这块儿还算不错，前几年附近小店庄拆迁闹得太凶，后来就按城市那样还迁了楼房，成了一个不成文的惯例。孙正家算了算，自己家如果拆，按标准大概能还三四套，想就此躺着当房东估计是没有希望的。而且，这几年事到临头也才知道，如果没有必要，人家从来都是只征地不拆迁的。只能说，这也正常。

实际上，一直是这样，城中村城中几十年的遍地都是。只是，人都是这样，轮不到自己的时候，一般谁也不会在意。孙正家以前听说别人村子要征地了，也那样很羡慕地祝贺过人家。

此刻已经八点多了，他之所以敢磨蹭到这么晚，是因为出了新华苑，附近有一条田间小路可以通到康庄镇上去，不用绕城里。只是想不到这世界真如电视新闻里说的那样变化快，走到一看，昨天还好好的地，今天就跟让剐了一样，整个一层绿皮都被扒掉了。沿着水波纹似的一道道轮胎履带的印记，潮湿黄褐的底土惊慌失措一丝不挂地躺在大庭广众之下，任由着兴高采烈的鸟雀啄食那些昏头涨脑本该匿在地下的蚯蚓蝼蛄们。一条条平行蔓延的沟壑里，深深浅浅到处都是玉米秆子黄豆蔓子尸体一样半埋在土里，有的地方还有整棵的果树像照片一般让平平地压在那里，一切宛如让一只巨手从地图上了抹去一样。不要说以前的小路，现在稍微平整一点的地方都没有，孙正家又是重车，在这种松软的地里肯定陷得一塌糊涂。

返回去的话，城管什么的倒是不一定次次都碰上，可这段时间县里为了安抚出租车司机，严打营业性三轮。本来的意思是只管那些揽客拉人的机动三轮车,不过那数量太少,后来所有机动三轮车也就都查了。你卖菜,肯定属于营业啊!交通岗亭哪里都有,怎么也是躲不过去的。一次五百,一礼拜也挣不出来,孙正家思前想后没敢冒这个险。只好硬着头皮往前走,不就是费点劲流点汗嘛,陷住了就找东西垫垫,实在太松软就远远绕一绕,反正这么大地方。遇到沟沟坎坎,大不了先把菜卸下来,人还能让尿憋死?孙正家别看平时蔫蔫的不起眼,心里却是有一股倔劲,打定主意就不会再改,此刻就算有另外的路,他也已经决定从这里走了,哪怕折腾一上午也在所不惜,只当这一上午挣了那五百块钱。好在也没用一上午,靠近康庄的那一部分地没动,不到两个小时就过去了。只可惜,到了康庄也没做成生意。他嘴长问了一句,一村子人如梦初醒都咋咋呼呼跑到地里看去了。后来直到又跑了两里路,才总算在另一个村子碰见有一户在浇地,才讨到一碗凉水喝。

  不过,即便是此刻咕嘟咕嘟喝着凉水,他心里也还是很庆幸的,庆幸自己当初没一时冲动买下电动三轮车,不然今天是怎么也推不过来的。其实,虽然嘴里一直说着不想干了,可不卖菜种菜他也不知道自己还能干什么,反正至少前几个月还没有下这个决心。当时传说要征地,他就想等到时补下钱,买个电动三轮,专职卖菜。老婆早就眼红人家别人一天能跑一二十个村子了,就说还用等什么,又不是拿不出那几千块钱。后来,听邻居孙三说他在劳务市场干伤心了,正在等一个有本事的亲戚给他谋一个烧锅炉之类的工作,找到了马上就把自己那辆八成新的电动三轮便宜处理掉,这才没有急着买新车。

  这段时间,孙正家就是这样,什么都总是往好了想。

  天干物热赤日无情,人得喝水,菜同样得喝水,孙正家喝完,也给菜上淋了一些。这倒不是有意给菜增重。在高庄就有人盯着那潮腻的菜叶挑剔,可孙正家找了一把刚才疏忽没淋到的,那人扒拉了两下蔫不拉几的叶子，却也不要。于是大家不免对视一笑，不过在秤上他还是要求饶一些。价钱已经砍得很低，孙正家就有点不情愿，只稍微让了一点，结果已经称好了，对方又随手抄了根黄瓜。卖菜总是能遇到这样的人，你也不好深究，好在黄瓜是自己种的。孙正家沿村卖菜这么多年，对不同的人不同村子的人的脾气秉性也算摸了个差不多。高庄人多数在城里做工，以前相比其他村子的还是很大方的，去年这里征了地，更是有一段时间连价几乎都不砍。可很快，多数人突然就都婆婆妈妈斤斤计较了起来，连秤低一点也吵嚷不止。孙正家没听说他们有谁失业，怎么就跟生活没了着靠似的这么抠抠搜搜了呢？不免问："你们刚拿那么多补偿，还在乎这一两二两的啊？钱倒花完了？"

"就那几块钱，谁敢胡花？"

孙正家一想，也对。土地虽然现在在多数农民口中眼中似乎并不重要，可在内心深处终究是一份心理的保障与依靠，就像城里人不管怎么样都知道自己老了有一份养老金一样。

村里孙定一在高庄有亲戚，听他说这里一亩地补十二万，孙正家今天一问才知道原来只有八万三。看来耳听究竟为虚，孙定一这些天一直暗里鼓动大家不要签字，也不奇怪。现在村里各色谣言满天飞，孙正家倒不准备说破。政策就是这样，有时候隔一条路补偿就不一样，反正让你搞不清楚标准到底是怎么回事。只是不知怎么的，拿得少的立刻会抱怨，拿得多的如果对方不问，一般就不大愿意主动说了。东庄一亩说是给九万二，孙正家就没跟高庄这个人说。这个人已经一寸地都没有，显然也不再关心这些，也没问，只在那里指东怨西地咒世道骂人性，是这也不对那也不好，反正基本就是连豆子都不如以前好吃了，话相当难听。

高庄人是远近有名的彪悍，生产队时曾经因为争水，把旁边赵庄一村子人打出三里多地不敢回家。孙正家就想打听一下既然现在一不情二不愿，当初是怎么让征的，可看样子也不好多问。

赵庄也在征，赵庄人虽然同样觉得补偿太低，不过只征一小部分，赵庄老书记又精明，说要学人家富裕村的经验，早十来年就把所有土地收归了集体，于是一切也就只停留在了众人的物议。孙正家便没多耽搁，在村里匆匆吆喝了一圈，又去了马家河子。

各个村子挨得都不近，不可能每个都转一圈，所以转哪个村与先去哪里后去哪里，全凭个人心情。孙正家以前每天半夜摘菜的时候就已经把这一天要跑哪几个村子计划好了，今天脑子里比较乱，根本没空寻思这些，打算跑到哪里算哪里。可走着走着才发现，他去的这些村子几乎都是跟东庄在一条征地线上的。其实在他心里自始至终都觉得自己不应该瞎操这个心，操心也没用，自己只是个种了一亩二分地的小农民，无权无势也无名，在村里上不如村干部下不如混社会的小青年，一不能说二不能谋，都比不了人家六十多岁的孙定一。这次不论是愿意还是不愿意签字还是不签字，哪怕是上蹿下跳哭天抢地，都影响不了人家的大局。反正不管从哪一方面来说，自己只能是一个随大溜的普通老百姓。心里再糟心、再胡思乱想，也不过是自寻烦恼自己折腾自己。只是人就是这么一种说不清道不明的动物，虽然自己清清楚楚明明白白，可就是不自觉地忍不住要做这些没用的事。

马家河子昨天热闹得很，村口那边是二十多辆推土机排一排，一百多号穿迷彩拿钢管的小青年，这边是花花绿绿男女老少五六百口子，白布条子红布条子什么都有，加上看热闹的足有两千人。老百姓这边这啦那啦地喊着，那边也不敢动。孙正家看了一个多小时。后来来了几卡车人，说是解决问题，把看热闹的劝散。他回家之后听几个从城里回来的说，马家河子的补偿加了一倍。今天看来是真的解决了，推土机正在远处卖力地作业，一条一条剐着地皮，地里再也不见一个人。原先插在地头的那些布条子也都统统无痕无迹，孙正家只在路边一个垃圾堆里见了撕成小块的一条红布,上边有半边"去",也不清楚原先是个什么字。不过,村里几个路口不知怎么多了几个人,进进出出都要上下打量仔细询问。亏得他经常来,旁边村干部认识,说是卖菜的,才总算进来。马家河子经济状况不太好,男人们大多没什么工作,主要是女人们在环卫上长年做临时工。她们一般半夜干活,现在正是在家歇息的时候。可今天叫卖了半天,出来的却都是妇女,男人们不清楚忙什么去了。出来的人也不多,买了菜也不像平时那样砍价,拿上就走心不在焉的,孙正家想探问一下昨天怎么解决的都没机会。后来听说环卫上再也没有马家河子的人了,别人都觉得这是当然,拿了那么多补偿谁还干这个啊?

卖菜也讲究一个运气,如果别人捷足先登,你后边再来就卖不了几斤了。孙正家今天运气就不怎么样,其后又跑了三四个村子,都是让人家先卖一步,车里还剩下多半车菜没动。菜不比其他商品,这种天气,潮闷湿热,卖不了就只能眼睁睁看着它烂成一摊泥。就是不烂,放到第二天也肯定没卖相,削价都不一定有人要。孙正家这十几年可没少在这上边扔钱,不敢怠慢,紧蹬慢骑顶着太阳一直转到了两点半。这时大家都基本吃完了饭,不会再有什么生意,他才骑到小店庄村口。

这里有一位老人长年卖烧饼,人很实在,分量给得足,孙正家一般都是各村转一圈之后,中午来他这里吃午饭。都是熟人老客,也不用招呼,老人见他停在树下喘气,没拿烧饼,先是递过来一张硬纸片当扇子和一杯水,水里还捏了几叶茶。老人家在附近,水方便。等孙正家满头的汗粒子不再滴答,才拿出一张白纸,夹了一个刚出炉的烧饼过来。刚才骑猛了,就是歇了这么好一会子,汗下去了,心里也还是有些慌慌的,又喝了好几口茶水,重新发出了另一层汗,慢慢才有了些胃口。烧饼明显比以前又大了一圈,面粉食油并没有落价的趋势,孙正家也只能说老人太厚道了。他觉得可能是因为自己跟老人聊得来,才被这样照顾，挺过意不去的。

老人倒不想白落这个人情，说给谁都是这样的，这么些年大家一直照顾他这个老头子的生意，挺感激大家的，最后干这几天就当是还大伙的情了。孙正家没想到也有和自己同样际遇的人，一问才知道县里准备扩建眼前这条细窄寂静的乡村公路，扩六十米，当作以后新城区的主干道。老人的生意主要靠三三两两过路的乡民，这一修还不知道什么时候能通。孙正家看见老人聊天做事时眼睛上上下下总是不离自己这个大大的烤炉，手也老不自觉地翻翻那一溜正散着香热的烧饼，就说："没事，大爷！干了这么些年，就当临时歇几天，路再修不也总有修通的一天嘛！"

老人笑笑，说："修好了，又是花池又是人行道，边上高楼大厦，哪儿还能干这个啊？"孙正家看看手推车上这黑漆漆的铁皮大烤炉，一想也是。这个光怪陆离的红尘世界里，一天似乎真的就像等于二十年一样的变化着，一切都那样金光闪闪，很多事物也就如露水似的近乎注定要消亡。老人说不用操心他，儿子已经托关系在一个工地找了份看门的活儿。孙正家也就说，这是个好活儿，不劳心不费力的，年纪大了，这烤炉块大黑沉，不干也好。

只是老人得知他的情况，却并没有像别人那样觉得不再在土里刨食是好事，见他吃个烧饼都眼望虚处慢嚼难咽，就问他找到别的活儿了吗。普通人活着就得干活儿，或者说干活儿才能活着，可现今找活儿哪那么容易？像孙正家这个年纪，城里人都不容易找到工作，何况他这样一个要技术没技术要文化没文化的老农民。这个年纪又是一个最尴尬的年纪，上有老下有小，一家人都得靠着你。并非真的没有活儿，可在这个小县城，不挑不拣的活儿挣得少，给你干你也养不起家。挣得多的又基本都是出大力流大汗，就算你吃得下这个苦，老板也未必要你，人家又不是找不到小伙子。

孙正家昨天一整夜都盯着黑黑的天花板在想，自己这个人难道就真这么一无是处，活该被淘汰，活该成为这个社会的累赘吗？实际上，不提种地种菜这方面，他在村里公认也是个能人。在宣传"万元户"的时代，谁都羡慕又谁都不敢干的时候，村里很多事都是他第一个挑头的，土鳖蘑菇海狸鼠什么的他都养过。手也巧，打个衣柜砸个烟筒也什么都会。可以后这里就是市区，很多东西是不能做的，他在农村所熟悉的那一切都将必然远去。

其实，艰难也好，无助也好，都不可怕，人最可怕的是四顾茫然。生活本身就是一个谜，现在它又像浓雾一样缠裹了你，让你没有了任何方向，上不着天下不着地漂在人世这汪洋大海里。即便你再有本事再能扑腾，不知道往哪里去挣扎，又有什么用呢？

老人也知道他的日子还没着落，有办法谁还愁什么，就问："这种地就真把你伤透了？真就再也不想种了？"

关于人们对职业的感情，有人觉得干一行就会爱一行，真的没有一点感情怎么可能长时间从事某一种行业。可是，有时候却正是因为时间长，才感受得更透彻，才会真正没感情。总之这个世界在这些年里是越来越怪诞，越来越说不清楚。孙正家对土地就是这样，虽然他时时刻刻嘴里说的心里想的都是对耕种的厌倦，可摸爬滚打在这黄土里几十年，有时候梦里都在播着种摘着菜，而那梦也往往比别的梦更加安静更加平和，让人不想苏醒。至于跟人谈到儿子，他的自得更是常常溢于言表，觉得自己只靠种菜，不拉饥荒不欠人情供养一个大学生，在农村几乎就算一个小小的奇迹。

见孙正家不自觉地一棵一棵理着车里自己的菜，没有说话，老人把凳子往这边又挪了挪："我说的这些可能你会笑话，不过你们这一辈人是真没有经过我们那时候。没有亲身经历过，你这辈子也不会明白老辈子人为什么把地看得这么重，你见过全大队的树叶连树皮都叫吃光了的时候吗？我家二伯临走之前，一直是清清醒醒的，可想哭都没劲哭出来。不怕你笑话，这几年我一天都没睡过安稳觉。你看东边这一片，以前一马平川全是庄稼，那麦子一黄就黄到山根底下、高粱一红红到山根底下，让人看着就舒服。现在，想看见一片大一点的绿都没有，哪儿都是楼。这地就是咱农民的靠山，以后万一出点问题，你有钱又能怎么样？啥也没有一把粮食实在！我们村这地也快收了，这是政策，没有法子。可现在能承包啊，我听说山里出去打工的多，地一片一片的没人愿意种。我这年龄是不行了，敢早十年，我就包他十几亩去了。你不一样，有手艺，你这茄子黄瓜，种地几十年的老把式也比不过你，你怎么就不去包点呢？"

其实，这年头说着不想怎样想着不想怎样，最后又老老实实干着的人多了，孙正家自己不就已经又干了这么些年吗？不干这个又能干什么？农民就是这个命，没有吃不了的苦耐不了的劳，你要说嫌苦嫌累，在别人眼中几乎就是一种不本分。孙正家不是没想过去包点地，他还特地去山里卖过一次菜实地看过。山里早已不比从前，本来水肥条件就不好，这些年又挖煤挖矿砍林炸山，水土几乎跑了个光，再也找不到一块水田。种菜一天也离不开水，那里山高，打一口井最少得十几万，孙正家不敢想。倒是种些粮食靠天吃饭还能凑合，只是种少了划不来，多了，几十亩几百亩又依旧是他们这样的小门小户不敢想的。实际，不种菜也一样能卖菜，孙正家同样不是没想过，所有他敢想的生活他几乎都仔仔细细滤过一遍。只是虽说禁三轮车可能是暂时的，不过哪里都在收地，以后的闲人恐怕遍地都是，打算做点小生意卖蔬菜水果的肯定也少不了。现在经济又不好，菜却不停涨价，这两年已经能明显感觉卖不动了，到时候人再一多，一天估计也就只能剩下压马路了。

孙正家并不打算叫人觉得自己这么一个大男人让这点事就给难住

了，便对老人说是儿子不想让他干这行了，太辛苦。这话倒的确是儿子经常提起的。不过儿子现在连自己都顾不过来，孝心也就只能这样体现在语言上。他准备这次把补偿款的大头都给儿子，头庑当然是肯定不够，可也总是几万块钱，儿子有文化，拿这做个本钱也许能有个希望。这社会对他这样的人就是一个迷宫，而他又早没有了年轻时那股折腾劲儿，闯不动了，也没有什么资本再敢去闯。他打算实在想不到办法就去南方打工，别的也许不行，不过在外地来的一些工程队里，经常能见到六七十岁的人，人家都能干，你这样的还敢说老吗？

老人见他决意远离土地，不便再说什么，摇头感叹一番，也只好劝他不管怎么样，补下钱千万不敢像有的人那样乱花，老了知道后悔就迟了。

远处一些小店庄的人正忙着在地里赶种果树，筷子一样一根挨一根地插。老人一直眼睛淡淡地在注视，说种上就是为了毁，作孽啊。可眼下很多事情也就只能只顾眼前了。孙正家也不再去想那些太远的事，跟老人聊这种树。当初刚开始传要收地的时候，东庄村里就有人种，之后听说县里吸取以前的教训，发了个文件，不管地里种什么，一律只按统一标准补。孙正家当时怕影响菜，没有跟风，不免庆幸，可后来见周边各村并不为所动，该种还种，又不觉忐忑。终究赚上几千块钱，也多买几斤粮食。其实，如果想种，现在也不算迟。大家早发明了快速种植法，树根一剪地里一插，一会儿就是一大片。老人说这没用，政策是你能扭得动的吗？孙正家也点头认同，不过他觉得至少小店庄不一样，有前几年的拆迁做例子，县里不敢轻视。老人却没有他这份信心，说村里现在乱得很，之前那几个人已经分成了几拨儿，何况当时的结果是大家得利自己吃亏，一些人也早凉了心，不一定再出来了。

弱小总是盼望能站在强大的伞翼之下，农民就是这样，几乎从来总是把期望寄托在别人身上。附近几个村子这次都在看这个曾经被县里点过名的小店庄，可孙正家忽然想到，小店庄就不是农民吗？老人也知道小店庄名声在外，大家都在盯着，见孙正家失落，就说其实村里也有人在跑，毕竟这次太狠，是要把地全收走，争不争就在最后一回了，世事难测，也许这次全村人都出来，反正以后想当农民也当不成了。

不过，老一辈人都是那个年代过来的，老人并不觉得会有多大用，上次拆迁只不过是运气好。

其实，别的村子盯着小店庄更多是一种心理作用。因为县里把小店庄放在了最后。等你的地都让推干净了，小店庄就是再有变化，又有什么用？何况，人家就算先弄小店庄，给他们加了，就不给你们加，又能怎么样？这世界真的终究还得靠自己。

只是，自己靠得住吗？本来就人如草芥，农民又是这个世界上最小的草芥。昨天晚上，孙定一他们几个人召集大伙在村口议论的时候，大家倒是信心很足，举出了天南海北一大堆媒体上的例子。觉得这个工程又没有审批文件又没有征地手续，只要都不签字，他们也不敢怎么样，实在不行就全村人背上干粮口袋去京城。情绪呢，也甚是激昂，年轻一些的火爆，说这不能像打发要饭的一样，给上几块钱就什么都不管了，没工作没粮食以后生活怎么办？老年人操心的是祖宗先人怎么办，都在地里埋着，祖祖辈辈活在这里几百几千年，就这么连根刨掉吗？至于自己百年之后埋骨何处，则更是担心。老百姓确实什么都没有，脸都可以让拿走，可不是还有条命吗？

只是，每个人都这么说着，每个人却也都清楚自己那点信心那点情绪也就是在村里发发罢了。村里等着钱看病等着钱上学的人多了，他们能拖到几时？何况，还有一些人在公家那里有一个小小的饭碗，他们又敢怎么样？没人签字首先就肯定做不到。更不用说签字不过是一种形式，即便都不签就能挡住那野兽般的机器吗？没有几个人指望媒体，唯一剩下的路恐怕也只有去京城了，去京城啃干粮。

不过，这些东西并不只是他们东庄明白，全大卜谁个明白呢？可哪里都火星儿不断，这个世界就是不缺愿意去碰石头的鸡蛋。这也正是孙正家想不透的，就像老人，他虽然不停地劝孙正家你年纪还轻，不敢乱来，没用。自己却已经跟几个老伙伴商量好了，决定到时候要讨一个说法。孙正家问他，他也说不清想要什么说法，只说乡里要是想拿去自己种也算，可拿去又不是为了种地，就是白扔着，说拿就拿，连个商量都没有，就跟拿自家东西一样，也太不把人当人了。

孙正家想，或许人骨子里就有一种东西就让人不自觉地去做一些没用的事吧？

他有些后悔今天出来卖菜了，村子里现在还不知是什么样子，孙定一他们肯定还在悄悄地跑，也不清楚去过他家没有，老婆也不来个电话，自己这时候了还在外边瞎转个什么劲。看了看车后的菜，摸着那熟悉了十几年的嫩滑，决定不卖了。就趁老人不注意，往烤炉旁边放了几斤菜，准备走。

也正是这时，手机响了，家里的号码大大地闪烁在屏幕上，一支80年代的老歌轻轻地飘扬出来，铺满了四周那此刻还静悄悄的田野。

下 乡 记

李明书早早来到办公大楼，抄起拖把笤帚先把汪书记他们的办公室和走廊打扫一遍，放好今天的报纸倒好茶水，才回到自己那间小屋子里，打开抽屉。

党政办做文秘的小周提前十分钟也来了，去书记乡长们办公室先转了转，走过来下巴一点算是打过招呼，然后坐到对面同样一间屋子里翻起了报纸。

李明书慌忙站起来跟人家打了招呼，又赶紧坐下。这些天路线啦学习啦，会特别多，东西都得他写，昨天一直赶到夜里十一点，今天还有五六份。都是给县里的报告与总结，需要特别认真，赵副县长不喜欢长句，钱副书记比较烦用词繁复的，孙部长欣赏手写稿……处处都得留意。小周手把手教了半个多月，李明书都还稀里糊涂，到现在才总算是入门。用小周的话来说，再练个两三年，你就能出师了。李明书想象不出两三年之后是什么样子，只知道眼下自己满头满脑已经只剩下这些堆满黑字的白纸了。

汪书记八点准时上班，在旁边经过时叫了声："明书啊！"

汪书记工作忙，不多跟自己接触，喊也是喊"小李"。今天不知有什么事，李明书慌忙扔下纸笔，出来问汪书记有什么事要吩咐。汪书记哈哈大笑，说什么吩咐不吩咐的，就是李明书来这么长时间了，一直没机会谈谈心，今天正好有空就聊聊，说："我观察你很长一段时间了，每次都是早到迟退，年轻人很少有像你这么勤快的了！"然后又走进来，拿起写了一半的一份文件，夸文笔好，不愧是大学生。李明书说这是应该的。工作了已经三个月了，汪书记让他说说感想。李明书一时语塞，感想倒是万千，不过都没有露于形表，说，还行，领导同事都挺好的，对他帮助都很大。

汪书记笑："明书啊，跟我还有什么吞吞吐吐的？我也是昨天上县里开会才知道，听说你对现在的工作不太满意？我这人就喜欢直来直去，有什么事你实话实说！"

李明书其实一直自认是个直来直去的人，不过三个月不长，三个月也不短，足够打磨人了。他当然不能在"不满意"上往下接："不是不满意！只是，只是，跟当初我预想的有点不同，那个……"有点突然，李明书不免尴尬，绞尽脑汁措着辞，心想私底下那点牢骚怎么就让汪书记知道了？莫非是父亲跟叔叔提过？可汪书记又怎么知道自己跟叔叔的关系。

汪书记哈哈笑着，看了看办公桌上那一大堆用来写文件的资料和理论书籍，说这个确实枯燥，不过千万不能小看它，这是基础，跟上学学的语文数学一样，玩不熟以后什么都玩不转，等你走上领导岗位就明白了。李明书诚惶诚恐，说自己就一个大学生村官，也就名里带个"官"字，品外都不算，哪有什么以后的领导岗位。汪书记拍拍他肩膀："就别谦虚了，你跟别人不一样，前途远大！我这人别的本事没有，看人还从没走过眼，所以也才先把你安排在这里，历练历练。

你倒也没辜负我的希望,工作很努力!这段时间的文件我看了,已经有一定水平了,也确实到了锻炼一下实际工作能力的时候了!"

汪书记倒也没问李明书喜欢哪里,点了乡里几个轻松又容易发展的部门,说自己一定帮忙安排。他见李明书听完了表情倒似乎有些为难,不禁皱眉,也就不再说话,等着李明书自己开口。李明书为难,是觉得汪书记怕是真有意培养自己,就说:"我其实是想去基层锻炼锻炼。"

汪书记更加不明白,乡一级本来就是基层了,哪个部门不是基层中的基层?李明书这段时间不知不觉已经习惯了这样说话,醒悟之后赶紧改过来,说他当初不懂,以为大学生村官就能直接去农村,其实自己一点也不习惯机关生活。

"去农村?"汪书记扶了扶眼镜,诧异片刻,立时又说,"这好啊!党的大学生村官政策,就是为了鼓励高学历人才扎根农村,用自己的聪明才智学识技术帮助农民发家致富,发展经济,改变农村贫困落后的面貌。广大农民群众也是热切期盼像你们这样的人才!你这么年轻,能有这样高的思想觉悟,真是孺子可教!可见没看错你!"

汪书记是点头连连,让李明书详细说说自己的想法。李明书说,比较起来,现在国家最落后的就是农业。但越是起点低,向上发展的空间也就越大。农业产业化是国家的政策,潜力无穷。考大学生村官,有人是为了就业,有人是因为公务员加分,自己其实不用担心就业,更是无心什么仕途。媒体上大学生博士硕士在农业上成功的例子举不胜举,自己就是受他们鼓舞,在学校就下决心要到农村做一番大事业。自己也有不少农村的亲戚,知道农民生活的艰辛,如果能够成功,不仅成就自己,也能帮助他们。

"说得好!成就自己,又能成就别人,这才是最大的成功!"汪书记甚是嘉许,"年轻人就应该像你这样,得有一股闯劲!现在有你这种觉悟的人，真是不多了！你这完全契合国家大学生村官政策的初衷，领悟到了文件精神的精髓，像你这样的典型，媒体就应该大力宣传报道！这也是咱们乡的光荣，我这就给你安排！你当初分配的是东西庄，这个村子不错，容易出成绩！支书村长都是老人儿了，我这就给他们打电话！"

"汪书记，就是这件事上我想请您帮忙，那个东西庄现在又是征地又是拆迁的，没有发展农业的机会了，我想能不能换个土地资源丰富的村子？只是不知道符不符合政策。我计划是先立足一个村，等成功了，再把周边各村带动起来，真正做大！"

汪书记看李明书是真打算扑在农业上，心思还不小，也就拍拍脑门："疏忽了疏忽了！你说吧，想去哪个村子？没有什么不符合政策的！咱乡别的没有，就是农业最薄弱，找这么个村子还不容易吗？"

"汪书记您可别这么说，咱们乡农业可是做得不错，'红东升'的乌鸡那在全市都是大名鼎鼎的，这还不全是您的领导嘛！我还计划有空去他们那里观摩一下，学习学习呢！"李明书真没想到汪书记这么没架子这么肯帮忙，不觉也要奉承几句。

汪书记哈哈一笑并没有谈这个，帮李明书分析了一下，选了一个叫"粟源"的村子，然后问："怎么，你也准备搞养殖？"

"我想做有机食品。现在大家最不放心的就是吃了，问题越大，机会也就越大，有机食品以后肯定是主流！不过到底种植还是养殖，我打算先到村子里考察考察，看看那里适合什么再做决定。"

小周看汪书记过来，就一直在门口站着，虽说有些不明所以，不过见李明书正忙着整理桌上的文件，准备赶工完成，就说你不用管这个了，交给我得了，赶快收拾下乡用的东西吧。然后，一挑大拇指："小李你可以啊，深藏不露嘛！"

汪书记说："现在的年轻人，能有这般城府这样不张扬，不容易，是成大事的材料！小周，你可得好好学学啊！"

3月2日　星期三　晴

　　真不知道今天是不是我的幸运日，人生需要转折才会不同，今天肯定就是我的一个转折点！

　　古代人们总爱说成功需有贵人相助，一直不认同，觉得这个时代已经可以个人为王。却想不到自己被困住，居然真的无计可施。汪书记难道就是我的那个贵人？

　　三个月啊！发霉了整整三个月！金碧辉煌，云雾缭绕，蜃景一般似乎飘在空中的一座宫殿，当初对它的这种认识还真不幸中的。不过，那还是站在门外的时候，不进门里，你是永远也不会知道它是多么的金碧辉煌多么的云雾缭绕。在那惑人炫目的光彩与近乎胶凝的云雾里，你看不清别人也不想让别人看清，甚至连自己都看不清也不敢看清。浑浑噩噩都已经是最好，在这个旋涡里，能不跟着旋转近乎可以肯定得需要特殊材料制造。我不行，早被同学们言中，我是个"乖孩子"，虽然心里满是陈胜吴广，实际上操把菜刀的念头也没有，至于表面上不当丁谓、严嵩就已经不错了。可是，这一切才三个月啊！连我都没有想到有什么可以这么快地影响我的世界观人生观。如果真像前天梦里那样，被埋在那些文件的沙漠里，三年干下来，可以肯定就得给从前那个真正的自己立墓碑了！

　　好在一切都过去了！宏图已经放在面前，就等去大展了！这个话现在看还有点大，可自己给自己说说总没什么吧？哈哈！

　　粟源离城不算太远，但不通公交。村里郑支书一家都在城里，就把村里房子的钥匙给了李明书，说万一阴天下雨什么的，不想回城，就住这里。李明书觉得要做事情，就得对自己狠一点，干脆搬来行李，准备扎根常住。

村子依山脚而建，相比近郊农村，基本可以说是"地广人稀"，人均三亩多地。要平川有平川，要丘陵有丘陵，在李明书眼中几乎就是想干什么就能干什么。只是当地村民口中眼中这里却是标准的穷山恶壤，用他们的话就是十八辈子也没富过。

上一任大学生村官从未踏足粟源，连郑支书也没见过几次面，村里人几乎不知道有这么回事。这次听说居然要在村里住下，还帮大家致富，都没想到还真有此等好人好事，无不新奇。不少老人甚至议论，说，难道知青又回来了？

李明书在村里自然颇为众人青眼相待。汪书记亲自打过招呼，郑支书更是热情，先把李明书的生活安排好，又张罗考察事宜，招呼了不少人前呼后拥的。到了这里，李明书就不敢咬什么考察调研之类的字眼了，跟郑支书说不用这么兴师动众，自己就是想了解一下粟源的自然状况，采点土样什么的，没多大的事。郑支书说不能这么想，要做事情，就得要些场面造些声势，动静越大做起来才会越方便。不过，跟来的人，不是年龄大，就是些妇孺，村里青壮年几乎都出去打工了。郑支书说，你以后不管是干什么，反正想用人，暂时也就只能是他们了。

早就听说很多企业，可能总部在河南，加工厂却开在广东，用河南的工人，因为本地基本招不到人。原先以为这只是一些劳务输出大省的情况，想不到这里也这样。郑支书对此很是感慨，说眼下这人啊，干什么都不像个干什么的样子，农民现在也就是挂个名而已，谁都不守以前的老本分了。

任村长因为有些事耽误，打工还没走，性子比较直，听了这话，说，咋？农民就天生该耗在地里困死？然后对李明书说："我说这位……这位……李同志，你来咱粟源帮咱这些老农民，咱都感激你！可咱都是实在人，不管你干啥，要是没打工强，真不会有几个人跟你干。你也别怨大家没良心，谁家不是老的老小的小呢，要比打工强，哪怕就跟打工一样，保证一村子都跟着你干！你就是咱村的村长书记，我们都听你的！抛家舍业人生地不熟的，当谁还真愿意几千里几万里跑出去受那罪啊？"

这番话也算给李明书提了个醒。来农村之前，他心里其实更多的是凭一些概念，甚至是类似一些口号之类的东西，可你不能只凭想着我是来帮大家搞农业产业的，就真能帮了大家。必须让大家有实实在在的收入，而且立竿见影才行，不能说慢慢来，因为油盐酱醋的行情可不会慢慢来，这个小村谁也没有那资本跟你等得起。可问题在于，大多数农业项目都不是什么见效快的项目。

而实际上，大家根本没往农业上想，他们虽然还不知道李明书想做什么，但一致认为肯定是开工厂。他们让李明书放心，说粟源别的没有，建厂子的地皮那是要多少有多少，想建多大建多大，而且绝对不会有什么钉子户，大家早盼着粟源变变样了。后来，众人七嘴八舌一议论，甚至商议干脆钱也不要了，村里免费给工厂地，算入股。所有人心中的榜样基本都是华西村，说粟源要是有华西一根汗毛也就心满意足了，这也是因为村里的大社叔曾经在华西打过工。大社叔在外边伤了肺，有些气喘，平时不多说话，不过一提起这个精神立时就会上来，咳嗽两声清清嗓子，说："想富裕，只能靠厂子！那华西并了周边十几个村子，全盖了厂子，钢厂电厂啥都有。你到里头看看，哪有一点农村的样子，比咱县城都好！人家村里的人，洋房住着洋车开着，年年分红，比县长都舒服！好几万人给他们打工！"

众人虽说已经听大社叔讲过无数遍那里的小区怎样像花园一样，楼房怎样跟别墅一般，眼睛里还是放着光彩。郑支书摆手，说："你们这些人啊，老爱想那些天上沾不着边的，你能给人家打上工就不错了！"

李明书觉得大家羡慕也是正常。可惜，大寨勉强可以学，华西却是很难学来的。他问大家，你们有没有想过，如果真有人想投资建厂，人家怎么可能放着城市或者近郊那么方便的条件，而大老远跑到粟源这样的地方？大社叔说，咱粟源地皮便宜啊，你看看新闻，城里的地死老贵了，到咱这里省多少钱？

李明书告诉大家，城里真正贵的只是住房，工业用地和别的地皮不贵，何况在这样的小县城，地价与可能增加的成本对比就更不值一提了。众人沉默下来，一想也对，虽说村村通了油路，可原来进城几十里路现在也还是几十里路啊，建个厂子光拉货的油钱就不知道得多花多少。看来除非是靠村里人自己，可村里很多人漫说干工厂，自家地里种的东西拿出去转村子叫卖，心里都是打鼓的。又或者只能指望哪位大老板跟粟源有些渊源，想帮帮大家。于是，不免疑心李明书的爹妈是不是在村里插过队。不过即便如此，打量李明书的穿着打扮也不像能搞得起什么工厂的人。

李明书问众人，大家这么渴望打工，可之前的生活跟这些几乎相隔十万八千里，真就那么容易适应吗？这个让刚刚头一次出去打工回来的任村长深有感触："哪儿容易呢！摸了一辈子锄把子，别的别说会了，见都没见过。咱在村里刨土挖地也不算笨，进了城，看啥啥不懂，跟个傻子一样，自己都脸红。谁愿舍了从小就会的手艺，两眼一抹黑呢？有啥法子，慢慢学吧！"

李明书有些奇怪，说："你们为什么就不从自己熟悉的生活里想想呢？地里种出东西，同样可以加工，可以搞产业化，可以兴建你们梦想中的工厂啊？而且投资还不必太大，不要说集资，咱们个人甚至都能承担得起。"

众人醒悟过来，气氛立刻再次活跃。其实他们也并不是就想不到这些，只是不太愿意往种田弄地这些方面想而已。大社叔说："要真是种地能发财,谁不愿意种呢?农民不种地干什么去?伺候了一辈子地,就是石头也捂亲了!谁愿意背井离乡跑几千里让人欺负去?"

讲到对土地的感情,大家心中有些复杂。有像年龄大一些的老人那样不论土地怎样对待他们或者别人怎样看待土地,都一如既往爱着土地,至死也不愿踏出这块黄土一步的;也有像大社叔这样的;更有一些对土地有些厌倦甚至憎恶的。但即便是隐隐有一丝憎恶土地的人,听了李明书的话也都一时忘却了那份憎恶。其实,对于生活在这片苍茫大地最深处的人们来说,心情感情之类的东西从来就是奢望,他们从来不敢让这些东西跟其他东西有所粘连。对他们来说,生活就是生活,别的都是别的。

李明书给大家讲解,说农业没有深层次开发,基本就只能是温饱农业,就好比一斤菜在地头只能卖两毛,一包装到超市就成了两三块一样。

这个道理一点就明,众人互相议论着,说李明书不愧是城里的大学生,就是见过大世面,只是不知道粟源到底合适搞什么。李明书说,很多事情其实只在于干不干,怎么干实际上都是小问题。就说粟源,搞养殖,想散养有山有沟,想圈养地皮富裕;搞种植,要水地有水地要旱田有旱田,向阳背阴高岗低洼应有尽有。项目不是问题。

众人真没想到粟源在外人眼中竟还有成为风水宝地的潜质,不过一想也对啊,只要不异想天开种南方的香蕉养非洲的犀牛,的确没什么不可以。

大家的情绪被鼓动了起来。这是郑支书事先特地嘱咐过的,说只有这样,你做事才能事半功倍。李明书此刻也不能不佩服这位干了二十多年的老支书,决定再加一把火:"咱国家农业方面确实不行,可也正是因为落后才有前途,要是非常发达,咱这些没有资本没有技术的新人哪儿还有机会呢?其实,说落后,咱县里真不算多落后,成功的例子多了。你就看人家'红东升',人家那乌鸡、那生态园做得多大呢!一年产值几千万,电视报纸就没断了报道!离咱这儿都没十里地,人家能做到,咱凭什么就不行?"

众人正自后悔,说咱们守了一辈子地,怎么就没把心思多往地上放放呢?听李明书这么一说,顿了片刻,问李明书,你也想像那样搞公司吗?

李明书说:"我也就是举个例子,那投资太大了,咱先小打小闹,慢慢来。"

众人哦了一声,不再多问。一直在旁边笑眯眯看着李明书,不多言声的郑支书倒是忽然提起了兴致,说:"资金还不是小事,有你叔,银行贷点不就得了?"

李明书觉得自己又不是要打擦边球,也没打算沾什么不该沾的光,就不想让人总是提他叔叔,也就只好违心地让叔叔变成了"表叔",还有些远房。郑支书脸上有些显现原来如此,不过稍一暗淡马上又觉得无所谓,说:"表叔也是叔啊,就打声招呼的事。你又不是乱搞,这是大项目,符合国家政策,不会让他作难,你试试,肯定管用!"

李明书打了两声哈哈,敷衍过去。

众人不管他们两个谈什么大项目,快到饭点了,各自家长里短地互相聊着,慢慢散去。

3月12日　星期天　阴

这两天把粟源跑了个遍,才发现想当然大概是我们最容易犯的一个错误了。

这是乡里经济倒数第三差的一个村子,来之前一直认为他们肯定农业基础薄弱,品种单一靠天吃饭。看过才知道,小河绕村溪流下山,村里一半多是水浇地,水渠水泵齐全。除了大型机械,各种农机设备虽不敢谈齐备，但邻里们互相拆借一下，用的时候也绝对说不上缺乏。除了粮食作物，一些寻常能想象到的东西他们几乎都种过。

其中以果树和蔬菜效益最好，种果树的任希安一家也是村里唯一一户从没人出去打工的人家。他家承包了二十多亩土地，主要种植苹果和桃子，这两年行情好，一年收入十万左右，平均一亩几千元。这对一般种植而言，几乎已经是相当高了。但他这种模式是无法推广的，对农业来说面积往往决定一切，村里已经没有多余的土地可以承包了。何况即便有地，没有一定的经济基础也是不行的。十年树木，在果树进入盛果期之前，完全是投入，没有任何收益。任希安家以前也算殷实，可经营果园之后不久，就开始领取低保，直到三年前孩子上学都还需要向邻里借款。虽说农民没有吃不了的苦，苦也几乎不在他们的考虑范围之内，可让全家人这样熬上几年，然后到时市场还不知道会不会波动，能下这个决心的人就不多了。

如果单计算亩收益，蔬菜在行情好的时候，比果树要高。但同果树一样，在农业里都属于机械化程度最低的，而且种菜需要的人力更多，其中采摘打芽整枝一类完全依赖手工。任希安一家人可以勉强维持果园的经营，但以现在的条件，要是种些收益高的，比如西红柿黄瓜，一家人却是很难管理二十多亩菜园的。任村长曾经是村里最早种菜的几户，据他讲，忙的时候，干完活儿回家，睡觉脱衣服的劲都没有。蔬菜也是行情波动最剧烈的农产品，可能今年火爆，明年就让你连成本也收不回来，利润主要让二道贩子和销售方赚了。任村长出去打工之前，把他投资好几万建的几座大棚拆了个干干净净，用他的话说，一点也不后悔！

养殖方面，粟源的历史甚至更丰富。这里离城虽远，却也不是闭塞的山区，在当年各种致富信息满天飞的时代，也不例外。从早期的土鳖蝎子蜈蚣，到后来的海狸鼠荷兰猪鸽子蜗牛，村里都有人尝试。

没有人愿意安于贫困，这是好事，但对横行无忌而又基本没听说过被惩罚的骗子同样也是好事。这些人高价卖完种，失踪得比流星还要快，结果就是村里再也没人敢尝试任何新鲜的东西。村里还曾经有过千只以上的鸡场和百头左右的猪场，但近些年即便不计算猪瘟禽流感造成的损失，这些传统养殖也一直挣扎在盈亏平衡线上，常常是赚半年亏半年。养殖就是这样，没有规模，很难抗衡市场的风险。可农民想发展起规模，谈何容易，也就慢慢凋谢殆尽。现在，村里除了几户顺手养些兔子换点油盐之外，就只剩两位已近夕阳的老人在放两群羊了。野草有限，每群只能维持在二三十只。温饱倒是无虞，不过也就仅限于此。但两位老人却已经很满足。农村老人想有收入不易，既能补贴家用不给儿女添负担，又能跟相处了几十年的老伙伴背着手到处走走看看，走累了就席地下下棋聊聊天，用老人的话说，天底下再没有比这更好的生活了。

其实，想想也对，本身不是农民，然后觉得农民种地无方，确实有点幽默。可见需要反省一下自己了，任何事情都不会只有想象的那样简单，就当这也是一种成长吧！总之，想在农业上做出事业来，看来得更加下一番功夫！

村子为什么叫这个名字，粟源人自己也说不清楚，只知道村子挺老的，没有湮灭在口传耳受中的逸闻逸事就已经能够追溯几百年。李明书觉得肯定与"粟"是有些关系的，听大家也说他们老辈子就种谷子了，打出来的小米裹了金一样黄，熬出来放凉了跟凉粉一样一块一块的，远近有名。粟源的水土养谷子，同样的种子放到别的地方就大不如此。只是这些年大家都是只种一点，够自己吃。大社叔给了李明书一包，让他尝尝。一熬，确实不一般，都不合适叫米汤了，下了没多少就跟粥一般，喝起来感觉像加了藕粉一样爽滑。相比之下，以前在超市买的那些，包装天花乱坠，有机啦绿色啦，这个牌子那个产地的，什么皇帝太后都喝过，结果煮出来清汤寡水，不知道的还以为你水没烧开。

这让李明书决定了自己的第一个项目。其实之前他倒是想过尝试一些国外引进的新品种。新鲜等于商机，就比如同样的葡萄，国外引进个厚皮的，改叫"提子"，就让多少人大发了一笔。不过，所谓新品种，最大的利润基本只在那个"种"上。如果没有能力做第一手去国外亲自引进，等别人种植成功推广开来，卖种卖到你这里，就不知道是第几手也不知道有多少人在参与了。等种出来完全看运气，也许没几年就成了满大街的大路货。这是做农业新品种经常遇到的，算上前期投入与你所承担的风险，常常都不如一些传统品种效益好。村里人更是早被那些"致富新项目"吓怕，顾虑很大。谷子的好处不只是大家种惯了，它当年种当年收，马上能见效，更容易说服大家。

谷子可以夏种，但以春播为好，跟小麦有所冲突。不过去年村里人打工的一个工程队赶工期，很多人没来得及回来，又赶上天旱，村里老人妇女们累死累活，也只在临河的一些地块种上了麦子。所以现在倒是不用担心这个问题。只是，小米眼下价钱虽说不错，可产量不高，算下来不一定比其他作物划算。至于李明书说的有机种植，大家倒是知道这类东西卖得贼贵，翻几番也有可能，可谁也不知道有机具体是个什么概念，不免信心不足。虽然听着李明书和郑支书的鼓动不错，但具体涉及要让自己干，也不能不考虑考虑。好在农民做事，主要看人。一段时间观察下来，大家都觉得李明书这小伙子挺实诚，应该支持。加之都传说有机种植不施化肥不打农药，干不好至多是费点工扔把种子，也就决定陪李明书试一试，反正土地也不再是村里的主要经济支柱。其实大家不知道的是，有机农业也是可以按规定施用一些人工肥料与农药的，只不过不是传统的化工产品而已，特点据说就一个字,贵。幸而谷子的病虫害不是很多。

这些年大家种地热情不高,化肥农药的施用早已不如以前那样频繁,李明书觉得把这些地改造成有机农田困难不大。他计划先认证成比较低端的绿色食品,等过几年土壤里残余的化学物质自然消耗,再申请认证有机食品。想不到一化验他取的几十个土样,倒先有一多半重金属超标。李明书奇怪这里离市区工厂那么远,怎么可能也被污染?村里人更想不明白,一辈子也没跟什么重金属打过交道啊,不免有人疑心莫非是拖拉机耕田时掉的铁锈太多?

后来发现超标的都是河滩的水浇田,大家才怀疑到了河水,早听说上游山里有什么矿,却料不到隔这么几十里地也能流毒于此。

不管怎么样,水肥最好的这么一大块田地算是废掉了。想改造,需要大笔的时间与金钱,李明书正好都没有。

在旱田上种,困难就大很多了。

这里说点题外的。李明书聊天谈起绿色食品,曾经说全国都不用农药化肥才好。结果村里连老人们都摇头,说给那些有钱的弄一小块地卖卖贵还可以,都弄肯定不行。李明书说,怎么不行,这几千年还不都是这么过来的吗?

不提老人,就是村里年轻人也都知道以前不用化肥农药的东西好吃,可现在是地少人多,不用这些乱七八糟的东西,产量根本上不去,大家都觉得往少说也得有三四成的人饿肚子。

李明书毫不认同,认为这其实只是一种恶性循环,不用了,慢慢恢复过来,不会太影响产量。何况,即便饿肚子,也比吃这些东西强。

不过,不管认不认同,庄稼最重要的是两点——水、肥,这是常识。旱田产量低,有点肥料也都施在了水浇地,基础是非常差的。这还在其次,关键是水,没水有什么也没用。李明书原先是琢磨怎么想个办法把下边的水引上来,现在才知道河水不能用。农业别看二十一世纪了,很多时候依旧还是得靠天吃饭,可如今黄土高原的天十年九旱已经是跟你很客气了。大社叔说,赶上不好的年景,能把种子收回来就算运气。好在,这里还不算正式的山区,打井倒还是有希望的。不过,以地势和现在的地下水位而论,一百米深也未必能出水,这可不是花三万两万的事情。

汪书记知道了,倒是答应帮忙。不过,不是钱上的忙。有人说现在地方上很多都是吃财政饭,其实有些地方真能做到吃财政饭也已经是很大的成绩了。李明书上了这几个月的班,早听说不少不在编的半年都没拿工资了。汪书记的意思是说上边如果有什么抗旱水利方面的专项资金,他一定给粟源倾斜一点。不过,这得建立在遇到大旱或别的什么因素的基础上,基本是看运气了。此外,是可以帮李明书贷款。有大学生创业、大学生村官支援贫困农村这一类名头,汪书记再跟银行打个招呼,贷款应该问题不大,更不用提还有他叔叔了。可谁背这笔贷款呢?

李明书计划的经营模式是农户种植,他组织销售,大家平摊种植销售等环节的费用,然后从利润里拿出一部分作为他的薪酬。当然,前期创业阶段没有多少利润,他不拿或者少拿,到成功了,则多拿一点,反正有点经纪人的感觉。从这个模式来讲,还是某种集体经济。可让村里贷这笔款是不可能的,村集体二十多年前的贷款现在都还不上呢。为这么个还看不到效益的项目贷款,即便是汪书记让郑支书点头,村里人也不会同意冒这个风险。

只能是用自己的名义贷。家里本来就对他放着机关里舒舒服服的工作不干却跑到这个穷乡僻壤当泥腿子不满,老爹老妈天天唠叨,要是知道还得往里搭,自己以后的日子还不知道怎么过呢。

村里人不愿意村里贷款,但也觉得很对不住李明书,都说等以后卖了米优先还井钱,甚至多给点,不能让人家白垫。

李明书倒没想什么白不白垫，毕竟是你自己说要帮大家，来鼓动大家种的。好在离谷雨播种还有一段时间，到时候再决定。万一今年风调雨顺呢？能熬到明年有了效益，就好办了。

另外一个项目，就是乌鸡。这个李明书倒不打算直接参与，他只是想联系"红东升"公司，给他们和粟源牵个线。搞这些非传统项目，最大的问题就是销路，农民吃亏也往往在这上边，常常是信誓旦旦承诺回购包销，然后突然就消失得无影无踪，所以大家不敢轻易接触。好不容易碰到本乡本土有这么大一个公司，当然不能放过这个机会了。

农村院子都很大，剩菜剩饭秕谷杂粮又多，不养也是浪费。乌鸡跟鸡差不了多少，每家弄上几十只，老婆儿老太太顺手都能伺候过来。虽说不能指望靠这个致富，不过赚点柴米油盐不成问题，捎带脚的事儿。当然，万一要是谈得好，"红东升"愿意在这儿设个养殖分场，那就更好了。李明书以前路过"红东升"的养殖场，看到规模不大，应该是不能完全满足他们需求的。农户散养，既不用饲料又不乱喂药，长得慢活动量大，品质也是大规模集中养殖不能比的。对"红东升"而言百利无害，可以说是双赢。

"红东升"这两年是越发展越大，几乎整个成了一个大工地，满是工人卡车和脚手架。五六栋大楼已经初具规模，十几层了，也不知道最后要建多高。旁边的生态园，李明书以前跟朋友聚会在那儿吃过饭，里边草坪铺地奇花异草环绕，热带的棕榈树都有，能烧烤能野餐，就真跟待在大自然里一样，据说投资上千万。现在挖掘机铲车正忙着拆除，遍地残枝败叶和瓦砾。一打听，才知道是嫌原来的规模太小，要配合县里在附近修建生态公园的计划，重建一个省内最大的生态园。附近的地都已经平整了出来，远处也有几台推土机正突突着黑烟在麦田里一拱一拱地作业。

李明书没进办公楼，先把各处跑了个遍，打听"红东升"又准备上什么新农业项目，还照了很多相片，准备回去给乡亲们看看人家是怎么做的。工地上保安很多，看他这么个闲人，当然要管一管了，拦下来也不多废话，反正就是让立刻删掉照片离开。李明书说自己是找赵总谈合作也不行，来了五六个人，明显已经预备要"帮他走了"。好在，公司的林副总听到消息赶过来，喝住了保安，看李明书半框眼镜衬衣球鞋素雅干净，拿着相机，一副刚走出学校的样子。林副总先上来老朋友一般热烈握手，说这些保安就是死脑筋，不过他们也是为你好，工地乱七八糟的，怕出个事故伤着你。客客气气解释了半天，然后问李明书："怎么，今天这是没事儿，写点东西？"

李明书也没听太明白，说明了来意。这位副总放松下来哈哈笑笑，依旧那么客气，说公司现在自产自销已经足够，没有跟外界合作的计划。李明书知道自己这么冒打冒撞，别人不会随便信任，也只好抬出汪书记。说自己是大学生村官，以前在乡里，现在到了粟源村，汪书记非常支持，经常说"红东升"是乡里的名牌企业，全县都数一数二，发展势头迅猛，让自己多学习学习你们的经验。毕竟汪书记没有真的介绍推荐，李明书也只能是这么吹捧一番，不敢撒谎，不过最后怎么听怎么都有汪书记特地介绍双方合作的意思，反正他自己说得是面红耳赤。

"哦，老汪让你来的啊？"林副总神情上明显像是亲近了许多，又问，"老汪跟你说找咱们公司合作乌鸡的事？"

李明书含糊地应了一下。

不过，林副总看了一眼身边的秘书，还是说公司从不跟外界合作，因为公司对质量是有严格要求的，那些农民不可能养出符合标准的乌鸡。当然，乌鸡市场前景还是非常好的，如果农民们非要养，公司倒是可以优惠提供种蛋，农民们自产自销。

乌鸡终究是个小众市场，农民自己销售，天天赶大集也卖不了几只啊,何况谁家又有空儿天天赶集。大城市也许需求大,可粟源的养殖规模肯定大不了,弄个专人去外地跑销售明显划不来。李明书只好一遍又一遍地跟林副总解释农户散养的好处,说现在大家就追求那么一个绿色一个返璞归真,以后罐头商标上写明是农户散养,肯定比现在更受欢迎。林副总也许从不参与养殖,说我们的早就是绿色产品了,证书一大堆,农民胡乱垒个鸡窝,怎么可能比规模化工厂化的东西好?反正是一句也听不进去。李明书没办法,委婉地说想见见赵总。

林副总说:"赵总每天忙得我都见不了几面,谈的都是大项目,哪有空儿操心这种小事。乌鸡现在就是我负责,你……"

正说着,秘书去远处打了个电话,又返了回来,在林副总耳边说了几句。林副总立时说:"明书兄弟,你来得太巧了!刚才问了一下,赵总刚好在办公室,走走,咱们好好聊聊!"说着就真如亲兄弟一般搂住了李明书的肩膀,让秘书赶紧去收拾好会客室,说现在能有李明书这样的村官真是不容易啊,肯定有前途!公司也是热心公益事业的,能帮上忙一定尽力支持!

在会客室没等几分钟,赵总就过来了。他和其他人不一样,公司上下包括林副总都穿得很随便,板寸光头的。他西装革履一丝不苟,斯斯文文,口袋里还插着钢笔,上来握着手就说:"早听老汪逢人就说乡里出了一个有为青年,我说能让老汪那家伙这么夸,肯定不一般!一直想着咱什么时候约出来吃个饭聊聊,想不到你倒找上门来了!那我就不客气了,中午不能走,我请客!别……别……别跟我见外,生态园拆了,咱公司城里还有酒店,自己吃自己的,行了,你别管了!我听小刘说你是想跟咱们合作做生意,太荣幸了,蓬荜生辉啊!"

李明书没想到人家这么大一个老总跟自己这么客气,意外之中信心陡增,把自己的想法说了。赵总一听是这么回事,不觉沉吟片刻,不过脸上倒是没表现什么,说:"兄弟,你还跟老哥这么客气干什么?

什么我帮你,合作对咱都有好处嘛,这也是帮我啊!你说得对,散养的肯定品质好,连我也是外边找散养的吃。现在是没地皮啊,有地我都想把公司的鸡搞个散养。不过,这个,乌鸡……现在国际国内经济形势不好,出口内销都比较困难,你搞乌鸡是赚不了钱的。你看,连我们公司也都在转型嘛!当然……当然,农业是我们公司根本,我们还是继续做农业。你现在在哪儿?……哦,粟源!这个粟源,太偏僻了,那儿能有什么前途?这么着吧,我跟老汪打个招呼,你调小店庄来,然后进咱们公司,先凑合干个部门经理,让大林子带你几天,等熟悉业务了再升副总!咱们公司,现在就缺像你这样的人才!"

李明书如入雾都,紧着解释自己是一心扎在农业,不然也不会从乡里出来。赵总说:"这不一样吗?咱们公司就是做农业的啊,种植养殖深加工高端保健品,咱们都有!你说,你想做哪个方面?没有的话,咱们可以立刻立项!我现在正准备上一个枸杞胶囊的项目,纳米技术,绝对高科技,你来!你那么好的大学毕业,钻山里这些小村子,太浪费人才了!"

后来,见实在说不动,赵总也只好不再勉强,玩笑般说:"其实,我就知道你不会来,老弟志向远大,咱们公司确实太小,庙小不容真佛啊……"

李明书忙摆手:"您千万别这么说,'红东升'一直是我心里的榜样,我就是因为这个才下决心到农村的!"这个也是实话。

赵总很高兴:"老弟太看得起咱们公司了,不过也不是我吹,论农业产业化,全县全市我还真不尿谁!我刚又上了几个新项目——只可惜现在经济形势不好,资金链有点紧张,要是资金充裕,过几年上市都没问题!你想做你的事业,我也不强求,不过你不来,投点资也是一样的嘛!咱们'红东升'这发展势头你还不放心?"

"我就一刚毕业的学生,哪儿来的钱投资啊?"

"放心,投资又不一定非用钱,放心!只要你愿意,股份给你留着!你跟咱叔一起来投,放心放心!我赵东升这些年别的没有,义气信用,这圈子都是知道的!咱叔肯定也听说过,你跟他老人家提一提,没问题的!咱叔曾经在会上表扬过咱们'红东升'为全县农业转型做出的贡献,我早想见咱叔一面好好感谢感谢他了!"

旁边陪坐的林副总刘秘书一帮人也是齐上阵,旁敲侧击助攻附和点烟递茶,基本上李明书不答应回去跟他叔叔谈谈见面的事就过不了这关。之后,赵总当场拍板,决定免费给粟源提供种蛋,养出来的乌鸡也全部包收。这回轮到李明书百般推脱了,说这完全是自己一时心血来潮异想天开的主意,并没有跟村里人提过,也不知道他们想不想养、养不养得了,等回去跟他们商量商量再决定。

随后,立刻就要安排吃饭。在场诸位都是场面上的老手,这就不是李明书能随便推脱的了。直到后来扯谎说叔叔家表哥今天要过生日,众人才不再坚持,赵总说:"哦,这个要紧、这个要紧!以后咱们有的是机会!"之后率众人远远把李明书相送到了大门外,又硬塞了一大箱真空包装的扒乌鸡,说是让带给叔叔尝尝。

李明书有些不死心,出来之后又悄悄去乌鸡养殖加工区看了看。那里原先不大,现在正扩建,面积相比以前十倍有余,虽然还没有建设厂房一类建筑,但地面早已平整完毕,铺满了草坪,围墙栏杆金光闪闪,造型新颖,似是专门设计。老厂区更是比新闻镜头里看着还要堂皇富丽,处处鲜花点缀碎石墁地,连鸡舍都是欧式风格。不说明白,你根本想不到这里只是一个养殖场。反正是一点也看不出来赵总所说的市场形势不好,经营困难。

李明书初中有同学在小店庄,就去坐了坐。才知道这个公司在周边村子是相当知名的,怨不得当初粟源的乡亲们听他夸"红东升"神情都怪怪的。听同学说,这个赵总以前就是个小混混,还是混得不怎么样的小混混，要不是有个好亲戚帮他搭上了上边的一个头头贷到了款，他屁都不是。弄乌鸡不过是因为戴个"农"字的帽子方便银行放贷而已，他既不会经营也根本不经营，销路什么的基本不考虑，生产的乌鸡大部分都送方方面面那些王八蛋了——李明书不好意思空手上门，本来想送几包乌鸡给同学，听了这个吓得不敢再往外拿，好在赵总送东西经验足足，箱子裹得严严实实一丝不露，看不穿——实际上人家也从来没打算靠这些赚钱，看看他那厂子就知道，鸡窝弄得跟别墅一样，真正的生意人谁会那么败家？他就是为了上新闻上电视。连他公司里的员工跟别人都说，他们赵总的经营策略就是贷款，然后再贷款，直到贷不下。据说此人护照随时随地贴身携带，说走立刻就能出国。可惜，时来运转，县里开发到了这里，人家马上转行做房地产，一下就翻了身。那些建厂的地皮本来是每年每亩一千块钱从小店庄租的，村里人见盖了楼，去县里一问才知道原来人家早把手续走通，产权成了人家的。结果不闹还好，一闹，连那一千也不给了。眼下全村的地都已经让"租"了去，村里好几个人现在还在医院里住着。

4月15日　星期五　多云

今天跟大高聊了聊，才知道他毕业让家里逼着也考了村官。那个乡出过名，他现在每天就是在电脑前头看看信息评评论。用他的话说，比我这样不开化的轻松多了。反正，他是反对我现在做的这一切，说凡事不要当真，当真你会很惨。

他是农村出来的，记得大一刚入学，就说毕业之后要回家乡创业。之所以找他聊，就是因为觉得我们有些志同道合，想听听他的建议。想不到，时间真是一位威力无穷的魔术师啊！

其实，他倒不是说农业没希望，他和我差不多，都认为在未来有钱人越来越多的情况下，农业，特别是这种挂着安全招牌的有机农业大有可为。所以,他也觉得我的想法可行。可是,现在做农业的公司,除过我已经见识过的那种挂羊头卖狗肉的,无外乎两种做法,一种是以市场价格——至多是稍高一点的价格收购农民的农产品,然后自己深加工;一种是土地流转,占有大量土地,自己生产加工。至于流转的价格,所谓高与低,不过只是每亩一年几百块钱的差别。反正不管是哪种,对农民而言,以现在的人均耕地面积,肯定都达不到我所希望的那种大家富裕的标准。

反正,他的意思就是,人性不是不可以残留,但狼性必须足。他认定如果我非不走那两种道路,注定一败涂地!不想吃别人的肉,有时候往往连草都吃不成。所以我要是不想把这当生意来做,倒不如想办法联系些职业培训,让村民平平稳稳走出这片封闭的土地,才是真的帮他们。

总之,他认为农民的希望就是不再是农民,农业的希望则在大农场。继续那样一人几亩地,农民与农业只能是继续挣扎在温饱线上。还不如让土地成为农民自己可以自由处置的财产,也方便他们有一份进城的资本。只是,这就不仅仅是经济的问题了。所以,最好还是别蹚这趟浑水。

大高一向是天下乌鸦一般黑。当然,天下乌鸦也确实是一般黑,可是,天下却并不都是乌鸦。

不过,大高的一些话也许是对的。我的心当初似乎的确飞得有些高了,那个让全村打工者都回家的目标或许真的有些不现实。但是,村里还有那么多老人妇孺,还有那么多没出去的人,难道就不能让他们不再是家庭累赘与附庸吗?他们也有自己的一份心与力,应该让他们更好地为家庭为社会为这个世界发挥自己那份能力!哪怕略显微薄!

总之,我不相信在我不把自己的利益放在前边的情况下,我不能带给大家一份温饱之上的生活与尊严！

老天爷还算大方，如油的春雨今年例外地下了一个透，播种不成问题，李明书总算放下了心，这些天一直忙着张罗肥料。

他家以前住平房，最麻烦的就是厕所，环卫上一般只考虑小区机关一类的地方，这里基本不管，只能靠郊区的人用改装的农用三轮车，半夜偷偷混进城来拉。愿意干这行的人少，能联系上、又能及时赶过来，你基本上都会有一种春运时买到了火车票的心情，所以害得一家人平时是尽量蹭附近商场的厕所。据说干这个除了脏累点，其实很赚钱，一没竞争，二还能堪比当年的移动通信"双向收费"——厕所那家之外，往谁家地里倒，也要小收一笔。只是，这些年早已过了那个上学都经常要以上交农家肥为任务的时代，农业凋敝，一听还要收钱，就没几个人愿意要了。可谁也不想白给别人好处，结果近几年，找地方排放就成了这行比较头疼的一件事。

李明书萌生做有机农业这个想法，最初就是因为听说了这个受得启发。这种肥在有机农业中除了叶类块茎类作物，都可以直接施用。城里城中村棚户区又多，资源也不成问题。跟这些私营环卫人士一联系，他们更求之不得。不过，费用却不能优惠，因为粪源路远，还稍微高一点。即便如此，细算下来，也比化肥的费效比要高很多。

只是，所谓费效比首先需要有的比。大家对旱田普遍期望不高，化肥什么的儿乎早成了老皇历，这次也不例外。不少人觉得就那样种算了，也未必能少产多少。李明书有些着急，挨家挨户地跑，跟这些种了几十年地的资深农民解释肥料的重要性，到最后才明白深层次的问题其实还是钱。别看只是百八十块，可在农村，不少人连学费这样的急务都常常要找邻里朋友拆借。这往往倒不是真的困难到这种程度，是农村手里闲钱富裕的人不多。有了钱，大家基本都存信用社，而那点菲薄的储蓄，就像某种支柱一样，不遇万不得已的大事是绝不会随便拿出来的。李明书没有想到农村情况已经至此，唏嘘之余，决定先帮一时拿不出的垫上，好在也就几千块。

只是，这反倒让不少人很为难，人家本来打算不施肥的，虽说你愿意垫，可终究得还啊。何况给自家地里施肥，让别人垫，好说也不好听。结果，那些钱很快大家就都还上了，弄得李明书心里倒很不自在。

不过，村里人大方起来也是很多城里人不易想象的。李明书原本想承包村里一块地，自己也体验体验，一问才知道只剩下了一些边边角角的荒地。也正因为这一问，好多户找上门来要把自己的地让出一部分来给李明书种。都答应的话，当个小地主都没问题了。最后，大家帮李明书挑了最好的一块地，两亩多，由四户交界的每户各出一部分。承包费什么的，谁家也不要，地里有什么活儿还经常不知道是谁就顺带给干了。至于李明书一家子吃的红黄绿豆鸡蛋棒子面一类东西，更是从来没断过，弄得李明书连他父母都挺难为情的。可你才没见过什么叫实诚呢，拿来东西敢不要，嚷嚷得跟要吵架一样，不收下绝对过不了关的。

当然，也差不多是因此，后来入夏连旱二十多天，李明书着急打井时，父母就没怎么反对，还把自己的积蓄拿了出来，没让李明书贷款。

对儿子这个选择，他们当初虽说是极不赞成，却也不好说出什么冠冕堂皇的反对理由，只得听之任之。这基本得感谢计划生育，谁让老两口就这么一个儿子呢。好在不管里子怎么样，这不仅不算不务正业，说出去面子上还很有光，比起有些老同事的那些混账孩子强多了。老两口觉得无论最后能不能成，至少是好事，让李明书这样历练历练也好。后来，自然也就慢慢支持了。其实他们年轻时也是农村出来的，几十年没摸锄头，虽然嘴里不断以农活儿的辛苦来告诫李明书，可儿子突然有了地，也不免怀旧，时常过来翻地除草，跟村里的大爷大妈们唠唠家常。

　　李明书这半年几乎全扑在了地里。亲手把那一粒粒小到微不足道的种子，一行行播进潮松黄褐发着鲜腥味道的泥土。看着它们萌发出茸茸一片苍翠，严严密密用绿色去浸染四围沟沟壑壑里的一切，再也不容许那一地颓唐的黄褐显露一丝一毫。窄窄长长的一缕细叶，又窄窄长长的一缕细叶，就这样慢慢慢慢地占领着这片天地。相比最初那个原点，现在的它们不知鼓胀了多少倍，李明书觉得这就是生命的奇迹，而他参与到了其中的每个过程。他精心挑选过每一粒种子，锄松每一寸板结，铲除每一株杂草，捕捉每一条青虫。从扶着播种机看着它们融入那一垄垄泥土，到它们黑油油枝繁叶茂孩子一般在你四周齐胸而立，这其中的辛苦是李明书这样在城市那个大温室长大的人之前永远也无法想象的。可当看到那毛茸茸黄澄澄肥头大耳的胖谷穗，一簇簇羞答答沉甸甸地垂在缕缕绿叶之间时，所有艰辛都已然消失在了记忆的笑容里。

9月28日　星期三　晴

　　明天就要开始正式收割了，想想还有点小激动。拍了一些照片发在微博上，有一张居然被人以为是松鼠。其实确实像是一地的松鼠尾巴，那份毛茸茸捋在手里痒痒的，不是亲手种出来，绝对不会体会到其中那别样的感觉，一切所谓的萌宠都不如它们可爱。所以，忽然又有一种可惜，真想让它们在地里再多待儿天。

　　收获之前的这些天，几乎什么事都没有，也不用操心草、也不用操心虫子、也不用操心水，忙忙碌碌了这么多天，突然如此清闲，还真有点不适应。

　　这就是农民的生活。忙起来那是真忙，就不说抢收抢种这些，仅平时，比如下个雨，你敢不及时，土壤就可能板结，野草就可能泛滥得不可收拾。而且往往还是天气越毒越忙，越是别人躲在空调房里发段子说什么自己跟烤肉的区别只是一撮孜然的时候，你越是得顶着大太阳享受自然桑拿。大家都说农民辛苦，只不过是嘴上的一种概念，真正去大田里干几天农活，才会真正体会这句话背后那份难以用语言表达的辛苦。反正我算是知道了，原来皮真的可以被晒脱、非洲兄弟也真的可以后天制造！幸亏是个大老爷们，要是姑娘绝对不敢这么拼。不过，不知道算不算同时也脱去了某种稚嫩呢？

可是，闲的时候那也是真闲。你心急火燎忙完，往往后边十天半个月就无所事事，加上整个冬天，一年里其实没几个月真正有活儿干，能闲的你没抓没落地心慌。很多人向往农村生活大概就是因此，觉得比起城市那种节奏安逸到家了。可这种安逸是需要你有那种能够后顾无忧、能够松心敞怀躺在火炕上跷二郎腿品茶的资本——具体也就是腰里揣着足够的钞票——才有资格去体会的。真正的农民没有、也不敢有这种情调，他们如果无事可干，那种"心慌"绝对不是什么修辞方式能表达出来的。

我就想，如果我们的产业不再那样集中，从东到西，每个县乡都有一些企业。农民农闲进工厂上班，农忙再放假回到村里，多么美好！这大概是我们这个国家目前阶段最理想的一种状态。

大高又是我的反对者，跟我辩了一大堆经济规律之类的东西，我算是明白经济学家为什么总那么容易挨骂了，他们太现实。大高的意思就是，农民与工人，一个人不可以分饰两个角色，不然总会出问题，总会顾此失彼。

好，现在轮到我现实一把了。现实就是，农民现在就是在不可避免分饰着两个角色，未来……至少短期之内解决这个问题的经济政治阻力几乎是无法克服的。挖苦一句，你大高不也是分饰着两个角色吗？我们目前能做的，恐怕只能是在这个现实的大前提下，怎样想办法帮助这些金字塔最基层的人们了!

以农村能够得到的教育资源,以及机遇人脉等等情况,大多数人单靠自己奋斗,几乎注定没有鲤鱼跳龙门的意外,只能永远徘徊在这个基层。可是他们不靠自己又能靠谁?农村永远没有城市重要,资源又肯定是有限的,而农村这个摊子又太大,只八亿这一个分母就足以让一切淡薄得烟消云散。

这或许也就是越是类似他们这样的人越是企盼一个好的领头羊的原因吧?这也基本是为什么很多人感觉我们是一个绵羊的国度,有着各种各样"强人"情结的原因。所以我就希望,大家在感慨感叹并鄙夷这些的时候,能够设身处地考虑考虑以他们那样的一份生存空间,又能怎么样?想想是不是因为自己可以翱翔的天空太辽阔?

概念上,"领头羊"差不多就是村干部的代名词。提到他们,恐怕很多人心里都脱不了粗鄙贪婪这个印象。其实为这个职位抢破头的,只是那些有厂矿或者近郊有征地有拆迁的地方。像粟源这样的,极端的时候甚至需要乡里动员人来当村长。当然,最后当上村干部的,终究也不会是在村里太平庸的人物。可即便他们是农村的"精英",也依旧是农民。就像任村长,什么活儿都会干,脑子也灵活,高中毕业,公认的"能人儿",结果不是自己也出去打工了吗?毕竟在眼下这方红尘中能游刃有余的终究是少数,而自己成功又有能力带动其他人的,更是少数中的少数。何况,还需要他们愿意去带动。

郑支书是村里唯一被大家认可有本事的人,他很早就把自己全家都移到了县城,做些小生意。虽说在县城也算不了什么,不过人脉见识方面终究是村里大家比不了的。所以聊天时难免嘴里就有些风大,我常常顺势说你为什么不利用你这些朋友、关系帮帮大家呢?村里人有什么能力特点,你都清楚,自己人帮自己人,总比我们这些摸不清状况的外人要强很多。可是他每次都很干脆,说这些人不值得帮,你时间长了就知道了。我一直想不明白他这是为什么,怕别人比他富裕?以他现在的情况,村里不管谁奋斗很多年恐怕也很难赶上。跟大家有矛盾?没听有人说起过啊,见了面大家该说说该笑笑,嘻嘻哈哈比他跟城里那些街坊亲切多了。何况,有矛盾也不可能跟所有人都有。我问他,他不说。其实,恐怕他自己也说不清楚。这或许就是某一种藏在心海深处,说出来自己都会立刻否认的心理状态。

　　写了这么多,并不是想说自己的行为好像有多高尚,我也有自己的考虑,做不到无私。况且,除了现在做的这些近乎表面的东西,我自己也根本想不出什么能从更深层次上帮他们的办法。

　　当初把播种除草间苗这些活儿忙完,稍微清闲一点,李明书就已经琢磨销售问题了,第一步先注册了一个"粟源"的商标,准备从一开始就先做好品牌。

　　虽然现在一切都是按标准来种植,粟源这些年也很少用化肥农药,几乎已经接近绿色食品了,但没有认证,李明书不打算去蒙人。不过,如果销售的话,还是得按有机食品来卖,至少价格得这样定。你想打出自己的品牌,就需要对自己的商品有一个准确的定位,是高端从一开始就一切都得高端。质量一流包装一流,价格同样不能二流,不然消费者看到你和那些普通商品一样,从心理上就会给你这样一个定位。然后等你说拿到认证了,想提价,他心理上很难接受。只是,就算换成李明书自己,看到一个新牌子,死贵之外,上边除了"质量优良、口感绵爽"之类什么都没有,也肯定不会买。他想的办法是,在包装上标上有机食品应有的价格,然后说在品牌推广期间优惠,打折打到普通小米的价格。这虽然明显是奸商手段,不过并没有多赚钱,也不至于太心理不安。

　　等工厂加工好第一批包装袋,李明书就开始跑超市。几家超市的人看了李明书拿来的老乡以前种的小米,对品质倒是没什么疑问,不过答复都一样,按普通散装小米收购可以考虑,想包装好做品牌,不行!除非你付进场费端头费堆垛费年节店庆费毛利补偿费……一大堆乱七八糟的费用,至于卖得了卖不了还不管,卖不了你再拉回去。

人家是做生意的,这样做似乎也无可厚非,李明书倒是有心理准备。一个新品牌,肯定不会那么容易就被市场接受。他找超市只是一种试探,真正的计划是走草根路线,比如发小广告,或者像有些卖放心奶的人直接拉着牛现场挤奶那样,现场试熬试喝。打开局面之后,才进超市,然后先在县城站稳脚跟,等有了一定的资本,再砸钱往外县外市一步步推广。

李明书把自己地里种出来的新米给汪书记送了一些,没别的意思,就是觉得汪书记这人对自己不错。汪书记很高兴,说好喝之外,最关键是这"放心"二字。可惜现在查得严,不然粟源那点米,跟周边乡镇打个招呼,一个国庆一个元旦就全包了。

郑支书做生意多年,他对李明书这个策略一点都不赞成,说咱们老老实实种的,问心无愧,包装上印个绿色印个有机怕什么?又没人查!不够标准?你以为那些上边花花绿绿大吹大擂的就够标准了?里边还不知道是什么呢,未必比咱们强。

汪书记则对郑支书一点也不赞成,批评这是胡说八道,乱搞!怎么就没人查?只是他也觉得李明书的包装不好,小里小气的,应该打个什么名头,说出去也长脸。有机不好说,不过绿色食品好办,省里就能批。他以前在党校学习时认识省绿办的人,去省里跑一趟,吃个饭聊一聊,问题不大。

李明书不觉得能"问题不大",关键也怕真的"问题不大"。他这是为自己着想,真这样,慢慢地谁还相信有机绿色啊?自己做这行儿,以后不是路越走越窄吗?反正不管怎么样,自己挖自己墙脚这事不做。坚持要等达到标准之后，堂堂正正把证书拿下来。

汪书记对李明书能有这样的决心很是赞赏，各角度表扬一番，说以后开会一定要拿这个当例子好好讲一讲。

李明书找人做了一块广告牌子，上书："千万年肥沃富饶的黄土地！千百年传统古老的种植方式！让您在今天也能吃到和千百年前我们祖先同样自然、同样绿色、同样放心、同样滋养、同样古朴的食品！百谷之长，万古流传！"然后印了一批小广告，写明自己的绿色种植方式之外，又把我们栽培、食用谷子的悠久历史，谷子对中华民族的重要性论证一番。买了一辆电动三轮车，拉上锅碗煤气罐和小米就出发了。后来路上见有人打电话，受启发，又做了一面旗子，上书"用小米手机，喝粟源小米！"打算借借人家的名头。另外还在淘宝上开了一个店。

可惜，效果不大，小广告且不说有几个人认真看，先说你一个人一天能发出去几张。现熬试喝除过不敢喝的，倒是都说这米不错，也有人当场买，可县城这么大，一天又能跑几个小区？至多是让大家觉得挺新鲜，说这个卖米的小贩也是蛮拼的。网店更不行，刚开，你又不是什么网络名人，连浏览的都没几个。粟源米的规模又小，也很难找到大电商合作。

村里众人其实更操心此事。他们倒是不担心米砸在自己手里，毕竟和普通小米一个价钱，不过这是打品牌啊，还是给大家打"粟源"这个牌子，这就不一样了。听说李明书一个人不行，呼啦就来了一大帮人，大娘小姑娘都是能说会道的，开了几辆三轮浩荡进城。她们可不像李明书那样见人还得观察半天，琢磨人家会不会接受，管你是谁，碰上就介绍就推销，好几张嘴巴围着，反正是让你不买点都不好意思走，战绩自然是比李明书辉煌多了。广告很快发完，米也卖了大半。

不过，真正的转机还是在最后。太阳一落山，李明书请大家在小摊上吃了饭，准备吃完回村。大家不多进城，都说急什么，回家也没什么事，听说城里夜市不错，干脆逛一逛，顺便也把剩下这些米给打发了。夜市在一个小广场旁边，小摊林立人声嘈杂，最热闹的自然莫过于民族风小苹果包围下的广场舞了。上百人随乐而转，果然声势浩大。农村人不是不喜欢，只是平时没条件。结果，大家的心思慢慢也就不在卖米上了，人越来越稀，都悄悄过去跟着学了。

　　妇女们是最容易聊到一块的了，往往几句话，自己是干什么的、对方是干什么的，甚至家里几口人、吃几碗饭互相就都知道了。结果，李明书还没来得及感叹广场舞的威力，人就又渐渐回来了，还有说有笑带回来不少跳舞的大妈。她们虽然是城里人，不过不比年轻一辈，以前大都跟农村有过交集，有的干脆就是农村出来的，都听说过粟源的米好。不过市场上好些年没有粟源米了，都不大信。她们买东西也是最挑剔的，现熬都不行，还得回自己家里取水，以防你在水里偷偷放碱做手脚。好在李明书最不怕的就是这个了。一熬出来，满场飘香，还真是几十年前的老味道。而她们也最实在，立时就把剩下那点都包了圆。

　　李明书这时才忽然醒悟，这些大妈才真正是厨房当权的一把手后勤部长，以前的工夫就没下对地方。随后，也就专门挑早晨晚上跑那些大广场、小广场、小区的空地。当然，也不免嘀咕，难道自己事业的希望就在广场舞身上了？想不到，还真是这样。因为这些大妈她们不光自己买，喝舒服了，她们还满世界给亲戚朋友老姐妹们介绍，销路一下就给打开了。

　　汪书记一直说李明书这样的典型要是不好好宣传报道，都是违反政策的，等市场销路一见起色，马上联系了省里市里的记者。李明书还什么都不知道，就给堵在了半路上。记者们说这才真实，又是拍照又是摄像，汪书记也对着镜头从中央政策到李明书的精神讲了许多。

以李明书的本意是不想这么张扬的，但他也考虑过适当的时候宣传宣传，起一些广告的作用。他不少同学在媒体工作，这个倒是不愁。不过，他计划的是等以后做出些成绩来再说，没想这么早。现在他觉得自己还什么也没干呢，都不知道该怎么说。汪书记让他放心大胆地讲，不要怕，总之以后这些全部会实现的嘛！弄得李明书每次面对记者都是脸红脖子粗，很腼腆的样子。效果倒是还不错，报纸电视一登一播，虽说看的人不是很多，还是在顾客中传开，大家都很诧异，说原来这小伙子讲的还真是真的啊！李明书随后试着找到一些粮油店，那些老板就热情了很多，都愿意代销，再也不用李明书跟个二道贩子一样骑着三轮钻街绕巷地躲城管了。两家有商业头脑的超市也带着记者主动找过来，说愿意在李明书的创业初期免费让"粟源"小米上架。所有小米不到年底就销售一空。

有了这一年的火爆，第二年很多事情都顺利了许多，再也不用李明书去动员大家种植了，反正是他说怎么干大家就怎么干。要不是他控制得紧，那些河滩地也都种上了。绿色食品认证一步步走程序，有些慢，不过还是在收获之前堂堂正正站着拿到了，大家都等着今年的小米能卖个好价钱。李明书倒也没敢一下提太高，决定先涨个两块钱试试。

可想不到就这两块钱，销量下降了一半都要多。再去广场、再现熬试喝、再发小广告都不再有什么明显的效果。汪书记对上次宣传的影响很满意，又把记者们请了过来。不管李明书情不情愿，这次除了报道他的先进事迹，还以大学生村官帮助农村贫困群众遭遇滞销，来打苦情牌。可惜效果也有限。小县不大，大家倒是都熟悉了这个李明书，有他在现场时，也有不少人买一些，问题就是没几个能坚持成为回头客。

那些以前代销的粮油店，见有包装的小米大家愿意买，卖着也方便，很多都给那些普通散装小米上了小包装，这对粟源米也有不小的冲击。关键让人郁闷的是，人家只模仿了这一点，图案商标什么却没有模仿，有的甚至就是个白袋子，这只能说明你这个牌子还真是没有什么影响力。

李明书开始怀疑是不是自己当初走"大妈"路线这个策略有点问题。大妈们确实是厨房的主力，可是往往都比较节俭，对价格相当敏感。所以，也只好想了一些别的办法，比如做一些几两的小包装，去那些机关啦高档写字楼送给人家试尝。甚至派人带着锅碗去高档饭店酒店，求着人家去给人家的客人提供免费的餐后小米粥。可惜，这些影响的面都太小，人力物力成本又太高，最后一算，得不偿失。

这个中部小县真是太小了！

2月3日　星期天　雾

原本以为年底能有些起色，看来也是痴心。当初收割时还放过大话，要让大家用今年卖米赚的钱好好过个年，也不知道大家心里怎么想。

今天腊月二十三，有大集，这也是最能让人体会什么叫人口大国的地方，笼天罩地的大雾在人们口鼻蒸腾出的缕缕白汽面前都相形见绌。集上商品从某种角度来讲，未必不如沃尔玛家乐福之类琳琅。只是以当下的眼光来看，却无一不面目可疑，因为它们几乎都有一个共同的特点，价格低廉！

村里人对赶集有一种特殊的感情，大家都想来集上试试，言辞之中颇有些死马当活马医的感觉。而结果，也果然不出所料，几乎都已不能用惨淡来形容。我们口干舌燥，可在来来往往的客人眼中，一切都无外乎"忽悠"二字。

而在大高眼中，我也几乎就像一个滑稽演员一样可笑。他觉得真正的问题根本不是卖米,只要走出这个小县,在大城市坚持几年,总会打开销路的。真正的问题是我这个人,是我的思路,他觉得我这样木这样轴的人根本不适合在这个时代做生意。大概是因为我不想采纳他的几个办法吧。比如大力宣传所有小米里本来就有的某种"微量元素",或者私下传播粟源是特供基地。

"什么绿色什么有机,你真以为有人信啊?还你不想挖墙脚,你真以为还有墙脚剩下等你去挖?那一小撮买的,不过是花钱买个心理安慰!你认认真真在这个基础上做做文章,保险比你想着什么堂堂正正要舒服得多!"

这是他的原话,他是嫌我的牛吹得太小了,广告还不够玄虚。要是站在什么高度,随随便便就可以驳得他哑口无言,不过朋友私下之间就不做这种可笑的事了。其实他的话反过来听,也是很有道理的。这个小县确实小,可要是说找不到几个吃得起绿色小米的,你信吗?找不到的只是足够多为心里安慰而消费的人而已。现在,不管怎么做怎么宣传,大家心中都是将信将疑甚至将疑将信的,而你偏偏连话都不敢说得太大,就更让人觉得你不可靠了。

可问题是,每件商品都花里胡哨都天花乱坠,都说着写着绝对健康绝对绿色,大家就真觉得你健康绿色了吗?小到孩子之间玩耍、大到整个社会,信任都是基础,没有这个基础一切必然光怪陆离。

而这一切真正的症结何在?什么是标?什么是本?

对于现在的食品问题,似乎可以总结为:监管不力,道德败坏。于是便有恃无恐,全面崩溃。这的确是现在很多问题的关键。可大家有没有想过,当我们这些普通老百姓面对那些花花绿绿的商品时,看着我们手里同样花花绿绿却菲薄的钞票,也许我们能够在"便宜没好货"的观念下买几次所谓的"高档货",但能长期坚持下来的有几个?特别是对于这一类我们天天需要的日常消费品。可以肯定,百分之九十的消费者最后都会自觉不自觉地选择那些价格低廉的商品。到商家那里，当然是想尽办法降低成本压缩价格。偏偏这时候我们又赶上一个虚设的监管和被摧毁的道德，循环往复，江河日下也就自然而然了。

几乎可以断言，只要我们大多数普通老百姓的非统计局收入与我们这个世界第二经济大国的地位还没有匹配，即便有严刑峻法，食品问题也不会得到根本解决。

李明书整天除过琢磨怎样打入大城市的市场，也就是这么习惯性地务务虚了。总之吧，从学校出来这么多年，他还是有点飘，根本没有意识到销售对他而言其实只是一个不大的问题，或者说只是问题的开始。

苗头从当年春天要下种时就有了。好小米都是春天播种秋天收获，一年只能种这一季。地头上休息时，有人就大概地估算了一下，说要是种小麦，夏天收割了之后还能再种一季玉米大豆什么的。也有人说，其实春天一样能种玉米，种那种一百二十天成熟的，产量高，一亩打一千多斤呢，关键是种玉米这些东西平时不用怎么管理，省事。而现在，小麦玉米价格都不错。

大家跟李明书种这么长时间了，当时只是就这么说说。李明书那时整天忙着跑销售，也没在意这些。

到了这年秋天收获之后，问题终于凸显，很多人都动摇了，想直接种上小麦。水井的贷款还没有还上，可以说还属于李明书个人。有的人就很为难地过来商量，看能不能继续浇地，反正该多少钱就多少钱，如果非不让用，他们倒也不坚持。还有些人干脆不声不响，连商量都没有。李明书当然不会用水井来节制大家，答应不管种什么，水都会让大家用的。只是挨家挨户地去劝，举了很多别的企业发展的例子，说做农业就像地里的庄稼苗一样，不可能立竿见影，得一点一点地长，得坚持，现在仅仅是一时的困难，熬过去很快就能见到曙光。可惜，劝这种东西，往往只能是在左右摇摆时发挥点作用，当心意已决，其结果只能是让对方和自己都很不舒服。当然，相处这么几年，情面还是有的，想改种的也只是改一半，留一半继续种谷子。不过，有一个让李明书感觉很不好的苗头，有几户经济条件好一点的，也不谈什么改不改种，直接把地给了亲戚朋友，让他们去种。

而这一切，都还是在李明书把去年的米卖出去之后发生的。那是一家外省的企业，接了一笔大单，自己的产量不够，又找不到可靠的绿色米源。李明书通过一个同学得到消息，把库存全销了出去。虽然，以后不一定总有这样的机会，李明书因为不能打自己的品牌，也不准备长期合作，可终究是把压手里的货都按绿色食品的价格卖出去了啊！

真正的危机是第二年开春准备下种的时候。一段时间各地都在大建公园绿地，县里一直没重视，直到近两年大矿小矿整合成大集团划归上级主管之后，才忽然发现其中的重要性，既符合经济环境全面发展的精神、又能拉大城市框架增加建设用地可供应面积扩大财源、投资还非常可观，于是立刻拍板上了好几个大型的河道治理工程，争取在几年任期之内建成园林化城市。粟源旁边几个村子都规划其中，雷厉风行征着地的同时就已经开了工。这种工程基本和种地差不多，人力需求非常大。只是层层包下来，一天工资才几十块，根本雇不到外地工人。不过，可能因为某种需要吧，除了有视察参观，活儿都非常轻松。用各工头的话来说，就是"不急、不急！慢慢干，别累着！"常常是三五个人一上午都种不了一棵树。男女老少还不限，六七十岁也可以来，反正是个人头磨一天就算一份工资，皆大欢喜。在家闲着也是闲着，这对周边村子没机会出去打工的人吸引力非常大。两个小小工头来村里走了一圈，粟源一下就跟去了三四十号人，剩下的还为得到消息晚了而懊恼不已。

村里本来打工就没剩多少人，一半多的地就这么给扔下了。今年正是有机认证的关键时刻，地里居然连下种都是问题，李明书只好去劳务市场上先雇人。大家出于千百年来的习惯与本分，倒不想把地撂荒。只是自己给人打着工却又雇人种着地，而且雇的人给人家这几十块钱人家还不干，不免感觉有些滑稽。可农民工基本是没有节假日之类概念的，又不敢请假，只能这样了。倒是没有人说这是李明书的事，不认账，可各家土地的情况不同，给谁家干多了干少了却是一笔糊涂账，难免有些纠纷。后来村里通过各种关系去公园工地的人越来越多，李明书几乎干什么事都得雇人了。

到秋收的时候，李明书算了一笔账，刨去种子肥料等等成本，利润的绝大部分几乎都被用来支付雇人的费用了。他算是明白村里众人为什么总是说，种地不敢算细账了。

"春种一粒粟，秋收万颗子。"说得好像一本万利的样子。其实，种地真正的利润，也就是你付出的那些劳动。雇人这还是集中工作，效率比较高。要是像平时每家每户各干各的，每人按天算几十块钱工资，不要说赚，不赔得血本无归就不错了。也可见为什么良心未泯的诗人，要在后边点明"四海无闲田，农夫犹饿死！"了。这话放在当代，一样贴切。

大家见了李明书，言辞之间都似有闪烁。李明书知道恐怕快有某些状况了。好在今年形势至少对粟源来说不错，东北旱涝交替，谷子减产，小米价格已经翻倍。有机认证检查验收几经周折，也终于要拿到手了。关键是，找到了渠道。李明书这两年没别的事，就是求人了，同学们倒也帮忙，各种信息之中总算是有一条有用的。邻省有人开了一家专门的粮食超市，目标是把全国各种品牌的主粮和五谷杂粮都网罗其中，形成规模优势，现在已经开了十来家分店，计划是几年之内覆盖周边各省的主要城市。他们现在也是创业初期，所以进入的门槛很低，并不排斥"粟源"这样没有影响力的品牌。虽然同样是因为创业初期，他们的经营同样有些惨淡，能不能实现扩张的目标尚未可知，但这总是一个机会。商业讲究渠道为王，有这样一个渠道，不管大小吧，总比你连市场的门都摸不到要强很多。现在仅小米已经有二十来个品牌跟人家合作了，竞争是有点激烈，不过李明书自信以粟源小米的品质是不怕竞争的。

他觉得凭这些至少能劝大家再坚持两年。大家见到他，依旧还是那样热情，听说销路可能打开，也都很高兴，可到此之后，就很难再深入下去，话题总是慢慢被岔开。

李明书疑心大家还是想种麦子，这不奇怪，经济规律就是经济规律。他自己也曾经算过账，只要能浇上水，在真能按有机食品的价格卖出去之前，不管是人力还是收益，种小麦玉米真的比种谷子划算。

大社叔本来是李明书最坚定的支持者，可这天也犹犹豫豫找了过来，东拉西扯地聊着家常。李明书不想让他为难，干脆自己挑明："叔，你是不是也想种麦呢？"

大社叔明显轻松了许多，不过摇头："不是！村里是有不少人想种麦，图省事儿，让我劝住不少。其实大家也不是为多打多少，能多几块钱呢？大家都在公园干活，主要没时间伺候这地，老雇人也不是个长久法子。老刘头那几家不是还为这事吵吵嚷，大家都觉得容易绕是非，太麻烦！"

"这我理解，不能因为这事耽误大家，在公园确实咋算也比这收入高。以后雇人的统筹问题我好好处理，尽量让大家都满意！帮我忙，大家再咬牙坚持两年！"

"你别到哪儿都说'帮你忙、帮你忙'，咱是村里人，是没文化，可不混！谁不清楚你是来帮大家的呢？弄成现在这样，是咱这穷村对不住你。你有文化有本事，随便干别的啥，早成了！"

"叔，你也千万别这么说，我有啥本事呢？要真有本事，早把咱'粟源米'这牌子打出去了，也不用你们这六七十的人还出去打工！"

"现在这市场，人多手稠，买卖哪儿那么容易做呢？不要老觉得是自己的问题，实际咱村里人都服你，就说去年的米，比正常高两块钱都卖了，这在我们这些老家伙眼里就跟铁疙瘩卖了金子价一样！你是年轻人，别跟我们这些老家伙一样成天唉声叹气的，得有信心！我听说你找下销路了？"

李明书点头。大社叔拍拍扶手放下心来："这就行了！要不是听说这，我今咋也不能来。你经常算细账，我就问你个事，咱这地要是长期雇几个人干，是不是比零零碎碎雇人划算呢？"

"那当然，劳务市场上人要的工钱高，因为他是有一天没一天地干，不稳定。咱长期雇，工资就可以跟正常工资一样，效率还高。我计划明年咱就这么干，省一点是一点。"

"那就不会像现在这样，忙活一年，挣不了几个钱了吧？"

"肯定比现在要好，一亩地怎么着也多收一二百块。"

"这就行！一二百块……"大社叔想了想，"一亩一二百块，搁谁家也指不了多大的事，可要是把咱村这几百亩地一个人包下来，那也不是个小数啊！"

"有人要包咱村的地？谁呢？叔，你想包？"

"我哪有那本事。这一村子，谁也没有这本事这实力。我是问你想不想包？每年给上点钱就行，头几年要是困难，咱先欠着！你说就现在这几亩地，放谁家里也是可有可无，还不如给你，让你把这事弄成了！"

李明书从来没想过这个，愣了很长时间："我包了你们怎么办？

这也不是我想不想的问题，大家能愿意，都不种了？"

"愿意！我不是为我一个人来的，我们七户都商量好了。村里别人倒是还没问，你脸皮薄没关系，我跟他们联系，估计最少也有九成愿意。换成别人大家心里肯定打鼓，说不定没几年上下一勾连，地就成了他的了。你不一样，跟你处也不是一年两年了，遇到像你这么好一个娃不容易，你保险不会坑大家。你就说，要是包，能不能挣钱？不能再把你坑了，千万别勉强，别我们想让你包，你面子上过不去就硬包，你实话实说！"

中国农业最大的问题就是难以形成规模，有了规模，费效比就会提高，大的投资才会有利，人力与机械的相对效率和成本也才会改善。李明书虽然不敢说一定会赚钱，但种谷子投资不大，肯定是不会赔钱的，以粟源米的品质，只要多坚持几年，慢慢打开市场，前景绝对光明。不过，李明书此刻并没有多想这些，他只是心中莫名地困惑："我包了你们怎么办？就真不想种这地了？公园那活儿能干几年？"

"干几年算几年，到时候再说。到时候要想再种回来，你也不会不给大家，反正咋也比包给那些外人强！哦，现在好像不叫包，叫什么'流转'！"大社叔看李明书还要纠结，问，"你一点风声也没听？老郑汪书记那伙子没跟你说'流转'的事？"

这段时间李明书没时间多往乡里跑，倒是郑支书经常见面，不过也只是聊聊天，说李明书其实挺会做买卖的，小米要是不行，不如跟他干，保险比这个强。

"要是连你也瞒着，八成是真有事儿！"大社叔狠狠吸了一口气，喘了半天，说前两天郑支书领了几个老板样子的人在地里乱转，有人问，含含糊糊说什么看风景。后来他老婆藏不住事，跟人谝大天时漏了，说那几个人想包村里的地去种树，乡里也很支持，要弄什么流转试点，说周边几个省搞得可热闹了。

李明书认为这不大可能，县里荒山荒坡多的是，用耕地种树，就算流转得便宜，成本也低不了。

倒是后来，直脾气的任村长专门去问过郑支书，郑支书说那几个人只是在周围村子找合适的地方，根本没决定要在哪儿流转。大社叔当时也感觉这是胡闹，没放在心上，可李明书居然一点不知道，就似乎不对劲了。反正"流"给别人，还不如"流"给李明书。李明书觉得太神经过敏了，何况，就算要流转，一村子都不同意，还能强迫不成？大社叔笑着摆手，不纠缠这些，说不管有没有这回事，只要李明书愿意，就"流"给李明书，不用强迫。

李明书发现大社叔一直在回避一个主要的问题，但这是不能回避的："叔，怎么，你们就真不想种这地了？"

这让大社叔沉默了。

李明书不能让他再把话题岔过去，紧着问："咱也不说这公园能干几年，也不说种这小米赚不赚钱，就说这地。叔，你说，对咱农民，地是一件简单的东西吗？咱农民几乎就等于什么都没有，地实际上就是某一种社会保障，用土话，地就是咱农民的'靠山'！种地确实又苦又累，赚不了钱，有时候还赔钱，可有一点，起码挨不了饿！打工的确比种地强，问题是最后呢？最后不是还留不到城里嘛，老了不是还得回来，到时候怎么办？"

大社叔叹着气盯着脚尖前头的地面，话断断续续："地……不怕你笑话，叔这八辈子都是种地的，还能不知道地是啥啊？小时候我才几岁还不懂事，听了大人讲土改家里分到了地，都知道笑。这时候说不稀罕地了，传出去恐怕都让人笑话，我以前就笑话过别人。当农民不种地，真是说不过去。种了这么几十年地，就是石头也暖热了，说实话，这地真跟自己身上的一块东西一样……

"你说，咱咋天生就是农民呢？有的事啊，我一辈子都没想通，就说这地,说是咱的又不是咱的,可又死死地把你拴在这儿。像你这想种地的,倒偏偏有不了地。明书啊,你是没早来十几年,那时候粮食贱,但凡能出去打工的,谁也不管地,荒得一片一片的,看着都心疼。后来粮食涨了,地才又种起来。像我们这些老家伙,平常活儿刚能凑合,收麦收秋还是得让娃回来,一趟好几百路费。不回来,这是个收成,回来,都是埋埋怨怨。农民就是这,日子过得仔细小气,有地就不舍得买粮,针头线脑都看在眼里,让你们城里人笑话!粮食贱,咱愁,想不到这粮食贵了,反倒还是拖累……

"你是为大家好,我知道!你说得有道理,这地平常是算不了啥,可老农民到最后,还是得回来指望这点地,也就这点地了,不指望它还能指望着啥呢?保命田!不过你也不用操心,河滩那块儿不能有机,不是还有那些地嘛,饿不着!没有那些地,今天我也不会这么轻轻松松过来让你包了。真要是以后有啥大难,你也不会占着地看大家受恓惶,你这人大家放心!换别人,扔那儿荒着也不敢给他!你要是心里过不去,不嫌村里剩下的这些老的老、弱的弱干不好,等公园没活儿了,就挑咱村里几个人雇!"

大社叔继续盯着脚尖前头的地面,沉默了好一会,沉着声音忽然又说:"这是大事,我也跟一家子商量过。其实,就河滩那地,你要是想包,也给你!这地,靠我们这些老骨头也靠不住,儿一辈的还凑合,孙子一辈,苗和草分不分得清楚都不好说。那小子整天脑子里就是大城市,跟他说村里,也是什么日本农民咋样美国农民咋样,咱又不是外国人,说那有屁用啊?可他有一句话,开头听了真让人想照脸地扇他,过了细一想,又真没啥不对——这世道要真到了让人只有靠你那点地才能保命,真不如饿死,活着还有啥意思……

"明书,你年轻,你是不知道种地打粮的真不一定就挨不了饿……"

9月30日 星期二 风

虽然早已知道那多是一些历史的笑话,但小时候的课本与木偶片还是让脑海中总时不时闪现这样一幅画面:一个丝绸马褂瓜皮小帽的家伙,正手托小茶壶捋着小胡子满脸横肉却又鬼鬼祟祟的悄悄斜着眼角盯着每一个长工,看谁敢偷懒!

想不到自己居然也快要成为这样一个现代"地主"了。

当然,在别人眼中不是这样的。在别人眼中,我未来的形象是西装革履,是香车豪宅,是精明能干地推出自己一个又一个新产品的老板。跟几个朋友谈及此事,他们几乎都在预祝我即将到来的成功。

不错,可能开始会有些艰难,但只要努力,某种程度的"成功"几乎是一种必然。可,这是当初我想要的吗?当初大高谈及这种模式的时候,我是多么不认同。

现在,这还不是最重要的。当初,大家对土地虽然失望,却绝不至于如此决绝。物极而反,甚至于我在想,会不会正是因为我那时画的那张"饼"太过华丽,燃起了大家仅存的那一点点热情,才会在失败之后彻底熄灭了最后的希望,毅然决然地放弃土地。

后知后觉永远属于大多数人。此刻,我忽然想到,我是来粟源干什么的?刨去所有谦虚的修辞,赤裸裸地说,我是想来帮他们!可他们是谁?是大社叔?是任希民?还是小军子?都是,也都不是,他们有一个共同的名字:"农民!"

帮助生活困顿的一个或一些具体的个人,是帮助,是高尚,值得广为褒扬。可如果是对一个群体、一个生理心理和你我没有任何不同的群体,还能叫作"帮助"吗?或者说,不管是个人还是什么组织,谁又有资格去"帮助"?谁又能从根本上真正帮得上他们呢?

这种"帮",说白了,就是一种居高临下,就是某一种施舍!谁有资格施舍别人?谁又凭什么居高临下?

大高说我难得和他一致。农民本来是一种职业，但在这里却成了一种身份。在这种状况下，一切的所谓帮与扶都只是杯水车薪头痛医脚。他们最需要的，其实只是一条和大家一样的起跑线，一套有着保证公平的规则！不再因为所谓的身份，受困于这个光怪陆离的社会专门为他们设置的一道道高墙与门槛！

大高问我，谁都可以辞职可以跳槽，他们为什么就不能？

由此大高得出结论，我如果真的想不改初衷，就应该还回到自己那间小小的办公室里，缩着脖子露出眼睛，像一只小乌龟一样一步一步慢慢往那座珠穆朗玛峰上爬，爬得高高的，越高才能越改变那些高高在上的规则，那才是真正地"帮"——就像他现在一直在做的那样。

说完，他笑了，我也笑了。没想到他也有这么幽默的时候。

李明书了解了一下，果然村里多数人都愿意。家里也很支持，特别是叔叔。本来当初李明书离开乡政府去粟源，叔叔是极为反对的，甚至疑心是汪书记背后搞鬼，一直让李明书大张旗鼓干上两年回来还考公务员。现在虽然依旧未改初衷，但也觉得机会难得，关键是老百姓还是自愿的，省心省力。他让李明书放心大胆地上，如果有可能，把周边村子的地一起流转过来，资金什么不用担心，销路也不用担心。只是嘱咐法人代表千万注意不要用"李明书"这个名字，以后考公务员的时候方便。

要不要成为一个真正的商人，李明书纠结了很长时间。这些地，他如果不要，几乎注定荒芜，所以最后也就下定决心，干！不过，他想的是，只有先这样集中起来，才能消除很多不必要的内在外在干扰，提高执行力，保证"粟源"小米最终的成功。等成功之后，也才方便带动周边村镇，让更多的农户参与进来。当然，他并不准备继续复制粟源模式，甚至到时如果粟源的乡亲们觉得比打工合适，还可以把地要回去。他心里还是只想做一个市场与农户之间的中间人,而不是农场主。所以,可以说他依旧还不是一个真正的商人。

只可惜,这个世界当初没有依他想象的轨道运行,那凭什么现在就会在意你所谓的理想?叔叔很快就得到一些传闻,说有人嫌那些公园的规模太小,要扩大,粟源很可能被列入征用范围。只是叔叔已经调去了外县,不好证实消息的可靠性。李明书耐不住性子,去了乡里。汪书记虽然正忙着往县里调动的事,不过见了李明书还是同样的热情,在办公室跟他长谈了许久。

汪书记说县里新班子上任确实有一些想法,不过公园的事并不在三把火之内,只是下边一些人的建议,不是主要领导提出来的。何况财政紧张,所以只在讨论阶段,不必过于认真。不过,他还是让李明书不要着急,小米可以继续种,也能种一些小米之外的东西,比如树。但其他的一些投资最好暂缓,等等形势再说。反正他是不像李明书那样看好这件事的前景的,他说理论上你的想法的确不错,你也有这个能力,但理论永远是理论,实际永远是实际。这几年下来你已经很累了,凭什么觉得以后就会轻松?

汪书记是想劝李明书回来,他很快就要调到县里了,希望能有一个放心又得力的帮手。他说不要只看眼下的一时一事,以后这肯定还是比你干别的什么都有前途。

当天晚上李明书就又做了那个自己被埋在黑字与白纸组成的沙子里的梦,而那时的自己拼接起那些黑字来已经无比的激情。幸而现在这还只是一个梦。

摆在李明书脚下的路其实似乎还是很多的,比如可以先去更远一点的村子流转,汪书记也说愿意帮忙。可是,不知不觉中他已经没有了那份勇气与心力,他忽然发现这个世界他真的不了解。唯一能做的也就是像汪书记说的那样,等等形势了。

好在，在这些事情上，各个方面一向神速，倒也没让他久等……

5月6日　星期三　……
……

未完，已无续。

孩 子

齐老板很少这样闲坐无事,正拿了个铃铛逗娟子怀里的孩子,笑意可掬。不过转过脸来的一刹,已经板了下来,有些生气:"沈立啊,上次让你怎么跟他们说的?我听娟子说那女的又来了,鬼鬼祟祟在楼下张望了一上午。"

"又来了?我上次按您吩咐,跟她男人说得清清楚楚,她男人给我写了保证!我看大概是那女人捡废品转到咱这小区就又想起来了,狗改不了吃屎!"沈立轻松堆出来的笑容一紧,很肯定地说,"齐总,你放心!我再跟他们说一次,保证不会有下次了!"

"捡废品?你不是说她在纺织厂吗?"齐老板看了看孩子,斜眼看向沈立。

沈立立刻解释:"生孩子之前一直在纺织厂打工,后来厂子倒了,上次我去的时候才见她干这个,刚干的。"

沈立不等齐老板再说,做了个鬼脸也帮着逗孩子。孩子终于笑了,齐老板得意地说:"小东西还挺可爱!"挥手让娟子抱孩子去喂奶。

像韩军两口子这样农村来的流动人口,住所也是常常流动。沈立去了县府旁边表婶的出租房,听说他们刚搬家。绕圈找了整整一下午,才在县劳务市场打听到他们搬到了接近郊区的一个城中村,离齐老板那小区就不远,沈立赶到的时候天都快黑了。小胡同里汤汤水水,基本上泥就是路路就是泥,沈立只好把摩托放在外边,跷着脚摸了进去。推开一扇锈铁门,看见高高瘦瘦的韩军正轻快地扫院子,他老婆孟彩霞不在,院里整整齐齐地堆满了纸箱酒瓶报纸之类的废品。韩军看见沈立,手中的扫帚怔住,慌忙点头笑了一下。沈立阴着脸窝了一肚子火:"你老婆又去了齐老板那儿了!"

韩军一脸的着急:"唉,怎么又去了?"

"这是我问你的!"沈立拿出一张纸一甩抖开,点指着上边的字,"这合同是你签的吗?钱是你拿的吗?这孩子再也跟你们没关系是你亲口说的吗?管住你老婆是你上次给我保的证吗?"

"沈老板,你别生气……"

"别叫什么老板,我也是给人家打工的!当初要不是听我三婶说你们两口子老实、不容易,我才不会找你呢。想不到你们这样给我找麻烦,这样'老实'!"

"沈老板,我绝不会给你找麻烦!你帮我孩子找了那么个好人家,帮了我们那么大忙,我们一家感谢你还来不及呢!这事我真不知道,上次我已经狠狠教训她了!可能她这回又犯了老毛病。不过你放心,她肯定只是远远地偷看,这点道理她还懂!"

"这还叫懂道理?换成你,抱了他孩子,他隔三岔五鬼鬼祟祟来看,你能愿意吗?这些东西咱本来说得清清楚楚,为了怕麻烦,也没告诉你是谁要孩子,想不到你还跟我的踪!你准备干什么?咱做人得讲点起码的信用吧!"

"沈老板,我真没跟踪你!是她捡破烂的时候遇见跟你一块来的那个司机送齐老板回家，碰巧了……"韩军苦着脸，几乎要指天发誓。沈立也不信这一套，一挥手，把脸转到一边，他见不得韩军这副猥猥琐琐的样子。

韩军在旁边不停地向沈立保证这次他一定管好老婆，再也不会给沈立添麻烦，说老婆可能还得几个小时才能回来。沈立听出了他的意思，把头更扭远了一些。韩军说了一堆，沈立就是不理，他不知道该怎么办，虚着腰，手不自觉地搓着。沉默了一会儿，又开始絮絮叨叨反反复复地解释老婆肯定只是一时糊涂，自己能管住，自己在家说话还是算数的，自己虽然是乡下人，但懂道理，知道孩子既然给了别人，就跟自己一点关系也没有了，自己绝不会再生什么想法。

韩军说的这些，沈立倒是都信。去抱孩子那天，韩军把孩子包得严严实实，表婶心软，打开小被子让他最后再看一眼，他硬是笑着说"还看啥？"连孟彩霞想看也给拦住了。此人看来对这种事情无所谓，问题大概真是在那个孟彩霞身上。女人嘛，这也难免。上次是失误了，应该直接把话砸给孟彩霞。沈立自信这个问题不大，不过一个农村妇女嘛，何况这种事情也就开头这几天，时间一长心里自然而然就淡了。

沈立一直不理不睬，韩军只好渐渐停了絮叨，手足无措地站在一边。天黑了很久，门口才有了声音，孟彩霞戴了顶大帽子遮着头发，似乎还很在意干净，拉了满满一三轮车废品回到了家里。

"你又去了？"韩军上去就问，口气明显与同沈立说话时不同，不过怒气之外似乎还带着一些别的东西。孟彩霞看见沈立，低头退了几步。沈立把站在他前边的韩军一把推开，又抖出了那份合同，把刚才那些话对孟彩霞又嚷了一遍。韩军想再站到二人之间，沈立手稍微一拨就立刻又一边儿去了，只好在一旁一直说让沈立不要生气，他能管得了老婆。沈立对孟彩霞口气更重了几分。孟彩霞总往丈夫身后靠，低着头就是不吭声。沈立冷笑："你还就不尿我这一套是吧？"

孟彩霞看了看韩军，张了张嘴，之后才低声说："我以后不去了。"

"要是再去呢？"

沈立问得猛，孟彩霞没反应过来："反正再也不会让人家看见给你添麻烦了！"

"什么？你还是想去？"沈立想不到这女人表面之下还有这么一股子劲，"好、好、好！你真要是舍不得，现在后悔还来得及，你把钱给我，我让齐老板把孩子退给你！我另找，哪儿还找不到个孩子呢？"

孟彩霞不说话了，看着韩军，韩军也看她，说："咱跟人家说下一句话了，再怎么样，也得守信用！"沈立哼了一声，递了张纸过去，让孟彩霞亲自写保证不再去看孩子不再去那个小区捡废品。孟彩霞也不说话也不动，沈立拿笔塞过去，开始她手还躲，后来还是拿在了手里。过了一颗烟的工夫，她才一个字一个字写了下来。沈立看了看，折好放在口袋里，准备一会儿给齐老板交差。孟彩霞靠着墙慢慢蹲下，见沈立要走，又忽然站起来低头问："沈老板，娃在那儿还行吧？"

"哪有什么不行的。既然人家要抱孩子，那当然是喜欢嘛！又只有这一个孩子，还有不全家宠着的道理？人家那是什么生活条件，不用脑子也知道孩子到那儿肯定是享福！别的你们也不用多想，明白这一点就行了。"沈立本不想理她，又一琢磨得给她安安心。

"长几颗牙了？会翻身了吗？"

"问这么多想干什么？"沈立不耐烦。

"这些也不用问，孩子还不都一样？像这么大，肯定会翻身！都应该学坐了，最少也有两颗牙，能吃些稀饭了……"韩军一笑一笑地看着沈立的脸这么说。沈立没表情，扭头走了。

齐老板还想再要个女孩，有了这孩子之后，催得更紧。沈立心想这次可得加些仔细，不能再有这么多麻烦了。实在不行就劝齐老板在外地找一个，至多是调查父母健康之类的情况时麻烦一点罢了。

过了两个月，齐老板因为孩子，开始嫌城里环境不好了，又是噪音又是污染，在近郊买了一大套别墅，一大家子全搬了过去。后来渐渐的，齐老板多数时间就都只是别墅公司、公司别墅地跑，心无旁骛，一家人不免高兴。进入淡季，齐老板闲来无事，干脆把公司交给副总。说自己的经验就是读万卷书行万里路，要从娃娃抓起。趁着秋风怡人，领着保姆秘书一帮人开车抱孩子把附近县市的景区游了个遍。沈立被高看一眼，也跟着去了，帮忙拿拿行李什么的。玩了半个多月才回来。

到了家，齐老板先让保姆去旁边一户用草料养奶牛的农民家里取奶，叫沈立把剩下那些进口奶粉都拿自己家去。李秘书把包交给小保姆，一屁股坐在齐老板旁边拿个小镜子补妆，说自己真他妈不如晚生几年，给齐老板当女儿。

齐老板不理李秘书，把孩子抱过来，说："来，儿子！叫爸爸！"孩子咿咿呀呀发出了几个音节。齐老板很高兴，一遍一遍地教，教了"爸爸"又教"爹"，还教"爹呲"。其他人也都忙凑过来帮忙。李秘书白了一眼，说："来，叫妈！"这次孩子发的音清晰了很多。齐老板板了脸："一边儿去！别乱教！"

孩子现在已经养成了一个习惯，白天吃奶需要上楼顶晒着太阳吹着小风，晚上则得抱着站在床上散步并有音乐伴奏，不然坚决不碰奶瓶。齐老板就哄着孩子先上了楼顶，一大帮人在后边跟着。保姆热好奶送上来，齐老板试了试，晾了一晾才给孩子。孩子很调皮，抱着奶瓶每喝两口就往里吹串泡泡。齐老板乐，抱着孩子满楼顶溜达，看四处的风景。沈立跟在齐老板后边，猛地看见楼下树旁有一个穿夹克戴迷彩帽的人不时往楼上张望一眼，有时还跷起脚，之后又没事人一样看手里的报纸。他心里立刻毛了，不过没说。其实，齐老板早看见了，喂完奶就下楼去看监视器。果然又是孟彩霞!齐老板在抱养孩子之前看过她的照片,记得很清楚,脸色立刻阴下来,两只眼睛就朝沈立瞪了过去。

"我马上处理好!"沈立不等齐老板说话,先跑了出去。孟彩霞这时把那张报纸折好放在三轮车的一大捆报纸里,正准备要走,又回头看了看楼顶和各个窗户,刚好看见沈立过来,立刻一手推车把一手拉三轮车车厢就跑。等有了速度,赶紧一蹬脚踏板跨了上去。沈立也是练过几天的,自认也算有些工夫,却没想到一个女人能有那么大力气,满满一车东西,自己本来就要一把抓住车尾了,车居然一下就蹿远了三四米。等她骑上,就更是追不上了,还差点绊一跟头,只能眼睁睁看着她叮叮当当拐进旁边农村的小胡同里无踪无迹。

要是这么回去,一顿臭骂是躲不了的,沈立打算现在直接找到韩军家里去。不过,现代社会,不能忽略科技的力量,臭骂早已经顺手机追了过来。齐老板火气相当大,劈头盖脸的招呼,几乎认定那女人就是因沈立而来,甚至说肯定是沈立把别墅地址告诉那女人的。沈立怎么解释也不灵,一开口就是一顿训,也就不敢再多说,脸红耳热出了一身汗,比正常速度快了二十多分钟到了上次韩军两口子租住的那所房子。齐老板老板了十几年,怎么让手下人出力倒还是很有些经验的。

沈立想着"跑了和尚跑不了庙"。可惜这类古话时下不知怎么经常不灵。到了一打听,韩军一家又是刚搬走。沈立心中一毛,去了劳务市场。

劳务市场说是个市场,其实就是大马路,哪里拿着铁锹大锤之类等活儿的人多了,哪里就叫劳务市场。这个县的劳务市场在县里新修的一条主街道上,环境不错,路阔人行道宽,有花坛有草坪,都种的是大树,方便炎夏时人们遮凉。关键又离城中心比较远,管得不很严,进城的农民就都集中在这里。平时几乎满路沿都是，三五成群，或站或蹲或坐，很是繁荣，少的时候也有一百多号人。今天却像被扫荡了一般一个都没有。沈立心中火急，万一要是韩军突然找不见了，恐怕事情就不像自己想得那么简单了，至少齐老板会这么认为，生意人想得都多。沈立知道没有，还是来来回回满大街找了三圈。好在这样转悠像是急着雇人干活儿，一个在公厕里往外张望的人跑了过来，说自己身大力不亏，什么都会干，价格好商量。沈立这才问出，原来今天有人要来县里视察，这些民工也就都让撵到了附近的巷子里。沈立稍微放了些心。巷子里人不少，又都穿得灰灰旧旧差不多，本来找起人来很费事，不过没想到，韩军穿得倒很是齐整，样式也不算太落伍，虽然有可能是孟彩霞捡来的，但洗得很干净，还很仔细地打了条领带，沈立一眼就看见了。韩军学历是高中，在这里大概是最高的了。此时正拿着份《环球时报》讲朝鲜讲阿富汗，滔滔不绝地分析美国怎样怎样不得人心，很是自得。不过倒没有眉飞色舞，大有几分稳重，旁边围了不少人。沈立心想看不出来这还是个出场人物，不免有了主意。

其实，找人是小事，沈立之前最头疼是这事怎么解决。不管是说是骂，这两口子到最后绝对又是赌咒发誓的保证不再去，明显没用。可要是打，看韩军那副德行，沈立倒不担心他还手，问题是打他不解决根本问题。至于孟彩霞，沈立现在已经对这个女人有些另眼相看了。齐老板身边那是经常跟着七八条大汉的，沈立猜她不是第一次来，肯定不止一次看见。这个别墅区更是在全县赫赫有名，一个小女人敢惹住这里的人，脑子肯定有些一根筋，这种女人是不好对付的。到时候，打轻了，她有可能跟你撒泼，更麻烦。打重了，自己又犯不着。

韩军看见沈立，那份自得立时僵住，慌慌地笑了一下，迎了过来，身子似乎不想怎么样，可还是不觉矮了几分。这让沈立更加看不惯，一扫四周这些人，只是一帮子土里土气的农民，放了心，依计行事，啪就把孟彩霞上次写的那份保证摔在了他脸上，同时臭骂也招呼在脸上，相当难听。不过骂是骂，很有分寸，具体事情和名字一类的东西绝对不提。

韩军早猜出又是这事，不自觉侧头看了看旁边一条胡同，闭了一下眼睛长长呼出了一口气，然后涨红着脸，赔着笑极力解释，把沈立往一旁人少处让。沈立才不去呢，打开他的手，话更加重了几分。刚才在韩军旁边的那些人此刻兴致愈浓，纷纷互相打听这是怎么回事，有的还特意向韩军打听。有跟韩军同村的，知道个大概，嘻嘻地悄声与众人大讲。倒是也有两个跟韩军不错的挽袖子想过来帮忙，让韩军自己挡了回去，说你们不知道怎么回事。沈立知道韩军更着急，所以才不在乎这帮人，把韩军的脸骂到彻底红透，才歇了口气，估计孟彩霞这时应该回到家了，就问韩军现在搬到了哪里。韩军还是那样说自己这次肯定能管好老婆，又招了沈立一顿骂，然后打算东拉西扯地打岔。沈立冷笑着就往旁边那条胡同走，韩军想拦又不敢，就在沈立前面边退走着边语无伦次地解释，后边各种心思的人跟了不少。

其实一胡同十几户，沈立是怎么也猜不出到底是哪一家的，不过到了门口，韩军在前边，自己就先退了进去。沈立得意地笑笑，站在门口并不马上进。只听里边说："你又去王老板那儿了？"

"那人姓齐！"

"咱不去了！就这样了，去又有什么用？"

"我就远远看一眼。齐家这一二十天一个人影也不见，我怕出什么事。"

沈立踹门而进，又反手关门："打听得倒清楚，还知道姓齐！还知道一二十天不在！看来你天天都去嘛！你们要怎么样？讹钱？不想敲诈打听这么清楚干什么？人，想钱没关系。可得光明正大地去挣，脸要紧！当初你们嫌钱少可以说啊！哦，是怕开始要得太多，我不要孩子是不是？就想了这么个办法，一点一点地骚扰，慢慢再讹，对吧？想得不错，可你们也该打听打听那是谁，能让你们讹住？我劝你们一句，再这么下去得吃大亏！活够了！"

韩军喘着气抖着声音说自己虽然穷，但一辈子也不会做这种事情。沈立当然不理睬，还说不如让外边围着的那帮人进来评评理。孟彩霞原先在韩军身后，听见这句终于站出来辩解了两句，沈立的话于是更加难听，她也就不禁和沈立争辩了起来，后来几乎是争吵。韩军拦孟彩霞让她不要吵了，孟彩霞觉得受了冤屈，就是不肯，还想往沈立跟前扑。沈立倒没跟孟彩霞多费唇舌，对着韩军像是拿着了真凭实据，说这就是恼羞成怒，更证明是想要讹诈。孟彩霞扑得更凶，韩军几乎快拦不住了，又气又怒，忽然忍不住给了她一巴掌。孟彩霞捂着面颊呆看了韩军一会儿，哇地放声哭了出来，也不顾什么了，上去就揪打韩军："你打我？你凭什么打我？人家坏咱家名声，你打我？你平常不是一直本事大嘛，你为什么不去跟他辩理？你全是假的！你打我！你还算个男人吗？我去看有什么错？我就偷偷看一眼！几个月了，你提都不让提一句孩子，连最后一张照片都藏了，你心咋就这么狠呢？你不想孩子，你还不让我去，你心咋就这么狠呢？你心咋就这么狠呢？你心咋就这么狠呢……"韩军张着那只手僵在那里，可能是不知所措，只好任由她捶扯。

一直说话低声细语的孟彩霞就这么撕着嗓子喊了一颗烟的工夫，声震耳鼓。沈立站远了一些，见捶打的力度逐渐降低，有些遗憾。他自己大男人了一些，觉得男人就应该跟只随时能涨红鸡冠的大公鸡一样，昂首挺胸地看住自己的地盘自己的窝。像韩军这样的，都不用别人打，自己没人的时候就应该时不时地抽自己两个嘴巴。

不过想是这么想，等孟彩霞歇气的时候，他走到韩军跟前却和气了很多："真不是你叫她去的？"韩军还木着，没反应。沈立也不管他，又客客气气对孟彩霞说："你看，连你男人都不愿意你去偷看孩子，你还去看什么？找麻烦不说，还闹得自己家里也不和，一点好处也没有！安安心心过日子得了，别折腾这折腾那了。你说对不对呢？一个孩子有什么呢，有的刚生下来就死了，那大人还不活了？实在不行，再生一个，谁也没拦你，还能为这么个事，日子就不过了？你自己好好想一想。"

孟彩霞听完了没动，眼神木木的。沈立放了些心，他自信人之所以比别的动物有优势，就在于人的大脑，有理智、会思考、会权衡。韩军大概觉得自己这时应该安抚安抚，就过来了，被孟彩霞一把推开。然后孟彩霞又哭喊了两句，跑了出去。女人挨了打吵了嘴，总是要跑一跑。沈立倒也不在意，跟韩军又说了两句，走了。打算等明天两口子不闹了，再来探一探唬一唬劝一劝，把事情认真仔细彻底地摆平。以前他这么处理事情从来都是无往不利。

沈立做事一贯是井井有条，谋定后动，一切都事先计划完毕。可惜，计划这东西从来都只能是从已知的事情上开始，想不到的事情永远也加不进去。沈立就没想到孟彩霞跑出去居然是想都没想就又回了那别墅，疯了一样要往里闯，说她想要回孩子，那些钱连本带利她一定想办法凑到还回来。家人保姆们七八个人都几乎拦不住，吓得脸都白了。幸好当时公司有些事，齐老板带人走了，不然还不知道要出什么乱子。

可见，人自信当然好，但不能过分。过分自信了，不单做事容易大意出乱子，而且出了乱子还想不明白为什么会这样。沈立就相当奇怪孟彩霞这是怎么了，都什么时代了，不就一孩子吗？怎么跟丢了崽子的母狼一样。人真是一个搞不清楚的东西，就像这事，就真说不明白它到底是人性还是动物性的体现。

齐老板的愤怒是不用想象的,叫人把孩子抱上楼就啪啪地摔东西，说谁想打他儿子的主意谁就是找死。然后沈立自然被想了起来，让训骂了个透。好在跟了这么多年，总算是没骂出"滚蛋"这句话。齐老板认定自己这是遇上无赖了，那两口子肯定是想再诈一笔钱。沈立其实心里倒觉得这不大可能，这时候能诈到什么钱？想诈也得到孩子懂事儿之后才方便嘛。不过，这话不能说。想到敲诈，齐老板反倒放松下来，不摔东西了，嘴角一笑，让沈立打电话从公司叫几个人过来。

沈立知道依齐老板的脾气，肯定是让自己带着，按躺三个月的标准去打，犹豫了一下。他做事向来是以办好为底线的，挣人家的钱就得给人家把事办好，但这不等于什么事都可以没原则地去做，想了想就用请示的口吻说："齐总，我看我去了什么也不用说，上去就打！肯定她再也不敢来了！那两口子窝窝囊囊的，我看也不是那种能打出脾气的人，别说以后，就再有十年八年他们也不敢怎么样！"

齐老板也犹豫了一下，他也是聪明人。十年八年之后孩子就懂事了，万一有人憋到那时候跟孩子胡说怎么办？所以最后是让沈立带人去砸。沈立到了那条胡同，老远见韩军在门口左右张望，一会儿出来一会儿进去，知道孟彩霞还没回来，就让司机把车远远停下。等到天几乎大黑，孟彩霞这才蓬头散发的出现在胡同另一头虚黄的路灯下面。韩军说了一些什么，孟彩霞也没反应，一步步往回走。沈立他们立刻下车。韩军走在后边正要关大门，沈立一把推开，韩军一惊，往后退着，忙说："沈老板！"

沈立一句话也不说，带人就往里走。孟彩霞在屋里见这么多人，说这怎么回事，想出来。韩军退着把她挡了回去，一直退到了墙角。沈立进了屋，看了看。屋里一张床，一床被褥，一个黄木箱子，上边有台小电视，旁边墙上平平整整贴着几张年画，画下边是锅台，有个暖瓶，一些碗筷。此外就只有墙角一个纸箱子里边放着不少鞋，窗台上几面镜子几个吹风机，大概都是捡来的。一切摆放得倒还算整齐。

齐老板手下两个人先上前拨开韩军，把孟彩霞从墙角拉了出来，一人抓一只胳膊，砸到哪里就按她去哪里。韩军想把孟彩霞再拉回来，动了两步，终于还是站住，慢慢又回到了墙角。之后，沈立靠在那电视上，挥了挥手。那些碗筷便立刻随着棍棒跳跃而起，鞋也扔了一地，都被踩扁，最后连床也咣当扣了过来，蹬折了几块床板。叮叮咣咣忙完，沈立告诉缩着身子大着眼睛看着这些的那两口子，下次就不是砸东西了。

此后几天，沈立悄悄来观察过几次。头两天，两口子几乎没出过门。之后也一直是耷头耷脑的，不过捡废品的工作很快就恢复了，韩军也不去劳务市场了，买了辆旧三轮车一起捡了起来。活动区域离齐老板的家和别墅都很远。沈立这才终于放了心。

过了半个多月，齐老板见砸得有效果，很满意，拿了一叠钱让沈立去拍给那两口子，以便把事情做得更瓷实一点。

虽说是两口子都在捡，院里的废品却不比上次来的时候多多少，不过乱七八糟堆得哪里都是。屋里倒是已收拾过了，没有了那些碎片，床也早翻了过来。只是被褥皱皱巴巴堆成了一团，锅台上有几个新买的大碗，也是胡乱摆放在那里。孟彩霞散着头发正在旁边很慢地揉着面，韩军蹲在地上洗着一个旧洋娃娃和一个书包。看见沈立又来了，他慌忙站在了孟彩霞前边。孟彩霞起先恨恨地看着沈立，见韩军过来就看向了他，把他推到一边，说："又装什么装？"

沈立不管他们，把那钱拍在了锅台上。两个人不动了，看了看钱，又看了看沈立，都没说话。沈立说："别想歪了！这不是赔的钱！这是齐老板让你们知道，他砸得起！也打得起！三五十次都打得起！你们自己想想，咱是就这么玩下去，还是你们踏踏实实别折腾？"见韩军孟彩霞脸上越来越灰暗，沈立放了心，继续拿重话砸了一通，说："行了，你们说吧，选哪条路？"

孟彩霞侧靠在墙上，很久才自语般说："我不去了……娃跟我们没缘！"

沈立说："这么想就对了！这孩子肯定跟你们没缘嘛，有缘能到别人家去？有些事啊，不能强求。你说偷偷看一眼，又有什么用？越看心里还越不好受。好好过日子得了！为这么个事，夫妻别别扭扭、家里鸡飞狗跳，值吗？再生一个算了！我特地给你们打听了一下，现在计划生育宽了，农村第一胎要是女孩，过六年可以再生，不罚款。你们现在生没问题，反正又没人知道是第三胎！"

孟彩霞没有说话，韩军浅笑了笑，虚望着墙角，也不知是跟谁说："不生了。"

沈立白了一眼，说："你当然无所谓了。"

韩军看了看孟彩霞，没有说话，被剜了一眼。沈立本指望他像以前那样说些自己懂道理之类的话，以便拿去劝孟彩霞，想不到他敢不说话，就也瞪着剜了过去。韩军很久才像反应过来似的把那些话说出来。沈立找着话头，就继续又教育孟彩霞一大通，说于情于理于法，那早已经是齐老板的孩子了，孟彩霞这种做法到哪里都说不过去，所以齐老板这个气可以说生得是理所当然。孟彩霞木木地听着，没什么表情与反应，等沈立说完，停了一会儿，居然小心翼翼地又问起了孩子现在怎么样。沈立立刻就要翻脸，孟彩霞慌忙解释自己只是想打听打听，没别的意思。见沈立不理，沉默了一会儿，就自言自语般诉说自己怎样怎样精神恍惚怎样怎样出现幻觉怎样怎样在梦中哭醒。沈立没想到她来这一套，心说我又不是你什么亲戚朋友。他最受不了这个了，咬牙切齿咽了口唾沫，琢磨她要是一点也不知道孩子的情况，说不定哪一天又发神经偷偷跑去了，倒不如简单告诉她一些。孟彩霞慌忙给沈立倒了一杯水。沈立说了一些，见孟彩霞脸色忽然又阴了，一转头，发现原来韩军也凑了过来悄悄在听。沈立不知怎么的，现在都有些觉得孟彩霞情有可原了，也就更加看不惯韩军，对他说道："你也要听啊？"沈立脸上挂霜，韩军退后了很多。

齐老板的理论是，如果想让人坚定信念，就需要让他不断地想起某些事情加深印象。去韩军家巡看也就成了沈立隔三岔五的任务。孟彩霞每次都是忙着搬凳子倒水，后来几次还预备下了几个水果，越来越亲近。沈立也就摇头一笑，有时候不等她问孩子就说了，不过每次都更加简单一些短一些，孟彩霞慢慢地倒也不再那么详细地追问。韩军头几次还偶尔凑过来，孟彩霞都是怒眉白眼的。后来虽说孟彩霞渐渐不管他了，他却也不过来了，站得很远，不过倒是从不出去。

孟彩霞再也没有来偷看过孩子，可惜县城不大，齐老板反倒是经常碰见她。一次两次还好说，多了，齐老板就又不放心了，担心以后孩子长大，上学什么的路上碰见。沈立说碰见她也不敢怎么样。齐老板说就算这样心里也别扭。沈立赶紧检讨自己办事不周全，当初真应该去外地找孩子。要是以前，一般你是来不及自责的，齐老板早训骂上来了。现在大不相同，齐老板逗弄着孩子，摆了摆手，说"外地"这个主意倒是不错。沈立以为齐老板是想让他带人把韩家两口子赶出县去，搓手犹豫了犹豫，琢磨该怎么说。齐老板说咱们这儿的人脑子就是不开通，反正已经出来打工了，到县城还不如干脆去人家经济发达地区呢。就写了张条子，叫沈立交给那两口子，让他们去海南，找朱老板，工资肯定比别人高，然后就打电话跟朱老板打了声招呼。

现在正是夏忙时节，沈立前两天去出租屋时，韩家两口子已经回乡下收麦子去了，还要过几天才能回来。他们家在山区，很远，沈立当初为了查他们家亲戚里有没有遗传病去过一次，倒是认识路。就对齐老板说干脆不等了，自己这就直接去山里。

山明水亮，韩军家在半山坡的一丛绿里，高树稀草、野花杂缀，城里人肯定羡慕。不过沈立也是山里出来的，知道这种地方吃水都得走几里路。房子倒是青砖大瓦，只是墙角泛着白白的硝迹，门窗也比现今流行的小了许多，裂满了木纹。大门很有些特色，一扇很是整齐，一扇明显不用心，木板之间缝子老大，沈立疑心黄鼠狼出入都无碍。记得上次来时是铁门，不知怎么就换成了木门。院子里铺着薄薄一层麦子，一间大棚子里有个破油桶两个旧轮胎，看来之前有过拖拉机之类的农机。韩军只有一个女儿，按说有了男孩不应该送人，不知这其中有着什么原因。不过这无关紧要，所以当初调查时也就没详细问。现在沈立也不关心这些，他没兴趣探人隐私，只是看着眼前这些觉得自己今天这事一定会办得很漂亮，皆大欢喜。

见沈立都找到了山里，韩军咽了口唾沫，抓住旁边正写作业的女儿小瑛的胳膊，慌忙问有什么事。沈立一笑，说，好事儿。韩军这才没有把小瑛支出去。他这时正躺在床上输液，旁边他母亲也输着液。沈立瞥了一眼，随便问了句怎么了。韩军说他母亲感冒了，他这段时间不知怎么也一直头疼。沈立哦了一声，去另一间屋子找做饭的孟彩霞，告诉她齐老板给他们两口子找了份工作，去了之后看会干什么就干什么，工资肯定比干同样工作的人高。孟彩霞来了些精神，说想不到齐老板这人倒也不错，然后就往韩军那屋走，说去问问他。沈立哼了一声，只好又过来。

小瑛正嫩声嫩气跟韩军讲学校里同学们的事，见沈立又过来，韩军不自觉把孩子往怀里搂了搂。沈立不屑，心想你装给谁看？然后弯腰问了问小瑛小朋友几岁了之类的话，笑着递给她十块钱，让她去外边买零食吃。小瑛没接，看向韩军。韩军只说了句不能随便要叔叔的钱，小瑛就继续写作业去了。后来沈立执意要给，孟彩霞也说沈大哥是朋友，韩军才让孩子收下。等小瑛欢喜着出去，沈立把那话又跟韩军说了一遍，问他："怎么样？你这是'一家之主'，行不行，主意你定！"然后一拍腿站了起来，在屋里四处转悠，看着那些木箱木柜。

墙上相框不少，多是小瑛的照片，不过模模糊糊。孟彩霞不好意思，说都是韩军最近瞎拍的，手机不好。

韩军不知怎么的，表情有些复杂，不过虽没孟彩霞那么兴奋，却也是很同意的。沈立就把那张条子交给韩军，让他按上边的地址去找朱老板。一看是海南，两口子沉默了。沈立眼睛一扫，开导他们，说老观念得改改了，不能再窝在家里，现在是要闯荡的时代，人家南方人之所以发达，就是因为人家走南闯北最早。反正都已经到了县城，还怕去海南？这可是一份长期的工作，又签合同，工资又高，跟国企铁饭碗一样，别人想干还没机会呢。

韩军苦笑，说自己也想去，不过母亲年岁大了，身体不好，经常需要人照应，走太远了实在放不下心。沈立看了看老人的气色，不好说什么。想让把老人一起带上，山高水远的，也觉得不合适。好在这事儿倒是不急，沈立想了想，说那就先去一个人，孟彩霞先去，韩军也不用再到县城打工了，专门留家里照顾老人，不是更好？反正三个人捡废品也没孟彩霞一个人挣得多。等过几年，干脆连女儿一起带上去海南，人家那里教育水平高，哪一方面也比这小县城强。韩军看了看孟彩霞，点了头。孟彩霞脸上还有些喜色。

今天这事儿办得沈立很满意。谈妥之后，韩军让孟彩霞去小卖部买些酒菜回来，硬留沈立吃饭。沈立说自己还有事，马上就回去。然后留了自己的手机号，让孟彩霞准备走的时候打个电话，自己好通知朱老板那头儿。

沈立自信至多五六天孟彩霞就会打来电话，没有料到三个五六天也没有任何动静。一天去办事，就顺路又到出租房看了看。想不到，院子里的废品不但没处理卖掉，似乎还多了不少，只不过堆得更加凌乱。沈立进到屋里，见韩军眼睛直直的坐在床上，像是想着什么，看见自己进来，咧嘴笑了笑。孟彩霞正看着韩军，见沈立来了，忙低头。

沈立就问她:"你怎么回事?怎么又住这儿了,不想去?"

"还没有收拾好,沈大哥,让我再准备准备。"孟彩霞的语气像是犯了什么错。

"把这儿这些破烂一卖,行李一背,不就得了?还要准备什么?"

孟彩霞不说话了,又看了看韩军。韩军则冲沈立笑了一下,脸上笑的地方满是皱纹,其他地方都僵僵的,有些怪异。沈立哼了一声,问:"是不是他要去,让你留下?"

孟彩霞看了看沈立,低头很缓地说:"我本来想了想,想让他去,他不去。后来,连我他也一会儿让去一会儿不想让去。他一会儿高兴一会儿不高兴的,这几天我们经常吵架。"

沈立斜了一眼韩军,说:"你不用理他,走你自己的!不行现在就收拾行李,我送你去火车站!"

"我……"孟彩霞低头不说话了。

"你也又不想去了,你到底又想什么了?"沈立觉得自己大概永远也想不明白这两口子脑子里的东西,"怎么,嫌工资少?"

"不少、不少!"

"嫌地方不好?"

"海南那是好地方!"

孟彩霞每次答完就低头不再说话。

沈立气哼哼地用眼睛瞪着这两口子。二人倒是没有敢看沈立的眼睛,就是再也一声不吭。最后,还是沈立又先开了口:"是,这份工作是他妈来得不怎么样!可这总比你们捡破烂强吧?你们又不是不需要这份钱!别想那些乱七八糟的了,孩子已经给别人了,能有后悔药吗?你们应该这么想,这是个机会,人家就是不给你们这份工作,又能怎么样?不如就去干,先把自己的小日子稳住,以后你们随便去想那些没用的,没人管你们!人为什么叫人,就是因为他懂变通会适应,到了方的这儿，就方一些；进了圆的了，就圆一点！咱做人得现实，现实！懂吗？"

韩军坐在床上浅笑了一下，说沈立说得对。孟彩霞长叹一口气，慢慢矮身坐在了凳子上，看来也没有不认同，可就是没有说话。人之所以有烦恼，多数是因为总去想一些虚的东西。其实，他们不是不知道那些东西很虚，但"想"这个东西别人挡不住，自己也挡不住。

沈立现在口干舌燥，浑身都有些发热，气不打一处来，还想再说点什么。忽然发现自己这是怎么了，大概也他妈想那些没用的了，不觉有些好笑，就哼了一声，决定不再管他们。

屋子里静了一会儿，孟彩霞舔了几次嘴唇，终于又开了口，说她昨天碰见齐老板抱孩子去了医院，问是怎么了。沈立斜看着她，立刻问："你不想去，该不会是想不管见不见的着，这儿总离你孩子近一点吧？"

还没逼出孟彩霞的话，韩军忽然两步到了沈立侧旁，眼睛直愣愣地问："小志怎么了？"又问孟彩霞昨天在医院为什么不跟他说。

韩军眼睛僵僵的不带一点拐弯，沈立还从没见过这样的眼神，不觉心里很别扭，往一边站了站，问孟彩霞小志是谁。孟彩霞也不知道。后来沈立想，这可能是韩军给那个孩子起的名字。

沈立对这两口子很失望，不想继续操闲心。齐老板对自己的主意相当自信，也把这事忘在了脑后，没再过问。沈立正好乐得清静，就没再去过韩军家。后来再见面，已经是半年以后了。沈立去买菜，见一个女人正在菜场捡菜叶，是孟彩霞。心想这人脑子要是搭错了筋就是没治，你去朱老板那里不好好的吗？然后就看见了直挺挺地坐在旁边三轮车上的韩军，他的眼神更加僵了，直直的棍子一样看着地面，里边散散的。身上的衣服倒是不像上几次那样乱七八糟，干净整洁、笔杆条直，就跟头两次见面时一样。反是孟彩霞身上乌漆麻黑的，头发蓬乱。她见沈立过来,本想推上韩军赶快走,终于没有动,只叫了一声沈大哥。

沈立后背发紧,在韩军面前晃了晃,那眼睛一动也不动,手里紧紧捏着一大摞那种模模糊糊的照片,都是婴儿的,上边有折痕,不知在哪里放过。嘴里则一直含混不清地发着一个音,凑近了才听明白是"小志"。沈立问孟彩霞这是怎么了,什么时候的事?孟彩霞木木地摇摇头。又问是不是这两天受了什么刺激。孟彩霞还是那样摇摇头。

沈立看了看四周,突然觉得旁边的人好像都在看着他,就想像个普通熟人一样打个招呼就走,却也终于没有动,脑子里嗡嗡的。如果是孟彩霞变成这样,沈立的大脑也许还不会像锈涩一般运转不灵。从最初的印象,沈立是怎么也想不到这个绝情窝囊的男人还会有什么想不开的事,也无论如何想不到他嘴里念叨的会是孩子的名字,如果是"沈立""齐老板"乃至"王八蛋",沈立都能理解。因为就是这个男人一手钱一手人把孩子交给自己的啊,连最后一面都不看!沈立努力回想,似乎有些东西影影绰绰,可他真没有什么地方明确地表现出对孩子的感情啊……

不过,如果换成自己,自己会表现出来吗?

人心就是一个壳子,从哲贤到普通人,大家的理想都是打开自己的心扉也打开所有人的心扉,让这个世界不再隔阂。可是这个世界却总是让这个壳子越裹越紧,你能看到的永远只是一团如烟似雾的东西。人,你可以把整个宇宙都搞明白,但你永生永世也弄不清楚人。所谓"想不到"也就没有什么可奇怪的了,就像自己干得好好的,明天向齐老板辞职,他自己肯定也想不明白是为什么。

沈立回过神来的时候,孟彩霞已经推着一动不动的韩军走了,只有市场上几个人交头接耳指指点点地看着他,可能是他刚才的样子也有让他们想不明白的地方吧。见他正常了过来,众人就都收回目光散了,各忙各的,简单又快乐,再也没人看过来。

收　心

　　辽远的雪山缥缥缈缈，像飞在天空的一块云。蝴蝶和小鸟飘着的天空下边，红的、紫的、黄的、粉的……说不完色彩的花，顶着晶莹的露滴站在绿绿的叶子肩上，大的小的厚厚地铺满了雪山脚下一个小小的山谷，让人怀疑这一片片绿叶与花瓣之下并非泥土和岩石，而是一片又一片闪着露滴的绿与彩，直入地心。雪柔成水，水柔成一弯浅浅静静的小溪，载着它心中那些柔来柔去的小鱼，闪闪亮亮曲曲折折地从这块厚厚的七彩间穿过，缓缓走向远方更加七彩的花叶深处。她就站在这溪旁一坪细细软软的草地上，赤着足。身后是一棵老得裂满了皱纹的柳，新的几乎能滴出汁液的长叶排在枝条上轻轻抚着她脸上的肌肤。轻风抚着她雪山一样的衣裙，让那些丝绸斜斜地舞动在这满是花气的空中。天空时晴时雨。有太阳与白云时，她就站在那暖暖的亮黄中，同天空大地雪山小溪中的一切，金金的裹上一层茸茸的光芒。要是太阳隐进银银的云里，她便撑起一柄小伞，看着在丝丝的雨线中挂着水滴却依旧七彩的这个世界。而远处看着她的，是他。

雪山是她的家乡，真的那样缥缥缈缈，但别的一切却并不是现实中的一个地方，只存在于小叶时常做的一个平凡的几乎能一语道尽的梦中。现实是什么？现实就是你梦中的东西永远只会是梦，而别人脑中的东西却可以成为现实。现实还是，你母亲的病可以治，你弟弟的学可以上，你父亲可以不必再为一笔笔债务而花白头发，一切都在于你。这是廖姐说的。

廖姐把小叶这辈子第一个月的工资发在她手上时，笑眯眯的。小叶在她的小床上悄悄数的时候也笑眯眯的，在她眼中，那一小叠彩色的纸在手中像蝴蝶翅膀一样轻轻舞动，这些蝴蝶飞满了她心中的天空，她相信这一双双轻轻柔柔纯纯净净的翅膀会让她的生活也从此开始五颜六色起来。只是数到最后，她的笑惊住了，这些红红绿绿之中夹着一张白色，是一张支票。她见廖姐经常用，廖姐还告诉过她任何人拿着这种支票都可以立刻从银行领出钱来，无须证件密码。而支票数字后面的零，拥挤到小叶没有敢数。廖姐一向精明，想不到也会出这种纰漏，厂子并不是她的，出这么大问题，小叶怕她工作都会难保。工作在小叶的概念中大于一切，刚来时三天也没找到工作，她的心都暗了。这份工作是廖姐给她的，当初来这个厂时，本来人已经招满，是廖姐又追了出来。廖姐脸上经常很冷，但小叶能感觉到她的心是热的。厂里那么多姐妹，只有她能在小叶静静望着星月的时候看出她的心事，也只有她能认真地听小叶讲述那些在自己心中不时闪现的种种幻景。出来打工，异乡异客，谁也不认识，小叶本来是做好了孤独的准备的，想不到能碰见廖姐，她几乎把小叶当妹妹。这十几天来，她总是提早宣布下班，把小叶带回别墅和她做伴，小叶觉得光艳照人的她其实比自己更孤独，她不承认，但她告诉小叶几年前她和小叶一样大时，心里同样满是蓝天与白云。

廖姐正在盯着一个屏幕，看着小叶手里的支票，脸色很沉，说她根本没有见过这张纸，然后问小叶为什么要这么快就返回来，似乎是小叶做错了什么事情。用廖姐说过的话，小叶的心智现在还停留在雪山脚下的那所中学。她从一种等待嘉许的欣喜中变得有些莫名有些忐忑。廖姐继续问她，问她为什么就不多犹豫一会儿，问她知不知道钱对她很有用。小叶不知道自己为什么就应该去多犹豫一会儿，但她知道钱不仅对她、对她一家都很重要，可她不知道这跟这件事有什么关系，她只知道这钱不是她的。廖姐告诉小叶这世界上很多东西可以不知道，但有些东西是必须知道的。然后让小叶回去，说之前有很多人当时就无影无踪，剩下的人也在听完她说这些话之后立刻走掉了，只当这些钱是她给的。小叶也觉得廖姐或许是在有意给她这些钱，还不止给过她一个人。她听不懂廖姐的话，只从廖姐的眼睛里感觉到廖姐是让她也那样立刻走掉。她不太愿意相信那些人真的就这么立刻走了，廖姐给人一种似乎要把自己所有的钱散给别人的感觉，她不信连问都没有人问一声。总之，她问了。她问廖姐到底是遇上了什么事情，她并没敢说她想帮忙。廖姐没想到她问的是这个，微叹了一口气，一种固定的笑容忽然又回到了脸上，说现在也就只有你这样不经世事的小姑娘能这样了，果然没有看错。

之后，廖姐眼波像水一样看着小叶，问她那条小鱼怎么样了。小叶不知道廖姐为什么又把话题转到那里，在她眼中廖姐现在就像一个可以任意变化又罩着黑纱的影子，之后她想起廖姐上一次和今天这样怪异就是拿来那条小鱼那天。那是她进厂的第五天，廖姐拿来了一个漂亮的鱼缸，只是里边却是一条普通到近乎丑陋的小鱼，廖姐说是朋友刚网到送的。廖姐那天的眼波也像今天这样，水一样地看着那条小鱼，问小叶觉得小鱼现在心里会想什么。小叶那些天总是莫名的高兴着，她心中七彩，立刻编织出了一幅图景，她觉得小鱼一定会很新奇这个新环境，会感觉这个新家很宽敞很漂亮，不过或许也会有一些孤单，但肯定很安静，没人来打扰。廖姐摇头，她说小叶总是把这个世界想得太美好，没有一条鱼会向往鱼缸的，哪怕是金鱼，这条命运本来注定要成为鱼汤的小鱼就刚刚跳出来两次，它想的是江河湖海。不过跳又有什么用？一条鱼只要进了网，它的命运就不是它自己的了。廖姐像看着自己的一个朋友一样看着这条小鱼，说它其实比那些一上岸就被吃掉的大鱼更可怜，说她痛恨这鱼缸，然后捞出小鱼就把鱼缸从窗口直直甩了出去。鱼缸飞得很远，摔得很碎。小叶很高兴，觉得廖姐一定会把小鱼送回大江大河。可廖姐却把小鱼放在了小叶宿舍窗台的阳光里，让小叶千万不要再去碰它。小鱼只跳了几下就平平地贴在那里，在阳光下不动了，一下一下大大地张着嘴，不过发不出一点点声音，眼睛直直地看着这天与地。小叶却觉得是在看着她，上上下下似乎都是那直直的眼睛。廖姐走时，连眼睛里都是让小叶千万不要去碰，几乎有些焦急。小叶也从来都是一个听话的孩子，不过这一次小鱼的眼睛终于还是盖住了廖姐的眼睛。可惜随后她才知道小河小溪早已从这座光鲜的城市绝迹了很多年，也就只好悄悄养在一个玻璃瓶中。平时累了寂寞了就看着它游给自己看，然后立刻会平静下来，心中那些画面里也会立刻游满它。小叶与任何事物相处久了，哪怕一个木梳，心里或大或小都会留下它的一个位置。但小鱼终究不是金鱼，终究不是一个玻璃瓶中的生命。

听说小鱼刚刚死掉，廖姐的笑容也暗淡了一下，然后又很快恢复，不再说别的，只告诉小叶，支票是老板给的，本来是想给信用卡的，怕她还不会用。如果小叶不声不响地拿了，甚至失踪，那么就报警；如果是害怕退回来，最后还是高高兴兴拿走了，那么就当什么也没有发生；但如果终于没有拿走，那么老板就让通知小叶一件事情，老板喜欢她！然后，是一个足以让小叶更吃惊的数字。廖姐还是那样看着小叶，说老板从招工那天就注意你了，他信奉一见钟情，他看人心是很准的。你是那天为数不多的几个不叽叽喳喳的女孩子，也是为数不多的几个愿意干一天十二小时工作的小女孩，他能从你眼睛里看出你家庭的艰辛，也能看出你心中满是光彩，还没有被这个世界所污染。在这个世界的风刀霜剑与光怪陆离之中还能有一份纯真、还能在心中去编织一个个美丽的幻梦是不容易的，老板目前这段时间就喜欢这样能在这红尘中安安静静心里柔柔的女孩子。能让老板喜欢也是不容易的，这一年多来前前后后已经有过二十几个人了，只有小叶合格。

小叶直直地看着廖姐，她不知道眼前这个带着模子一般笑容说着这些话的人还是不是以前那个她当作姐姐一样的廖姐。廖姐看着小叶惊异又满是问号与失望的眼睛，把眼睛放了下来，侧着头让小叶不要误会，她们之间从来不是朋友，这些天来她与小叶的接触和那条小鱼等等一切都是老板安排的。她还告诉小叶，其他一些测试更多，老板派了很多人，有一些看上去似乎还要更加幼稚。老板喜欢人说他幼稚，他相信幼稚是这世界上最美妙的一种状态。

小叶身上一点感觉也没有，她不知道自己身边竟有着这么一张大网，也不信任进入自己耳朵的每一个字。在她和她身边几乎所有人的人生经验里，这一切即便是放在影视作品之中都会荒诞无比，她无论如何也不相信这个被文明包裹了无数层的世界可以有这样的事情。可廖姐的眼睛让她无可怀疑。廖姐摇了摇头，让小叶不用害怕，她自己也是这么过来的。老板的童年与少年不那么完整，这几年来玩心越来越大，喜欢把一切都设置得类似游戏。她说这样的人只要他想什么你也想什么，其实很好相处。让小叶要抓住这次机会，她拉过小叶已经起了一层薄茧的手，看着小叶因为惊恐又大了许多的眼睛，轻叹了一下，说像你这样纯美的女孩子，或许真的不应该在那些狰狞的机器上再折磨自己了。

廖姐之前说过一句话，说你如果拥有一件美好的事物，自古以来就不是一件好事。小叶并不觉得自己有多么漂亮，也不觉得自己与别人有什么不同的地方，她不知道老板为什么只为这些平平常常的东西就喜欢她，她甚至都不知道这位老板长什么样子。传说这个小厂的老板产业遍天下，这个小厂只相当于一粒米。他除了招工，其他时间很少来，来也多数只坐在办公室深色的玻璃后边，厂里见过他的人不超过二十个，概念中大家只当廖姐是老板。廖姐还是那样轻摇着头，说小叶说什么从没有见过面这样的话，只会让老板认为是想先见见他，他会联想到相亲，会怀古，会感觉到一种正在远去的乡土气息，会更加喜欢你。然后告诉小叶，她其实早已经见过了，老板就是那位老时。廖姐说老板喜欢亲近的人这样叫他，小叶以后要记住也这样叫。

　　那是十几天前，小叶在廖姐的别墅见过这个人。他住在旁边一栋别墅里，穿一件似乎有些老旧的中山装，不过很干净，笔挺笔挺，戴着一副黑框眼镜，说话很沉稳，让小叶想起自己以前的一位语文老师。这里的每栋别墅都有主人，不过主人又都很少常住。廖姐跟他打招呼时很随意，小叶就觉得他也许只是一个看门人。那天廖姐后来有事又走了，让她在家看电视。小叶从来不知道电视有什么意思，还不如安安静静坐在外边的花园中看着夕阳里那些安安静静又五彩幻动的云朵去渐渐羽化成星光点点。坐了一会儿，小叶才隔着矮矮的木栅栏看见这位老时也在他的花园里坐着，手里有一本厚书，只是他的花园种的都是仙人掌。他看了几页书，就也同样看起了这夕阳与这天空。只是小叶能看出这夕阳和天空并没有在他眼中编织出一个个曼妙的故事，他的眼睛几乎在喷着火，几乎能看见目光里的牙齿在紧紧咬着、在像箭一样射着他所看的每一件事物。不过，那目光很快就如同一条蛇一般软了下来，最后更是像蛇被抽了骨头一样死死地耷了下来，一动不动。然后，他伸手把一片刺刺的仙人掌捏得粉碎。

小叶不知道这位大叔遇到了什么难心事。廖姐说过不要跟陌生人说话，她也不知道安慰一个人该怎样去说，很多时候语言是没有用的。周围没有一个人，似乎这世界只剩下了他们两个，这让小叶没办法把目光再转回那夕阳与天空。她摘了一片叶子吹起了她在家乡常对着雪山吹的那支曲子。声音很轻很细，浮在空中像那道弯弯曲曲流淌在雪山上的小溪。每次吹的时候，音乐都能流进小叶心里，让里边的天空一片空明。小叶看见他的目光终于慢慢柔和了起来，全身也都松了下来，呼出了一口气，然后看了小叶这里一会儿，又安安静静读起了那本书。

之后，小叶就再也没见过这位老时。

廖姐说有这一次已经足够了，她把自己看着的那个屏幕转给了小叶，上边是无数个小画面，显示着工厂的每一个角落，有小叶的宿舍也有这个办公室。廖姐说小叶这一个月来不经意间的一举一动，一个眼神一声叹息，独处时的一个神态，与人交谈的语气用词，甚至看着那条小鱼时的样子，无一不符合着老板的标准。但这并没有什么，不过是一件符合标准的收藏，老板不会过于在意。可这一次之后，一切就都不同往常了。廖姐说这次不是测试，是一个意外，然后拿出了一张那天老板悄悄拍下的照片。照片里夕阳刚刚隐在远山里，地面罩上了一层青黑，花们有些水墨的感觉，朦朦胧胧若有若无。天空却蓝亮的异常，云也鲜艳的异常，那些说不出来的形状让人恍惚间以为它们已经活了，几颗亮星这时已经隐现在了这鲜艳之旁。小叶就侧坐在这墨色与蓝亮之间，看着这天空。一块亮黄的云在另一侧的地平线上正好把小叶包在了里边，让小叶的头发、睫毛、甚至整个轮廓和嘴里的那片叶子都散射着柔柔的光线，眼睛更是盈盈地闪着，像一颗星。

廖姐告诉小叶，老板身边有很多人，有能让他放松的，有能让他高兴的，有能让他兴奋的……可他还是一直在找，他也不知道他要找什么。直到那天见到花园里的你、听到你的叶曲，他才明白自己一直是在找一个能让自己安静下来的人，一个能让自己静静地看着的人，甚至是一个能让自己趴在她怀里去哭的人。

　　像所有女孩子一样，小叶无数次在梦中见过自己的爱情。那是一份姹紫嫣红，能感觉到它的温暖，能触摸到它的凸凹，能聆听到它的悠扬，能嗅取到它的芬芳。它的每一处都散发着柔美的光线，它的一枝一叶都值得去珍藏在心灵的深处。小叶把自己的这个梦装点成了一座小小的花园，每天都游在里边丰富着它的内容。和她牵着手一起游在里边的，是志飞。志飞和小叶是邻居，家乡的每一条街道每一个小巷里都留下过他们两个在一起的身影，他们是从小一起看着家乡那片天空那缕白云那座雪山和那个渐渐安静的小工厂长大的。在小叶心中编织的每一幅画面中，她的身边都是站着志飞的，甚至平时志飞的影子都会忽然没有预兆地闪在小叶眼前，让她满是甜蜜。志飞的生活也是历经坎坷，但他心中更多的却还是那各种飞着的五颜六色，他也是一个向前飞翔的人。他们两个在一起时，话是不多的，更多的是一同看着远方的一朵云或对方的眼睛在心里写出一个个把对方编织进去的故事。只要在志飞身边，小叶心中就没有任何一丝思虑，他从来都像一个大哥哥。这次小叶出来，政法学院毕业的他宁肯放弃艰难得来的那份小小但轻松的工作，来这里临时当一个建筑工人，也不让小叶在他乡孤身一人。在小叶心中，爱情两个字就是"志飞"。

　　这些廖姐都是知道的，小叶曾经把一切像一个童话一样用那些纯美的词语讲给过她。前几天志飞帮几个工友去讨薪，还是她出面托朋友帮的忙。但廖姐说志飞无所谓，不重要，一切都不重要，重要的是老板喜欢，老板喜欢就是一切，他有足够的办法解决一切的枝枝蔓蔓。廖姐让小叶一定要仔仔细细地考虑之后再做决定。她提醒小叶，这在很多人眼中是一份很好的工作，老板天南地北地飞，一年中很少有几天来，平时你就真像一片飘在空中的叶子一样自由。这也不会持续很长时间，过几年老板倦了，也就真的自由了，那时的自由绝不是像现在这样一无所有的自由。至于别人的眼光，羡慕与嫉妒之外，的确会满是不屑与轻蔑。黔首百姓嘛，他们作为弱者的一个传统就是不屑与轻蔑于比他们更弱的弱者，然后把这些弱者当作一切事情的元凶。廖姐开导小叶不必在意这些，可以当这只是一种嫉妒的自然流露，也可以当它不存在，毕竟那只是几个异乡的陌生人。只要自己不说，亲朋好友是谁也不会知道这件事的。

别人是可以谁都不知道，但自己总是知道的。廖姐所说的那个现实虽然小叶丝毫也不准备让自己去想，可还是不免闪在眼前。的确，一个小小的决定，她的家庭她自己都可以立刻发生翻天覆地般变化，这也是她出来打工前的一个希望。不过，总是有一些人不是那么生活在现实之中的。小叶不知道自己的头脑是否已经僵化到了落伍，但她更不知道自己像那条小鱼一样生活在那个晶莹透明到近乎虚无的玻璃瓶中会是什么样子。她相信自己能够把这十二小时手脚不停地工作永远干下去，也自信家里每一个人都不会去花取一分一厘那样得来的钱。何况，还有志飞。这让她终于感到了一些温暖，也让她的拒绝很干脆。

廖姐摇了摇头，说小叶的心太轻了，飞得太高，还不知道四顾茫茫是什么概念。她告诉小叶，老板的心很重，但其实越重越想飞得更高。他这一次之所以想找你这样一个女孩子，念头很多，很重要的一个就是你需要帮助，他想得到一种助人的快乐，于是他不想有一种交易的感觉，所以他等的正是你这种很干脆的拒绝。小叶不知道自己这竟又是犯了一个错误。她从来都认为一个人只要下定了决心，别人就永远也无法改变，现在才知道很多人是不相信这一点的。不过，自己相信也就可以了。

一个满心都飞着五光十色的十九岁的小姑娘，突然之间遇到今天这种事，她的无措是别人难以想象的。她现在只想立刻离开这里，越远越好，去一个安静的地方。

这世界有安静的地方吗？廖姐问小叶，她看小叶的眼睛像看着一个孩子，说小叶想走随时可以，自己是不会拦的。但走，没有用，自己早已试过，甚至还有人到过非洲大草原，可最后还是一个人垂着眼睛悄悄回来了。老板的能力与手段是不容置疑的。廖姐告诉小叶当初自己家族私营的那家公司其实比老板那时要大很多倍。

不过，老板是从来不会去强迫他喜欢的人的。他自信。只有你对他已经死心塌地，心甘情愿，他才会对自己满意。在这之前，就是住在同一个屋子里，他也只会像客人一样对待你。他最常用的一个词叫"收心"，就是让人把自己那些四散飞在天地之间游移的心，多余的都埋掉，剩下的严严收在一个盒子里，然后捧给他。

小叶试着立刻就走，果然廖姐和游荡在厂区的那些保安都没有拦她。在走出这间办公室的门之前，小叶告诉廖姐，不管廖姐拿她当什么，她还是拿廖姐当最好的朋友，永远也不会忘掉。她没办法不拿一个自己曾经把自己所有的东西都拿出来谈过的人不当朋友。廖姐看着窗外，她说，一个人不是不可以善良，但千万别让人看出来，让看出来就会很危险。这是她之前曾经很多次告诫过小叶的。

小叶回到宿舍，连行李都没有怎么拿，只带了几件衣服和那个小玻璃瓶。她现在只想和志飞一起立刻离开这座光鲜的城市回到家乡，去平复一下近乎惊恐的心神。人只有在自己的家乡才会感觉脚下的大地是实的是稳的，那里有着她的雪山、她的草地、她的小屋，有她熟悉的一切和熟悉她的一切，每一个人甚至一只小猫看上去都是那样的亲切。小叶拿起包打开门，宿舍门外站着的人就是这种亲切，是大伯。

在这个最需要一个依靠的时候能忽然见到亲人，小叶心里的颠簸立时消散在了九天之外。大伯抬起眼睛看了看小叶，默默地进了屋，脸上色彩变化不定，眼睛低着，从此再也没有看过小叶的眼睛。他看着前面的墙壁站了一会儿，嘴动了几下，没有声音，后来深吸了一口气才终于开口，还是有些断断续续，说小叶的母亲刚刚住进了京城的医院，弟弟也已经联系好了省城的一所重点中学，家里的债也都还清了，甚至还给那些亲朋们付了利息。小叶不敢想象家里哪里来的那么多钱。大伯还是那样看着墙，说是时先生给的。时老板的棋早已布在了那里，此刻倒已不怎么让小叶奇怪了，她只是没想到家里怎么就收下了那些钱。大伯又沉默了一会儿，说钱是他帮忙捎过去的，说是小叶中了彩票。

与时老板相隔千里的大伯几乎天天都在自豪着自己那个微末但却也管辖一方的位置，他持重威严，面色从来如水，从头到脚不论衣着发型还是举止动作永远一丝不苟，每一句话都像砸出来一样有分量。小叶从小就像家里其他人一样对他有着一种仰视，但此时此刻却只能大着眼睛一动不动看着面前的他。大伯从来都在意每个人对他的态度，他慢慢抬起一只手去摸一侧的面颊，摸得很紧，手移开之后，留下了一个鲜明的红印，许久不散。他不知道这件事为什么就要找上他，说自己一辈子也不会想到自己能干出今天这种事，可这世界现在似乎真的就没有了什么所谓"不可想象"。

小叶像多数善良人一样不相信金钱的万能，但此刻唯一的办法也只能是钱，她说自己一定会想办法把这钱还上的，说得小心翼翼。大伯的头从没有这样低过，说钱自己现在就可以帮忙去筹，甚至他愿意把自己的房子卖掉帮小叶去还，可还了之后呢？他说小叶的心干净得让人担心，如果只有钱这么简单，这世界的一切也就都简单了。时先生比别人更加相信金钱不是万能，他从来没把这些钱当作一种手段一个筹码，这仅是一点点铺垫，主角是自己这个大伯，因为时先生相信只有这才具有震撼性，才能够更好地帮助小叶把她四处野飞的心收起来。

时老板在小叶心中还是穿着那件笔挺的中山装,但戴着眼镜那张斯斯文文的脸却已经模模糊糊,小叶再也想不起来那是什么样子,也不敢去想,她不知道一旦放开想象的翅膀,将会有怎样的一副面容印在她的记忆与梦里。大伯要小叶明白这世界从来跟想象没有关系,现在也没有时间再去想什么,时先生之所以先找他,可能就是想提醒小叶,下一次的主角也许就是小叶的父母。

小叶一生也没有像现在这样感觉到世界的凝固,好在这凝固很快稍稍消融了一些,她相信这种事情绝不会发生。大伯说他也不相信时先生能够做到,真做到了,这世界也就真没什么可存在下去的价值了。可每一个人的心上都捆着很多的绳索,总有被别人抓住一根的时候。他告诉小叶,自己五天之前还根本不知道这所谓时先生是个什么东西,也没拿任何好处,可此刻还是很被上边欣赏的、很自觉地来了。现在早已不存在了什么不可能。

小叶不知道这一次如果再拒绝,会不会立刻就有什么人出现在她那沉默豁达的父亲与憔悴勤劳的母亲面前,她不敢去想象一直把她宠在身边的他们面对这件事情脸上将是怎样的灰暗。小叶也不知道自己是怎样走进廖姐的办公室的,但她终究还是又走了进来,终究还是在默默地看着墙上时钟的指针转了一圈又一圈之后,点了点头。廖姐一直还坐在那里,什么也没干,她还是那样眼波像水一样看着小叶,然后把眼睛沉了下去,接着很快又抬起来,看见小叶的眼睛在无神之外,隐约还是有些当初的色彩。她劝小叶如果真的做了决定,就彻底把心收起来,不要再去想别的什么。小叶问廖姐如果心真的被那样收起来了,自己还会是以前的自己吗?廖姐没有表情地发出一声笑,说自己不是老板,不知道。小叶把自己从雪山采来一直夹在书中的一朵干花放在了廖姐手里,让廖姐给她一段时间静一静再去见时老板。

小叶是想去找志飞,她的眼前此刻到处都是志飞的面孔,每个面孔都早已失却了那熟悉的微笑,都在冷冷地看着她。她对着那些面孔无数次地说着对不起,那些面孔却越来越冷,眼睛一动不动。

　　志飞临时打工的那个工地就在离小叶工厂不远的地方,不过小叶却是换了五趟公交车三次出租绕城整整转了一圈才到的,每走一步她都要看一看背后,她不知道自己怎么忽然就懂得了这些。工地从昨天开始就一直在给第十九层浇筑混凝土,这种工作中间不能暂停,有时候一干就是二十几个小时。志飞现在正在楼周围几十米高的脚手架上穿梭。不管有多少人,小叶总是一眼就能认出哪一个是志飞。她看见志飞的身影在楼顶有时显现有时隐在防护网里,有时甚至攀着铁架到了防护网之外,心提得紧紧的,她想志飞也许是唯一干这种工作的大学生。阳光在人们的笔下总是那样美好,可现在却从头顶直直地扑下来,似乎在狞笑。小叶希望能有一块云,哪怕小小的一朵,但天空从没有过的空,就像她此刻的心。从前只要一静下来,心里自然而然就会涌出无数的色彩让她去编织,现在却一丝一缕也没有。她让自己也站在这狞笑的阳光里。

　　傍晚时,工地才终于在一寸寸斜下去的阳光中收工。小叶就那样一直站在那里看着楼顶,直到志飞站在跟前轻轻叫了一声小叶,她才浑身一惊把目光聚拢起来,看见了那熟悉的微笑又出现在了面前。志飞拍着手上的水泥,说他也早在楼顶看见了小叶,心里这几天的烦闷立时就清爽了下来。小叶看着志飞已经有些铜色的面颊和近乎滴着水的上衣,只问他热不热。志飞立刻说在楼顶风很大,一点也不热。小叶摸了摸他已经长满了腽子的手,忽然就哭了出来,她真是不知道自己是怎么忍到现在才哭的。

　　小叶这次来,只希望志飞能赶快离开这座城市,走得越远越好,她怕时老板的手也伸向他。小叶一路上都在编着一个足以让志飞离开的故事。志飞也同样是一个活在自己心中那一片天地中的人,他的心和眼睛都还干干净净,不能让他知道这件事。这世界上最不应该知道的或许就是真相了,知道了又能怎么样呢?除了无奈的愤怒,也许就只有无尽的沉郁了。小叶也是到今天才知道一直在心中的蓝天白云里飞翔的他们其实不过就是一只一只的蚂蚁,这个光彩四射的世界不属于他们。

可惜,她不知道的是,她还不会撒谎。到此刻她才知道这个世界上她还有很多事情不懂不会不知道,她恨自己。

志飞年轻的脸上没有了往日的那份阳光,显得有几分狰狞,他身上每一处骨节似乎都在咯吱吱地响。小叶一步步往后退着,退到了墙根,她的心跳得很慌。在志飞不断地追问中,她的口中就像那止不住的眼泪一样不受自己控制的一点点说着,她心里其实是一直想找一个人把这些全说给他听的。志飞听完之后反倒平静了下来。小叶放了心,志飞从小就是一个谦和的孩子,从没有做过什么让人不放心的事。何况这又是一件他们根本无力去改变的事情,一切无非徒劳。她让志飞现在就去买车票,不要去做那些没有用的事,忘掉她。志飞平静的脸上出现了一种冷冷的笑,他告诉小叶人之所以为人,就是因为总有一些人会去做自己能力之外徒劳的事情。而人又之所以不被某一些人当人来对待,就是因为很多人总拿自己当羊。志飞的母亲很早就不在了,父亲也在前几年小县那个小厂关闭之后不久过世,他现在唯一的牵挂就只有小叶,想不到连她也要被夺去。志飞脸上的冷笑在扩大,他的眼睛都在放射着冷,他说看来真是不能再善良下去了,他说他要让这世界知道羊也是有牙齿的!

志飞是学法律的,几乎从来都是一副文弱书生的样子。小叶不敢相信这是他说的话,他从没有过这样的眼神这样的表情这样的语气。在小叶概念中,志飞永远和自己一样是个有着翅膀的大孩子。从刚才一见面，小叶就觉得志飞的眼睛与微笑背后似乎有些无法告诉她的东西，离上一次见面才五天，志飞就像换了一个人，她不知道他这几天是不是也遇到了什么。

小叶难道不希望打破这个"玻璃瓶"吗？可她真不相信还有什么能够战胜那个她连面容都不敢去想象的时老板，她的一家人几乎都在他手里。志飞还是那样从眼睛里发着冷笑，摸出口袋里一张报纸，指着头版照片上一个人，问那人是不是姓时。旁边经过的几个工友听到这个姓氏都立时站住，眼中似乎要生出刀剑，询问地看着志飞。志飞说没事，让他们先回去。在看到小叶只看一眼身上就罩上无限寒意之后，他倒像放了心似的长长呼出了一口气，说难怪这个人心理那样扭曲。他告诉小叶，他刚知道这个人就是他现在建的这个楼盘的幕后老板，也是当初开发小县那个小厂地皮的开发商，这世界太小了。然后问时老板的别墅在哪里。小叶冷冷地吸了一口气，问他要干什么。志飞看见小叶露着惊恐的眼睛，定了一下沉默片刻，脸上忽然缓和了下来，微笑也慢慢又有了一些，说他这些天认识了几个朋友，发现了这个楼盘的一些问题，已经掌握了很多证据。当捆着你心的绳索被抓住，你只有也紧紧抓住对方心上的绳索，才能让对方松手。志飞说他现在只是想跟时老板去谈判，这些证据足以让时老板寝食不安，不敢再肆无忌惮。他让小叶放心，那件事已经过去很久了，他不会做什么过激的事情，理智他还是有的。这个世界已经抹去了那个大男孩，已经让他成熟成了一个男人，他会去做一个男人该做的事情。谈好之后，他就和小叶远走高飞。说到这里，志飞停住，快速看了小叶一眼，又说，何况还有很多人也在找时老板，不乏大人物，他们也已经有了不少证据，他们会让他付出应有的代价的。

黑夜之中最可怕的并不是黑，是没有星没有月没有一丝光亮。人最可怕的是没有一个东西可以去希望，没有希望，人的心就会僵掉。

小叶的心本来就已经是慢慢开始枯硬了，此刻终于又湿润起来，又能开始编织一些图画了。只是这些图画不再七彩，也不再鸟语花香，里边只有黑白，只有志飞和时老板的见面。它们时而明亮一些，时而又满是焦忧，阴暗无比。志飞表现出来的语气是成竹在胸，可小叶总觉得那背后是别的什么，她不敢肯定时老板这样的人会不会在意志飞所说的证据。她的这个希望就像风中的蜡烛一样闪烁不定，可这终归是一个希望，唯一的一个希望，她要去呵护它，她想让那些图画更加明亮一些，然而却怎样也做不到。

小叶躲在志飞找的工地一间不用的仓库角落里，就这样抱着膝盖手微微抖着想着这些。慢慢地这些东西越来越多，迷乱地塞满了整个思维，让她像面对一片空白一样不知道自己在想什么，她还是那样想着。等她意识到时间意识到自己还活在这个人间的时候，太阳落下升起已经又落下了。仓库中没有一星光亮。怎么也不可能谈这么久，小叶像被惊吓一样立刻站了起来，她要去把志飞找回来，她心中那些图画现在已经全部变成了黑色，她的牙齿都在颤动，她不知道自己当时为什么就让志飞去了。走到门口的时候，她突然感觉到那里有一个人。

小叶几近绝望的叫声让这个人一惊，有了一些反应，伸手打开了旁边一盏凄黄的灯。是志飞，手里拿着一个包。小叶不知道他是什么时候进来的，也不知道他在那里已经站了多久，他脸上似乎比昨天还要怪异。不过现在这些都不重要，小叶扑了上去，紧紧抱着志飞，怕他又忽然消失。这让志飞紧紧绷着嘴唇咬着牙齿，脸上的表情几乎不能控制。他最终说出来的第一句话是告诉小叶所谓证据根本不是他这么一个民工所能得到的，得到了也没有用，他这次去其实只是想把刀架在时老板脖子上。不过进了别墅之后，却真的找到了证据，合同、账本、视频……都有，这些足以让时老板和很多人心惊肉跳，不仅可以让时老板放手，甚至还可以让时老板真金白银为他们付出上百万的

"代价"。

小叶看着现在的志飞，近乎有些不认识他，不知道他怎么会说出这样的话。志飞说如果换个位置，时老板肯定会这么做的，还会敲诈得更多，而且这几乎是一件正义的事情。小叶不能想象自己和志飞变成时老板的样子。听着小叶的话，随着呼出的一口气，志飞全身都软在了那里，他问小叶，你知道我们为什么会经受这么多苦难吗？就是因为我们太善良，就是因为我们还不够恶！他不断地说着自己是个骗子，不断地拉过手让小叶打他、让小叶恨他，说自己是个没用的东西。他告诉小叶自己手中这个包里根本不是什么证据，有也没有用，但他曾经无限地接近过老板，他的刀更加无限接近过老板，可老板手里抱着一个小孩，那一刻脸上和任何一个抱着孩子的普通人一模一样。也就是因为这一念之仁，也就是因为这个特意设下的局，一切就都晚了，现在他已经被老板收了心，老板早已也在他身边布下了一张网。

志飞除了她之外，现在几乎已经无牵无挂，小叶不知道时老板是用了什么手段，不知道志飞受了怎样的煎熬。但又似乎有些了然，让志飞千万不要为了她而放弃自己的心。志飞像受到了刺激，他近乎怨恨地问小叶为什么总在意别人不想想自己，他问小叶知道老板让他来干什么吗？让他来杀了小叶！因为老板已经看出来小叶的心不可能被收起来，在老板的概念中，任何不属于自己的东西都应该被毁灭。而且，要让他去毁灭，这样才能把小叶的心也一起杀死。然后，志飞打开了那个包，里边是一条白绫，说老板告诉他古代的皇妃都是用这个。

小叶的眼睛里滴出了大滴的泪，志飞更是已经湿了整个的面颊，他在微微向后退。可是，门那里响了几声，志飞惊了一下，站住了，默默拿起了那条白绫。小叶没有逃，甚至没有一丝挣扎，她很平静地坐在那里，看着白绫围在自己脖子上。她心里现在茫茫的无边无际，却什么东西也没有。志飞的手带动着全身都在战栗，但那白绫还是慢慢紧了起来。他站在小叶背后，眼睛大大的，但眼中同样什么也没有，泪一滴又一滴地滴在小叶脸上，口中不断低声对自己说，我是在救她，我是在救她……

这个世界在小叶眼中慢慢暗了下来，然后一切就都变成了黑色，都消失了。过了一会儿，她心中忽然是从没有过的宁静，那黑色也渐渐又有了一些亮光。她想到，志飞说得对，这其实的确是在救她，也只有这样她才能飞出那个"玻璃瓶"。接着前面那亮光慢慢大了起来，四周雪亮了一下之后，阳光就柔柔地出现在了眼前，她又看见了她那在梦中熟悉的雪山、小溪、花谷、草地。她现在和云一起飘飞在她们上空，四周全是那花香、草香，甚至还有那雪的气息、溪的气息、云的气息……

小叶正想敞着胸怀呼吸这些曼妙，胸口忽然重重地一疼，一切又都消失，回归成了黑色。随着一阵剧烈的咳嗽，她慢慢睁开了眼睛，眼前是时老板微笑着的脸。旁边有十几个岁数不小的医生，有一个手里正举着心脏除颤器，周围满是各种各样的仪器设备，几盏灯刺眼地照着。志飞站在远处，看见小叶睁开了眼睛，他全身终于一松，像累极了似的侧靠在了仓库的墙上，被几个人带了出去。廖姐站在另一侧，脸上连那种模子一样的笑也没有了，木木的，什么也没有，只有眼睛还是那样水一样地看着这里。

时老板很高兴，对廖姐说，你的任务完成了。然后停了一下，又回身忽然一笑，说使命也完成了。他把小叶抱在怀里，轻轻拍着，说友情亲情爱情，是人最重要的三件东西，只有从这里入手才能帮助人更好地把心收起来。他请小叶原谅他用这样激烈的手段，说其实只要相处时间久了，仅他的魅力也能够征服小叶，可惜这个世界早已剥夺了他的时间与耐心。不过这样也好，激荡之后才能迎来更大的平静，才能更清醒地面对这个世界。他告诉小叶，小叶在廖姐那里的那次点头是不作数的,他从来不强迫别人,这两天来的一切不过是帮小叶收心的一场表演而已。现在如果小叶不答应,其实是什么也不会发生的,以后大家就当从来也没有见过面。

时老板说得很真诚。他让小叶坐好,自己也整了整衣服,坐正,很庄重,说现在这一次才是正式的。

他问,你愿意吗?